율리아 스타르크 시리즈 ❶

아이가 없는 집

JAG KOMMER ATT HITTA NYCKELN
by Alex Ahndoril

JULIA STARK

율리아 스타르크 시리즈 ❶

아이가 없는 집

알렉스 안도릴

유혜인 옮김

필름

추천의 글

잘 짜인 미로 같은 소설이다. 술에 취한 사이 저질렀을지도 모르는 살인 사건. 시신은 없고 사진만이 남았다. 흔한 소재라고 생각했다가 당신은 뒤통수를 맞을지도 모른다. 그것은 꽤 기분이 좋은 충격일 것이다. 이야기는 강력하고 빠르게 당신을 끌어당긴다. 탐정을 이기기 위해 눈을 홉뜨고 경계를 하기보다는 외적으로는 약자에 속할지라도 스스로를 일으킬 줄 아는 강인한 탐정 율리아가 안내해주는 미스터리 세계를 따라가며 충분히 즐겨보시길 바란다.

_정해연(《홍학의 자리》, 《유괴의 날》 저자)

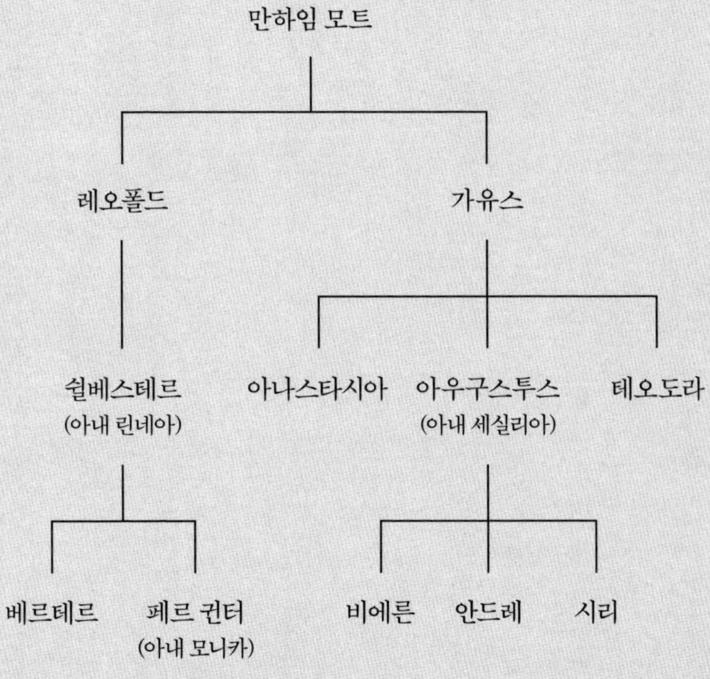
만하임 모트
레오폴드
가유스
쉴베스테르
(아내 린네아)
아나스타시아
아우구스투스
(아내 세실리아)
테오도라
베르테르
페르 귄터
(아내 모니카)
비에른
안드레
시리

앙카라에서 함부르크로 향하던 중 루마니아에서 추락한 루프트한자 여객기의 탑승자와 승무원이 전원 사망한 것으로 추정된다. 362명을 태운 보잉 747기는 이륙 30분 만에 하강하기 시작해 루마니아 북동쪽 비카즈 협곡 인근에 추락했다. 외교부 대변인은 스웨덴인 5명이 탑승했다고 밝혔다.

차례

추천의 글 · 5

1 — 13
2 — 20
3 — 26
4 — 39
5 — 48
6 — 55
7 — 63
8 — 71
9 — 77
10 — 82
11 — 88
12 — 96
13 — 105
14 — 115
15 — 126
16 — 130
17 — 136
18 — 143
19 — 149
20 — 158

21 — 163
22 — 171
23 — 176
24 — 181
25 — 186
26 — 193
27 — 198
28 — 204
29 — 210
30 — 216
31 — 221
32 — 227
33 — 236
34 — 242
35 — 250
36 — 258
37 — 263
38 — 268
39 — 275
40 — 282
41 — 288

에필로그 · 297
옮긴이의 글 · 300

일러두기

• 본문의 각주는 모두 옮긴이의 것입니다.

1

8월의 태양 아래 홀로 늦은 점심을 먹을 때만 해도 율리아는 알지 못했다. 가진 능력을 다 쏟아부어야 하는 미스터리, 혼자 힘으로는 역부족일 수도 있는 사건과 곧 마주하게 되리라고는.

율리아는 외스테르말름에 있는 쇼핑 센터의 야외 테이블에 앉아 있었다. 길 근처에서 전동 킥보드 한 대가 쓰레기로 뒤덮인 바닥에 쓰러져 일정한 간격으로 삑삑 울어댔다.

율리아는 매일 아침 화장을 마치고 나면 거울로 몸을 기울여 그 안에 비친 어머니를 향해 나직이 인사를 건넸다. 연한 눈썹과 애수에 찬 진녹색 눈동자는 어머니에게서 물려받은 것이었다. 도톰한 입술과 오뚝한 코도 그랬다. 햇빛이 닿을 때마다 적갈색으로 반짝이는 머리카락 또한.

지난주 율리아는 서른세 번째 생일을 맞이했다. 그 말은 드디어 어머니의 나이를 넘어섰다는 뜻이기도 했다. 생일 당일에는 휴가를 쓰고 커튼도 열지 않은 채 침대에 누워 혈흔 패턴 분석에 관한 미국 논문을 읽었다. 그중에는 총알 하나가 갈비뼈와 부딪친 충격으로 쪼개져 두 개의 관통상을 만든 사건을 다룬 사례 연구도 있었다.

시드니가 꽃을 보냈지만 배달 기사에게 아파트 앞에 물건을 두고 가라고 한 뒤 공동 출입문이 닫히는 소리를 듣고서야 가지러 나갔다.

매년 그랬듯 붉은 장미 스물다섯 송이였다.

그 덕에 조금은 기운이 났지만 그날 저녁 시드니의 전화는 일부러 받지 않았다. 울면서 와달라는 부탁이나 할 텐데 그러기는 싫었다. 시드니는 그런 부탁도 들어줄 사람이었기 때문이다.

시드니는 언제나처럼 찾아와 율리아를 달래줬을 것이다. 하지만 그의 동정심에 의존하는 데도 한계가 있었다. 시드니에게 바라는 감정은 결코 동정이 아니었다. 율리아는 생일을 자축하며 그 사실을 마침내 인정했다.

이제는 계획, 목표가 생겼다.

시드니의 사랑은 무슨 수로도 되찾지 못하겠지만, 시드니와 둘이 함께 일하는 미래는 선명히 그릴 수 있었다. 같이 점심을 먹고, 밤이 깊어질 때까지 모든 사건을 자세히 의논하는 그런 미래가 보였다.

길에서 노숙자 하나가 잡동사니를 잔뜩 실은 쇼핑카트를 끌고 가다 공사장 가설물을 들이받고는 불안한 몸짓을 하며 혼잣말로 중얼거리기 시작했다.

율리아는 흘러내린 머리카락을 귀 뒤에 꽂고 배가 제법 불렀음에도 다시 음식에 집중했다. 점심 식사로는 홀란다이즈 소스를 뿌리고 하얀 아스파라거스와 잘게 썬 케이퍼를 곁들인 가자미찜을 주문했다. 차가운 상세르 와인을 담은 유리잔을 통과한 햇살이 앞의 테이블에 옅은 그림자를 뿌렸다.

머리 위로 비행기 한 대가 스톡홀름 상공을 날아갔다.

율리아는 포크를 내려놓고 가만히 귀를 막은 채로 굉음이 사라질 때까지 하얀 비행운을 올려다보지 않으려 시선을 깔았다.

잠시 후, 방금 한 행동에 한숨을 쉬며 휴대폰을 꺼내 이번 주 스케줄을 확인했다. 왕립 공과대학교에서 우주 플라즈마 물리학부와의 후속 미팅과 안전 브리핑이 예정되어 있었다.

옆 테이블에는 몸에 착 붙는 정장을 입고 광을 낸 구두를 신은 삼십 대 남자 둘이 앉아 있었다. 곁눈질로 슬쩍 보니 한 명이 율리아와 눈을 맞추려 애를 쓰는 중이었다. 율리아는 휴대폰을 다시 가방에 넣고 손으로 웨이터를 불렀다. 계산을 하다 우연히 그 남자의 옅은 파란색 눈과 눈이 마주쳤다. 지그시 바라보며 장난스럽고 매혹적인 미소를 보내는 남자의 모습에 똑같이 웃어줄 수밖에 없었다.

율리아는 다른 의자에 걸쳐둔 은색 지팡이를 짚으며 몸을 일으켰다. 남자가 얼굴을 붉히며 고개를 돌렸다.

율리아는 테이블을 뒤로 하고 스토르가탄 쪽으로 광장을 가로질렀다.

율리아가 유독 매력적으로 보이는 각도가 있었다. 수작을 부리려 다가왔다가 빛의 각도가 달라지거나 뺨을 가린 머리카락이 바람에 날리면 관심을 잃고 돌아서는 남자가 셀 수 없이 많았다. 율리아는 이런 순간들에 대해 장난식으로 말하곤 했지만, 다음번에는 지팡이나 얼굴 흉터를 보고도 다르게 행동하는 남자가 나타날 것이라는 기대가 마음 한구석에 여전히 자리했다.

아직은 한창때 아니던가. 사랑하는 사람을 다시 만나야만 했다.

율리아는 교회 앞 그늘에서 잠시 마음을 가다듬은 후 걸음을 재촉하다 스티르만스가탄 15번에 멈춰 섰다. 문에 달린 황동 문패에는

'스타르크 탐정 사무소'라 쓰여 있었다.

특수 제작한 지팡이를 벽에 기대놓았다. 티타늄 합금으로 만든 지팡이에는 인체공학 손잡이와 검은색 고무 발 받침이 달려 있었다. 열쇠를 꺼내 문을 따고 안으로 들어갔다. 경보를 해제한 후 거울을 올려다보았다. 한쪽 얼굴에 흰색 펜으로 수직선을 칠한 듯한 흉터가 보였다. 이마에서 시작된 흉터는 오른쪽 눈썹 끝을 지나 턱까지 이어졌다.

사무실의 서늘한 공기에서 오래된 나무, 책, 가죽 냄새가 났다.

율리아는 가방을 책상에 내려놓고 초목이 무성한 안뜰이 내다보이는 창문을 연 다음, 주방으로 가서 더블 에스프레소를 한 잔 만들었다.

시드니와 결혼한 7년 동안은 율리아 멘델손이라는 이름으로 살았다. 하지만 이혼하고 나서 다시 아버지의 성을 택했다. 스타르크. 조상을 추적하면 1761년생 군인 라르스 스타르크까지도 거슬러 올라갈 수 있는 이름이었다.

시드니가 떠나고 마음이 헛헛하던 무렵, 율리아는 인생을 완전히 잘못 살았다는 느낌에 시달리다 스톡홀름 지방법원 서기직을 그만두기로 결심했다. 법원에서 일하는 동안 깨달은 사실이지만 율리아는 유난히 사람의 속마음을 잘 읽었다. 재판이 열릴 때마다 법정에서 진실을 밝혀내지 못하는 모습을 가만히 앉아 보고 있으려니 답답함이 쌓여갔다. 무슨 일이 왜 일어났는지 늘 정확히 파악할 수 있다고 해도 서기에게는 자리에서 일어나 아는 내용을 말할 권한이 없었다.

율리아는 그동안 열심히 갈고닦은 논리적 사고력만이 아니라, 특정 순간에 극도의 집중력을 발휘하는 능력도 가지고 있었다. 그럴 때면 죽음에 직면한 순간처럼 시간이 멈췄고 대부분의 사람은 못 보고 넘어가는 디테일과 표정을 포착할 수 있었다. 딱히 초자연적인 능력은 아니었다. 율리아를 괴롭히는 트라우마, 취약한 정신에서 비롯된 증상일 뿐이었다.

오래전 시드니를 만나기도 전의 일이었다. 율리아를 둘러싼 세계가 무너져 내리고 돌바닥에 떨어진 와인잔처럼 산산이 부서진 적이 있었다. 깨진 조각들을 다시 맞추는 사이 모든 것은 달라졌다. 대부분 부정적인 변화였지만 긍정적인 변화도 있었다. 어쨌든 율리아는 그렇게 믿었다. 그저 위안을 얻으려는, 아무 의미 없는 세상에서 어떻게든 의미를 찾으려는 발버둥일지도 모르겠지만.

서기 일도 재미는 있었지만 이혼을 한 뒤로 노르말름 경찰서의 수사관으로 일하고 싶다는 꿈이 생겼다. 시드니처럼 말이다. 경찰이 되지 못한다는 현실은 잘 알았다. 그러기에는 신체 조건이 너무 불리했다. 그래서 율리아는 대안으로 탐정 사무소를 열었다.

일은 대체로 단순했다. 불륜 증거를 잡고, 신원 조사를 하고, 횡령 혐의를 확인하고. 하지만 더 복잡하고 율리아의 분석 능력을 최대로 발휘해야 하는 사건들이 어쩌다 불쑥 들어오는 때도 있었다.

율리아는 사무실로 커피를 가져와 흠집 난 낡은 손목시계의 표면을 내려다보았다.

멀리서 드르륵 하는 드릴 소리가 들렸다.

초인종이 울린 것은 율리아가 컴퓨터를 켜고 막 자리에 앉으려 할 때였다. 다이어리를 확인해 보았다. 따로 잡혀 있는 미팅은 없었지만 누가 왔는지 확인하기 위해 지팡이를 쥐고 일어났다.

바깥의 인도에는 키가 큰 백발 남자가 서 있었다. 50대로 보이는 남자는 남색 재킷과 연한 색 바지에 베이지색 트렌치코트를 걸치고 갈색 신발을 신었다.

"아, 안녕하십니까. 저는 페르 귄터 모트라고 합니다. 저, 음, 상담 예약을 하지는 않았지만 저… 혹시…." 말을 흐린 남자가 떨리는 손으로 머리를 문질렀다.

"무슨 일로 오셨죠?" 율리아가 물었다.

"의뢰하고 싶은 일이 있어서요. 그…."

"들어오세요, 페르 귄터 씨."

"아, PG라고 불러주세요."

"코트는 여기 거시고요."

율리아는 그가 들어올 수 있게 옆으로 비켜섰다. 어떤 식이든 신체 접촉은 사절이었다. 피부와 피부가 닿는 느낌만으로 공황 발작이 일어날 것만 같았다.

남자는 안으로 들어와 쓱 둘러보고는 코트를 벗었다.

몸이 호리호리했고, 늙어가고 있다는 사실을 아직 깨닫지 못한 듯 여린 소년의 분위기를 풍겼다.

율리아는 그를 사무실로 안내하고 소파에 앉으라 했다. 재킷 뒤가 구겨져 있었다. 자동차나 기차에 장시간 앉아 있었던 것일까.

"뭐 마실 거 드릴까요? 차, 커피, 물 있습니다."

"괜찮습니다."

"마음이 바뀌면 언제든 말씀하세요."

무슨 말을 하려는지 모르겠지만 남자는 마음의 준비를 하며 불안한 시선으로 사무실 안을 둘러보았다.

"본론으로 들어가기 전에, 이 자리에서 하는 말이 비밀로 유지될지 알고 싶습니다." 그렇게 말한 남자가 깊은숨을 들이마셨다.

"의뢰 여부와 관계없이 상담 내용은 철저히 비밀로 지킵니다."

"내가 무슨 말을 하든, 뭘 보여주든 다른 사람에게 말할 수 없다는 얘기겠죠?"

"네."

PG라는 남자가 소파의 팔걸이를 잠시 손가락으로 두드렸다.

"경찰에도요?"

"경찰에도요." 율리아가 확신을 담아 말했다.

2

율리아는 책상에서 수첩과 펜을 가져와 PG의 맞은편 의자에 앉았다. 그의 이마가 땀으로 번들거리기 시작했다. PG는 율리아가 보는 앞에서 떨리는 손을 안주머니에 넣었다.

"이 사진을 봐주셨으면 합니다." 율리아 앞의 테이블에 휴대폰을 내려놓으며 PG가 말했다.

율리아가 휴대폰을 들고 화면에 뜬 사진을 보자 PG의 얼굴에는 극도의 불안감이 드러났다. 사진이 찍힌 시각은 어젯밤 23시 25분이었지만, 촬영 장소를 보여주는 메타데이터는 없었다. 플래시를 환하게 터뜨린 사진 속에서 한 남자가 결박된 두 손을 무릎에 얹은 채 벽돌 벽에 등을 대고 콘크리트 바닥에 힘없이 앉아 있었다. 체크무늬 셔츠가 말려 올라가 뱃살이 드러났고, 바지의 사타구니 부분은 주름으로 쭈글쭈글했다. 머리를 덮은 갈색 포댓자루 한쪽은 피로 물들어 있었다. 가슴과 배를 타고 흘러내린 검은 피가 벌어진 다리 사이에 고여 커다란 웅덩이를 이루었다. 사진이 선명하지 않다 보니 피가 응고되기 시작했는지는 확인하기 어려웠다.

"오늘 아침 제 휴대폰에서 이 사진을 발견했습니다." PG가 설명했다. "하지만 어쩌다 이렇게 됐는지는 모르겠어요. 그래서 여기에 온 겁니다. 탐정님부터 만나려고요. 가만히 있을 수는…"

PG의 목소리가 떨렸다. 그는 침을 꿀꺽 삼키고 인중에 맺힌 땀을 닦았다.

"이 사람이 누군가요?" 율리아가 물었다.

"모르겠습니다. 추측하고 싶지도 않고요. 정말 이해가 안 돼요." PG가 양손을 비틀며 말했다.

"짐작 가는 것도 없으세요? 보니까 어젯밤 11시 반경 찍힌 사진이네요."

PG의 창백한 얼굴이 고통스럽게 일그러졌다.

"제가… 가끔 술을 좀 마십니다. 그게 어쩌다 과해질 때가 있어요."

"그렇군요."

"기억에 듬성듬성 구멍이 나고 몇 시간이 그냥 사라져버릴 정도로요."

"어젯밤도 그랬나요?"

"네. 점심에 항불안제인 아타락스 50밀리그램을 먹었기 때문인지도 모르겠습니다. 술을 마신다면 해서는 안 되는 짓이긴 한데… 안 먹으면 우리 회사 주주총회를 참고 견딜 수가 없어서요." 페르 귄터 모트가 손가락 관절로 뺨을 문지르며 설명했다. "어쨌든… 이해하시리라 생각하지만, 내가 혹시라도 이 남자를 해쳤을까 봐 그게 걱정입니다."

"평소 폭력성이 있는 편인가요, PG?"

"아니, 아닐 거예요··· 아, 내가 완벽하다는 말은 아닙니다. 실수도 숱하게 했을 거고요. 하지만 폭력적인 사람은 아닙니다. 내가 아는 한, 지금까지는 그랬어요."

"본인이 사진 속의 이 남자를 해쳤을지도 모른다고 생각할 근거가 있을까요?"

"무슨 뜻이죠?"

"이를테면 핏자국요. 몸싸움 중에 생겼을 법한 상처나 찢어진 옷도 되고요."

"아니, 아니, 그런 건 하나도 없었습니다. 하지만··· 사진이 내 휴대폰에 있었으니까요. 아내는 당장 경찰서로 가라더군요. 그래야 했는지도 모릅니다만, 일단 탐정님을 찾아왔습니다. 이다음에 어떡할지는 조사를 의뢰하고 다 마무리된 후에 결정하고 싶어요."

율리아는 순간 몸이 하늘로 붕 뜰 것처럼 가벼워지고 가슴이 두근거렸다. 심장이 쿵쾅쿵쾅 뛰기 시작했다. 원래 아버지의 것이었던 손목시계를 내려다보자 흠집 난 유리에서 빛이 반사되고 초침의 움직임이 느려졌다.

째깍··· 째깍··· 째깍···

점점 느려지던 초침이 완전히 멈췄다. 초침의 그림자는 시계 표면 위에서 회색 실선처럼 로마 숫자 9를 가리키고 있었다.

율리아는 예비 의뢰인을 올려다보며 공기 중에 떠다니는 먼지 사이로 그를 관찰했다. 이마에 가로로 난 주름이 아까보다 깊어졌다. 짧게 깎은 백발은 옆 가르마로 빗어 넘겼다. 한쪽 눈 아래를 세게 문질렀는지 피부에 노란 멍 자국이 보였다. 짐짓 침착해 보이려 입을 굳게 다물고 있으니 턱이 파르르 떨렸다.

"대안은 뭔가요?" 율리아가 자기도 모르게 물었다.

"사진을 보여주니 아내도 충격을 받아서… 알거든요. 살인을 했다는 사실을 알고는 내가 멀쩡히 살지 못한다는 걸요. 말도 안 되죠."

"네." 율리아는 PG의 목소리가 체념한 듯 들린다고 생각하며 작게 대답했다.

"내가 그 남자를 해쳤다는 결론이 나오면 벌을 받을 겁니다." PG가 자신의 왼쪽 손목을 내려다보며 말했다.

시선을 따라가자 하얀 피부 아래로 두 개의 평행한 힘줄과 푸른 혈관이 보였다. 죄가 있다면 스스로 목숨을 끊겠다는 의미인 걸까.

"벌이라고요?" 율리아가 물었다.

다시 몸이 묵직해지고 초침이 정상 속도로 돌아왔다. PG가 셔츠 소매를 내리며 고개를 들었다.

"네, 그래야죠… 하지만 저지르지도 않은 범죄를 뒤집어쓰고 싶지는 않습니다. 그래서 경찰을 찾아가지 않은 거예요. 우리 집안이 알려진 편이라서요. 최소한 순스발과 임업계에서는요. 유서 깊은 목재 재벌로, 만하임 그룹을 경영하고 있습니다."

"들어봤어요."

"네, 그…"

율리아가 가방을 열고 얇은 가죽 장갑을 꺼냈다. 물론 PG는 율리아가 건넬 계약서를 쳐다도 보지 않을 것이다. 두 번 생각하지도 않고 서명을 한 후 악수를 청할 게 분명했다. 그는 신속한 결정에 익숙한 사업가였다. 운명의 칼이 머리 위에 매달려 있는 상황을 1초도 더 버티지 못할 것이다.

"제게 의뢰하려고 순스발에서 여기까지 오셨어요?" 율리아가 천천히 말을 꺼냈다.

"도자기 인형 사건에 관한 기사를 읽었거든요."

"그렇군요."

2년 전 율리아는 그 사건을 해결하고 세간의 관심을 받았다. 이후로 보수가 짭짤하고 규모 있는 일감들이 쏟아져 들어오기 시작했다. 덕분에 월급을 넉넉히 챙기는 것이 가능해졌고, 오래 지나지 않아 교외의 작은 아파트를 벗어나 스톡홀름 중심부의 부촌에 나란히 붙어 있는 사무실과 아파트를 대출을 껴서 매입할 수 있었다.

"마지막으로, 제가 모든 사실을 이해했는지 확인하기 위해 질문 하나만 더 하겠습니다." 율리아가 말했다. "어젯밤 휴대폰을 어디에 두셨죠?"

"식당에 뒀습니다. 저녁에 주주가 다 모이는 만찬 자리가 있었거든요."

"다른 사람이 가져갔을 수도 있을까요?"

"그랬으면 좋겠어요." 대답하는 PG의 목소리에 조심스러운 낙관이 묻어났다.

"잠금을 풀지 않아도 사진을 찍을 수 있으니까요." 율리아가 말했다.

PG가 고개를 끄덕였다. "아내도 그 얘기를 하더군요."

"제가 어떤 식으로 조사를 하면 좋을지 의견 있으신가요?"

"그, 만약 살인이라면 범인이 누구인지 알아야겠죠. 그게 나로 밝혀진다고 해도… 하지만 그 외에는 이 사진이 내 휴대폰에 저장된 방법과 이유만 알면 됩니다."

"알겠습니다."

"저야 당연히 결백이 증명되기를 바라지요. 이게 다 오해였으면 좋겠어요. 사진 속의 남자가 모르는 사람이었으면 하는 바람도 있고… 하지만 어느 쪽이든 진상을 알고 싶습니다."

"제가 진실을 알아내기를 원하신다는 거죠." 그렇게 정리한 순간, PG의 턱이 움찔했다.

율리아는 서류함에서 계약서를 한 장 꺼내 앞면에 사무소 로고가 찍힌 폴더에 넣고 PG의 앞에 내려놓았다.

"표준 계약서예요. 가져가서 꼼꼼히 읽어보시고 조사를 시작하기를 원한다면 다시 연락 주세요."

"읽을 필요 없습니다." PG가 말했다. 그러고는 펜을 꺼내 마지막 장으로 휘리릭 넘기더니 서명을 했다. "기다릴 시간이 없어요. 가능하다면 내일 우리 집으로 꼭 와주셨으면 합니다. 만하임으로요."

"내일요?"

"네, 가능하다면요." PG가 다시 말했다.

"노력해볼게요."

"저녁 만찬에 참석했던 사람들이 다 올 겁니다."

"그렇다면 한 명씩 따로 이야기를 나누고 싶네요." 율리아가 말했다.

"좋아요."

PG는 펜을 앞주머니에 다시 넣고 일어나 악수를 청했다.

3

페르 귄터 모트가 사무실을 떠나자마자 율리아는 책상으로 돌아와 장갑을 벗었다. 흥분감으로 가슴이 두근거렸다. 시드니에게 한 발 가까이 다가갈 절호의 기회였기 때문이다.

잠시 완벽한 첫 문장을 구상해 보았지만 그러고 있으니 마음만 더 초조해졌다. 율리아는 고민을 관두고 가방에서 휴대폰을 꺼냈다. 조금 망설인 후, 연락처 목록을 천천히 내려 검지 끝으로 그의 이름을 눌렀다.

"시드니입니다." 그가 전화를 받았다.

"나야. 일하는 중에 전화해서 미안해. 그런데…."

율리아는 말을 멈추고 침을 꿀꺽 삼켰다. 전화를 괜히 했나 갑자기 후회가 밀려들었다. 시드니의 목소리를 듣기에는 아직 마음의 준비가 부족했다.

"율리아? 무슨 일 있어?"

"아니, 그냥… 참, 꽃 잘 받았어."

"전화했는데 안 받더라."

"그랬어?"

전화기에 닿은 귀고리가 짤랑거렸다. 리드미컬하게 윙윙거리는 복사기 소리도 배경음으로 들렸다.

"본론부터 말할게." 빠르게 뛰는 심장을 느끼며 율리아가 말했다. "갑작스럽다는 거 아는데, 나 혼자서는 감당하기 어려운 일을 의뢰받았거든. 내일 도와줄 사람이 꼭 필요해서. 운전 면허와 포렌식 지식이 있는 사람으로. 경찰이면 더 좋고… 그러다 보니 당신이 떠올랐어."

"잠깐…."

"수고비는 당연히 있고. 며칠이면 돼."

"율리아, 글쎄…."

"두 배로 쳐줄게." 율리아가 말을 잘랐다.

"좋은 생각 같지 않아서 그래."

"그래, 맞아. 나도 오죽했으면 이런 부탁을 했겠어."

"무슨 사건인데?"

율리아는 다리가 후들거리고 있다는 사실을 깨닫고 의자에 앉아 이번 사건과 의뢰인에 관한 정보를 아는 대로 들려주었다.

"진상을 파헤쳐달라고 나한테 일을 맡긴 거야. 잘된 일이지." 율리아는 그렇게 설명을 마무리 지었다.

잠시 수화기 반대쪽이 고요해졌고 작게 똑딱거리는 소리가 들렸다. 율리아는 포커 테이블 앞에 서서 딜러처럼 카드를 나눠주는 시드니를 상상했다. 잘 닦인 테이블 위로 카드가 한 장, 한 장 떨어지더니 침묵이 깔렸다.

"며칠 휴가를 쓸 수 있긴 해." 시드니가 말했다.

"하겠다는 거지?"

통화를 마친 율리아는 억지웃음을 거두고 울기 시작했다. 손으로 얼굴을 감싸고 이 순간이 지나가기를 기다렸다. 뺨을 문지르고 다시 의자에 기대앉아 호흡을 서서히 정상으로 돌려놓았다. 입구의 간판을 '멘델손&스타르크 탐정 사무소'로 바꾸는 상상을 하면서.

시드니 멘델손은 오른손을 핸들에 가볍게 얹고 있었다. 타이어가 요란하게 아스팔트를 긁었고 왼쪽에서는 울타리 친 가로수가 차창 밖을 빠르게 스쳐 지나갔다.

시드니는 제안을 수락하고 다음 날 퇴근 후 2시에 데리러 오겠다고 했다. 그리고 지금 율리아와 함께 북쪽으로 달려가고 있었다.

율리아의 시선이 구릿빛으로 그을린 시드니의 손가락에 닿았다. 엄지에 붙인 반창고가 꼬질꼬질했다. 예전 같으면 더러운 걸 붙이고 다닌다며 잔소리를 하고는 새 반창고를 붙여주었겠지. 하지만 그 시절은 이제 사라지고 없었다.

그래도 설득하니까 따라나서지 않았나. 지금부터는 시드니를 율리아의 세계로 당겨 올 수 있도록 최선을 다해 사건을 해결하고 실력을 뽐낼 작정이었다.

진실을 캐내는 방법은 단순했다. 이야기를 귀담아듣고 체스 플레이어가 말을 움직이듯 전략적으로 질문을 던지면 그만이었다. 때로는 파격적이고 직설적인 질문으로 상대의 허를 찔렀다. 반대로 뻔한 질문을 삼가고 누군가에게 고백하기를 원하는 인간의 깊은 욕구를 자극하는 경우도 있었다.

새로운 의뢰인은 약물과 알코올의 조합으로 주주총회 당일의 기억을 상당 부분 잃은 상태였다. 대낮부터 술을 마셨고 약효가 최소 12시간은 지속되는 항불안제 50밀리그램을 먹었다고 했다.

PG 모트는 결박된 피투성이 남자 사진이 어쩌다 휴대폰에 저장되었는지 모르겠다고 주장했다. 사진을 찍은 사람이 자신인지, 타인인지도 몰랐다. 하지만 율리아가 봤을 때 그는 피해자의 신원을 예감하고 있었다. 둘 중 하나였다. 두려워서 그 생각으로 이어지는 결론에 차마 도달할 수 없거나, 생각을 입 밖에 내지 말자고 다짐했거나. 사실 신원을 확신할 방법도 없었다. 수수께끼의 남자는 머리에 자루를 뒤집어쓰고 있으니까.

전부 사실이라면 PG가 율리아를 찾아왔다고 말한 이유도 거짓은 아닐 것이다. 그는 율리아가 사건의 진상을 밝혀주기를 원했다. 처벌을 피하려는 의도가 아니었다. PG 모트는 자신이 그 남자를 해쳤을지도 모른다는 사실을 못 견딜 뿐이었다. 이 상황 자체가 PG에게는 고통이었다.

테러와 아동 대상 범죄만 아니면 탐정으로서 비밀을 지킬 의무가 있으니 안심하라 설득했지만, PG는 끝내 율리아에게 휴대폰 사진을 전송하지 않았다. 사진이 실제로 존재한다는 사실을 받아들이지 못하고 마침내 삭제해도 되는 날을 간절히 기다리지만, 모든 혐의를 벗을 때까지는 그 사진에서 벗어나지 못한다는 현실을 잘 아는 듯했다.

율리아는 사진을 공유해달라 재촉하고 싶었지만 몰아붙였다가 지레 겁먹고 달아날까 하는 걱정에 일단은 후퇴를 결정했다.

두 사람을 태운 차는 고속도로 다리로 달강을 건넜다. 아래로 보이는 강물이 빨랫줄에 걸린 깨끗한 이불처럼 반드르르했다.

환한 햇살이 차 안을 가득 채웠고 율리아는 눈을 감았다.

다리 끝을 건너며 차가 덜컹거렸다.

눈꺼풀 너머로 빠르게 지나는 철탑들의 그림자가 보이더니 이내 온 세상이 캄캄해졌다. 또 짙은 녹색의 숲을 지나는 모양이었다. 율리아가 다시 눈을 떴다.

"휴가 7일 쓰기로 했어." 시드니가 말했다.

"내가 사건을 해결하는 데 7일이나 필요하다고 생각해?"

"율리아… 그사이에 어디 가서 성격 이식 수술을 받았다면 모르겠지만, 당신 걸핏하면 성급하게 결론을 내리잖아. 그리고…."

"다 전략이야."

"다 전략이라는 말은 하지 마." 시드니가 말을 맺고 피식 웃었다.

"항상 그런 것도 아니고."

"그냥 해본 말이야."

"알았어."

"별다른 의도는 없어."

"그래, 알아. 경고해줘서 고마워… 나에 대해서."

"한 귀로 흘렸지."

"아니야."

"맞으면서."

"같이 저녁 먹자고 하면 새겨들을게." 시드니가 불편해할 것을 알면서도 율리아는 말했다.

나무를 베어 만든 도로와 빈터, 그 뒤의 높은 덤불 울타리가 차창을 스쳐 지나갔고 두 사람이 탄 차 안에 정적이 흘렀다.

한참이 지났을 때 시드니가 후딕스발에 이르기 전 기름을 채워야 한다고 말을 꺼냈다.

"미안해." 율리아가 속삭였다.

"뭐가?"

율리아는 다리가 이래서 운전하지 못하는 자신의 처지에 자괴감을 느꼈다. 하지만 지금 손을 올리고 있는 컵홀더의 물병과 시드니의 허벅지 사이에 몇 센티미터밖에 없는 것을 보자 가슴이 설레고 콩닥거렸다.

"기분 묘하다." 율리아가 말했다. "당신하고 한 차를 타다니… 꼭 평범한 삶으로 돌아온 것 같아."

"시간이 흐르면 익숙해지는 법이지… 새로운 평범함에." 시드니가 대답했다.

"하지만 행복해?"

"다른 얘기 하면 안 될까? 나는 사건을 해결하는 데 도움이 필요하다고 해서 따라온 거야. 우리 그 역할에만 충실하자."

율리아가 생각해도 시드니에게 주기로 한 보수는 과했다. 하지만 경찰의 시각과 포렌식 지식은 수사에 도움이 될 자원이었다. 게다가 시드니는 율리아가 흥분할 때 차분하게 달래줄 수 있는 유일한 사람이었다. 율리아는 성격상 인내심을 잃을 때가 있었고, 그럴 때면 논리적인 추리를 건너뛰고 성급한 결론을 내리곤 했다. 율리아의 결론이 대부분 사실로 판명 났기는 했지만.

법원 서기로 일한 마지막 날에도 시드니가 옆에 있었어야 했다. 그날 율리아는 진행 중인 재판을 가만히 듣고만 있을 수 없었다. 벌떡 일어나 피의자를 손가락으로 가리키며 비열한 가정 폭력범이라 불렀다.

"지역 경찰과 순스발 일대 병원은 전부 확인했어. 예블레에서 우메오까지 싹 다." 시드니가 말했다.

"사진 속 그 남자일 가능성이 있는 사람은?" 율리아가 물었지만 시드니의 목소리만 들어도 답을 짐작할 수 있었다.

"예블레 시체 안치소에 있는 젊은 남자가 그나마 비슷했어. 교통사고였대. 헬멧 없이 오토바이를 타다가. 하지만…."

"사진에 찍힌 남자는 젊지 않았지."

"맞아." 시드니가 작은 소리로 동의했다.

"무슨 생각해?"

"나야 사진을 아직 못 봤으니 뭐라 할 말이 없지만, 당신 설명대로라면 두부 외상 같아."

"관자놀이 부분부터 목까지 자루에 핏자국이 쭉 있었어." 율리아가 확인해주었다.

"그래, 모세 혈관의 작용이나 피를 빨아들이는 직물의 성질을 생각하면 대충 이쯤을 다쳤을 거야." 시드니가 말하며 귀와 비슷한 높이에 있는 얼굴의 한 부분을 가리켰다.

"다른 건 또 없어?"

"사진을 찍었을 때 이미 사망한 상태라고 추정할 수 있다는 것 정도야." 시드니가 대답했다. "당신 말처럼 피를 많이 흘렸다면… 피해자는 즉각 쇼크 상태에 빠지고 호흡이 가빠졌을 거야. 그런데 입 앞쪽에는 핏자국이 없었다며."

"하나도 없었어."

시드니의 추리가 옳았다. 남자는 즉사하지 않았다면 순환 부전에 빠졌을 것이다. 피를 그 정도로 많이 흘리면 혈압이 급격히 떨어지며 산소 공급에 문제가 생긴다. 그 경우 신체는 부족한 산소량에 대응하기 위해 맥박과 호흡의 속도를 높인다. 소용돌이를 생각하면 된다. 죽어가는 사람을 붙잡고 바닥까지 빨아들이는 것이다.

"당신 말이 맞아." 율리아가 말했다. "이미 죽어 있었겠네."

"나 이제 기뻐하면 되는 타이밍이지?" 시드니가 농담조로 건조하게 물었다.

"내가 언제 당신 말에 반대한 적 있어?"

"그러게." 시드니가 웃음을 참으며 대답했다.

"그래, 알았어… 하지만 자기 생각이 틀렸을 것 같으면 여기 오지도 않았겠지." 율리아가 말했다. "사진 속의 남자가 살아 있을 확률이 조금이라도 있어 보였으면 나보고 의뢰인을 설득해 자수시켰을 거 아냐."

그들은 예블레 북쪽 외곽의 공업 지대를 지나 숲을 베어 만든 넓은 평야로 나아갔다. 서쪽의 석양이 차 안으로 쏟아져 들어와 선글라스를 써야 했다.

"사람이 죽었는데 이 지역에 접수된 실종자와 일치하는 정보가 하나도 없단 말이지." 율리아가 말했다.

"사라졌다고 다 실종 처리가 되지는 않으니까." 시드니가 반박했다.

율리아는 고개를 돌리고 시드니를 관찰했다. 형사의 삶이 겉모습을 바꿔놓았나? 아니면 형사는 이래야 한다는 선입견 때문에 율리아의 눈에 비친 모습이 달라졌을 뿐인가? 아무튼 시드니는 로마 군인처럼 머리를 짧게 깎은 헤어스타일을 하고 있었다. 코는 오뚝했고 눈은 밤나무 같은 갈색이었다. 우람한 몸은 근육질이었고 목소리도 제법 낮았다.

"딱히 행복하다고는 할 수 없어." 시드니가 예고도 없이 아까의 질문에 대답했다. "내 말은… 우리 문제와 상관없이 그냥 그렇다는 얘기야."

"어쩌면."

"당신은 어때? 어떻게 지내… 요새?" 시드니는 도로에서 눈을 떼지 않고 물었다.

"좋아." 율리아가 대답했다.

"데이트 어플 한다며?"

"당신은 아니고?"

"안 해."

"친구가 억지로 가입시켰어." 율리아가 서둘러 해명했다. "솔직히 말하면 웃음거리로 이용된 느낌이야."

"한번 도전해 봐."

"그럴 시간이 어디 있어."

"누가 관심을 보이는지만 보라고." 시드니가 말했다.

"그만해."

"안 해봤어?"

"한 번 접속은 했는데, 내 취향 아니야. 도저히 못 견디겠더라고." 율리아가 말했다.

"사랑 말하는 거야? 아니면 사람들?"

나무 그루터기와 기계의 깊은 바퀴 자국이 보이는 풍경 위로 독수리 한 마리가 날아갔다.

"자기야 쉽겠지." 율리아가 말했다.

그의 입꼬리가 살짝 올라갔다. 하지만 율리아가 아는 시드니는 이런 수작을 좋아하지 않는 사람이었다.

"뭐, 아직 확실한 건 없는데 동료 하나와 같이 점심을 먹기 시작했어." 시드니가 뺨을 조금 붉히며 말했다.

"어련하시겠어."

"감사과 소속이야."

"유대인이야?"

"그게 무슨 상관인데?" 시드니가 무거운 숨을 내쉬고 이를 악물었다.

"드디어 참한 유대인 여자를 만난 거야?" 율리아가 놀렸다. "어머니가 이제야말로 기뻐하시겠어."

"우리 엄마 당신 좋아했어."

벌목 지대를 지나고 짙은 색 소나무의 수가 늘어나자 시드니의 얼굴에 다시 그림자가 졌다.

율리아는 문득 결혼식 날의 시드니가 떠올랐다. 추파* 아래에서 은은한 빛을 받고 있던 그가. 시드니 주위를 일곱 번 돌았던 기억이 났다. 율리아가 두 사람의 결합을 상징하는 원을 하나씩 완성할 때마다 시드니는 얼굴에서 웃음기가 사라지며 진지해졌다.

결혼의 일곱 가지 축복을 낭독하던 목소리, 그때 마셨던 와인의 맛, 율리아와 눈을 맞춘 채 유대인 풍습을 따라 발로 유리를 깨던 시드니의 모습까지. 과거의 조각들이 머릿속을 스쳐 지나갔다.

율리아는 퍼뜩 정신을 차리고 현실로 돌아와 가방에서 수첩을 꺼냈다.

"의뢰인 이름은 페르 건터인데 PG라 불러달래. 가족 기업의 상무이사로 회사 지분 35퍼센트를 가지고 있어. 나이는 쉰여섯, 만하임이

---

* 유대교 결혼식에서 신랑과 신부가 아래에 서 있는 차양.

라는 저택에서 아내와 살아." 율리아가 말했다.

"그럼 부자겠네?"

"숲을 많이 가지고 있고, 저택도 대단할 거야. 그런데 전반적으로 조금 불투명하다고 할까… 그룹으로 운영되는데 숲 관련 사업은 회사 하나가 담당하고 자본과 자산 대부분은 다른 회사에 묶여 있어. 지주 회사가 다섯 개니까 계좌도 무수히 많을 거고 단기과세연도, 배당금, 분담금 같은 문제들이 있겠지."

"내가 조사해볼게." 시드니가 말했다.

"페르 귄터와 형 베르테르는 목재 재벌 4세야." 율리아가 계속 설명했다. "19세기 말 유럽 최대의 임업 제국을 일군 창업주 만하임 모트의 아들 레오폴드가 만하임을 물려받았고, 이후 저택은 그 아들이자 형제의 아버지인 쉴베스테르에게 넘어왔어."

율리아는 미팅 중 PG에게 했던 모든 질문을 찬찬히 되짚어 보았다. 생각할수록 기억이 전혀 없다는 PG의 말이 거짓이 아니라는 확신이 들었다. 그는 진심으로 두려워 보였다. 하지만 찜찜한 구석도 있었다. 왠지 모르게 PG를 생각하면 침수되어 작물이 시들고 썩어가는 밭이 떠올랐다.

신원 미상의 남자는 연례 주주총회 당일 살해당했을 것이다. 같은 날, 회사의 지분을 가지고 있는 가족 전원이 만하임에 모였다. PG는 식당에 휴대폰을 두었고, 다음 날 아침 일어나 보니 사진첩에 죽은 남자의 사진이 있었다. 경찰에 신고하라는 아내의 조언을 무시하고 곧장 차에 올라탄 PG는 스톡홀름까지 운전해 와서 율리아에게 조사를 의뢰했다.

쇠데르함 진입을 앞두고 시드니가 주유소로 핸들을 꺾었다.

시드니가 주유를 하는 동안 율리아는 가죽 장갑을 끼고 차에서 내려 샌드위치와 커피나 살까 하고 편의점으로 향했다. 지팡이로 문을 열자 종소리가 울렸다. 율리아는 커피 머신 앞으로 걸어갔다.

한 남자가 가죽 바지와 파란색 실크 셔츠 차림으로 카운터 근처에 서서 커피를 후후 불고 있었다. 긴 머리를 포니테일로 묶고 뾰족한 콧수염 끝에 왁스를 바른 남자는 점원과 이야기를 나누는 중이었다. 즉석 복권을 사면서 딸의 일곱 번째 생일 선물로 홍학 풍선을 샀다고 하는 소리가 율리아의 귀에도 들렸다.

"그래도 풀장 안에 넣으면 좋잖아요?" 남자가 즉석 복권을 받아 들며 말했다.

율리아는 과자와 초콜릿 사이의 통로에서 되돌아 나갈까 고민했다. 키보다 높은 상품 진열대를 보자 이곳에 갇혔다는 느낌에 심장이 뛰었다.

포니테일 남자는 카운터를 따라 움직이며 안쪽의 전용 오븐에서 기름을 맛있게 머금고 있는 핫도그들을 살펴보고 있었다.

율리아는 심호흡을 하고 다시 커피 머신으로 걸어갔다. 지팡이를 벤치에 내려놓고 라지 사이즈 컵 두 개에 진한 블랙커피를 채운 후 플라스틱 뚜껑을 덮었다.

기계가 위이잉 소리를 내며 원두를 추가로 갈았다.

율리아는 컵 두 개를 유리 카운터로 옮기고 지팡이를 집어 들고는 냉장고에서 샌드위치를 몇 개 골랐다.

치아바타 시저, 클럽 샌드위치, 토마토 모짜렐라.

냉장고 문을 열려고 손을 막 뻗었을 때 무언가 목덜미를 스쳤다. 갈가리 찢긴 사람들의 차가운 몸 위로 떨어지는 공포가 솟구쳤고 율리아는 옆으로 비틀거리다 와이퍼 날 진열대를 쓰러뜨렸다. 생각할 새도 없이 몸을 홱 돌려 지팡이를 휘두르며 남자의 뺨을 강타했다.

"뭡니까! 옷깃이 말려서 똑바로 해주려고 한 건데." 남자가 앓는 소리를 냈다.

"미안해요, 나는…."

"별일을 다 당하네."

남자가 빨개진 뺨을 움켜쥐고 당황해서 뒤로 물러났다.

율리아는 떨리는 손으로 와이퍼 날 진열대를 똑바로 일으켰다. 점원이 달려오고, 남자가 가게를 나갔는지 문에 달린 종이 울렸다.

"무슨 일이에요?" 점원이 물었다.

"시간이 없어요." 율리아는 그 말만 하고 가늘고 긴 와이퍼들을 바닥에서 황급히 주웠다.

"그냥 두세요."

"죄송해요."

"혹시 아까 그 사람이 건드렸어요? 그런 거예요?" 점원이 물었다. "신고할까요?"

"아뇨, 나는…."

"판매 시스템에 카드 정보 있어요. CCTV에도 다 찍히고요."

"아니에요, 빨리 가봐야 해요."

"아… 커피라도 가지고 가세요. 제가 살게요."

허둥지둥 가게에서 빠져나온 율리아가 차에 올라타 안전벨트를 맸다. 아직도 손이 떨려서 커피를 마실 수 없었다.

"무슨 일이야, 율리아? 떨고 있잖아." 시드니가 말했다.

"안에 있던 남자가… 내 목덜미를 만졌어."

"조심하지."

"알아, 놀라서 그랬어."

"눈 감고 호흡에 집중해." 시드니가 말하며 시동을 걸었다.

4

헬싱란드의 숲이 다시 한번 차를 감싸 안았고, 앞에 놓인 도로는 하늘을 향해 정북 방향으로 무한히 뻗어나가는 듯했다.

타이어가 아스팔트를 스치며 내는 단조로운 소리에 집중하자 율리아의 심장 박동도 서서히 안정을 찾았다.

"좀 나아졌어?" 시드니가 물었다.

"응, 그냥… 이것도 지겹다는 생각밖에 안 드네. 부끄럽다. 이럴 때면 어떻게 해야 할지 모르겠고… 내가 누구인지도 모르겠어."

율리아는 외상 후 스트레스 장애로 신체 접촉이 굉장히 힘들어졌다. 특히 예기치 않게 피부와 피부가 닿는 상황을 못 견뎌 했다. 수년 동안 트라우마 센터를 다니고 대화 치료와 CBT에도 수백 시간을 쏟아 부었지만, 그 사고로 무엇을 잃었는지 언급만 해도 공황 발작이 일어났다. 그래도 최근에는 약간의 진전이 있어서, 상상 속의 장례식 사진을 두고 치료사와 대화하는 방법으로 슬픔이라는 감정에 조금씩 가까워질 수 있었다.

율리아는 끝없이 깊은 불안감에 빠지지 않도록 교회가 내려다보이는 높은 지점에서 사진이 찍혔다고 상상했다. 사진을 상상하며 한 소녀가 돌바닥에 목발을 내려놓는 모습을 묘사할 수 있었다. 교회 앞에 홀로 앉은 소녀는 수천 송이 꽃의 진한 향기에 둘러싸여 앞에 놓인 네 개의 관에서 눈을 떼지 못했다.

그동안 셀 수 없이 많은 약을 처방받았고, 대체 의학의 힘도 빌려 보았고, 요가 수련도 꾸준히 했다. 하지만 마음을 진정으로 차분하게 만들어준 것은 지금까지 딱 두 가지뿐이었다.

하나는 다른 사람들이 위기에서 벗어나게 돕는 일이었다. 진실을 찾는 동안에는 모든 것을 잊고 그 사람의 말과 표정에 집중할 수 있었다.

다른 하나는 시드니와, 시드니의 사랑과 인내심과 함께하는 삶이었다. 하지만 지금 이 삶은 완전히 사라졌고 산산이 부서진 그 시절의 파편은 산등성이에서 연기를 뿜어내는 잔해와 함께 흩어져 있었다.

"당신이 빨래를 전담하는 거 어머님이 질색하셨는데… 수건에 묻은 화장품이나 핏자국 같은 거 빤다고." 율리아가 말했다.

"나는 빨래 좋아해."

"나도 당신이 내 속옷 빨아서 너는 모습 보면서 좋았어."

"뭐?" 시드니가 피식 웃으며 말했다. "어떤 점이?"

"됐어." 율리아도 웃어버렸다.

숲의 장막이 걷히고 들판과 붉은색 나무 헛간이 있는 풍경이 나타났다. 두 사람은 소돔이라는 작은 마을을 지나며 말없이 눈빛을 주고받았다.

"이 세상에 존재하는 모든 비밀과 미스터리는 다 연결되어 있어."

시드니가 한참 만에 입을 열었다.

"그래?"

"헤칼로트* 문헌들에 따르면." 시드니가 조금 더 명확히 설명했다.

시드니는 유대인 어머니와 마르크스주의자 아버지 밑에서 철저히 무교로 자랐다. 하지만 어머니를 위해 몇 가지 의식은 받아들였고 유대교 비법을 인용하는 취미가 있었다.

차는 순스발 북쪽으로 나오자마자 E4 고속도로에서 벗어나 녹색 나무들이 빽빽하게 서 있는 숲길을 22킬로미터 더 달렸다.

그리고 예상 시간을 훌쩍 넘겨서야 사유지 앞에 도착했다. 만하임이라는 이름이 금색 글씨로 새겨진 화려한 주철 아치 아래 대문이 열려 있었다.

"당신과 같이 와서 정말 좋아." 율리아가 작아서 잘 들리지도 않을 목소리로 말했다.

방향을 틀어 또 숲길을 달리고 있으니 나무 몸통 사이로 반짝이는 작은 강이 언뜻 보였다. 나무로 지은 외딴집과 창고도 드문드문 차창을 스쳐 지나갔고, 다시 한번 풍경이 확 트이며 초원과 들판이 나왔다.

"이번 수사가 어떻게 전개될지는 곧 알게 되겠지." 율리아가 말했다. "취조실을 왔다 갔다 하는 느낌이 들 때도 있지만 제일 좋은 방법은 그냥 시간을 함께 보내는 거야. 오랜 친구인 것처럼…."

"나한테 하고 싶은 말 있구나?"

"맞아. 사람들과 평범하게 대화하되 더 결정적인 순간에는 내가

---

* 유대교 신비주의 사상이 담긴 글.

주도할 수 있게 물러나 줘."

"뭐, 당신이 율리아 스타르크니까." 시드니가 웃으며 말했다.

"대화하지 말라는 말은 아니야. 당연히 대화가 우호적으로 흘러가도록 같이 노력해야지… 일단 중요한 질문을 할 때 상대의 눈부터 봐야 한다는 것만 기억해."

"알았어." 시드니가 말했다.

"당신이 경찰이라는 사실도 숨기는 게 좋을 것 같아."

시드니가 율리아를 휙 쳐다보았다. "왜?"

"경찰의 존재를 불편해하는 사람들이 있으니까…."

"그래?"

"페르 귄터에게 전과가 있을지도 모르고." 율리아가 말했다.

"그렇지."

"찾아볼 수 있어?"

"그럴 수야 있지만 직업윤리에 어긋나지."

"진심이야?" 율리아가 짜증스레 말했다.

"개인의 기록을 요청하는 일은 특정 직책밖에 못 해. 그것도 건강과 사회 보장 시스템 안에서만 열람할 수 있고."

"그런 게 어디 있어? 얼마든지 확인할 수…."

"나는 공직에 있어. 당신은 개인 사업자고." 시드니가 말을 잘랐다. "설마 경찰 데이터베이스를 이용하려고 같이 오자고 부탁한 거면 지금 여기서 인사하지."

"우리 7년 동안 부부로 산 거 알지?"

"알지."

"그렇다기에는 너무 격식을 차려서 하는 말이야."

"당신도 선을 지키는 게 좋아."

"뭐?"

"당신도 선을 지키는 게 좋다고."

강의 댐 위로 작게 만들어진 검은 호수의 기슭에 아담한 벽돌집 한 채가 서 있었고 부들과 갈대가 방파제를 에워쌌다.

숲의 뒤편으로 해가 저물며 나무 꼭대기가 불타는 것처럼 보였다.

도로는 웅장한 저택의 진입로로 이어졌다. 경사진 검은색 지붕을 얹은 집의 매끈한 벽돌 벽을 따라 양쪽으로 열리는 유리 창문이 줄줄이 늘어서 있었다. 자갈을 아주 고르게 깐 진입로는 잘 관리되어 있었고, 그 끝에 위치한 원형 선회로 옆의 잔디밭에는 화강암 해시계도 있었다.

시드니가 시동을 끄는 순간, 문이 열리더니 PG가 얇은 카디건과 바지 차림인 빨간 머리 여자와 계단으로 나왔다.

율리아는 지팡이를 잡고 끙끙대며 차에서 내렸다. 허리를 똑바로 펴자 오랫동안 차를 타고 오면서 몸이 얼마나 뻣뻣해졌는지 실감이 났다. 따스한 저녁 공기에서 소나무와 이끼 냄새가 났다. 새들이 짹짹거렸고 꼭대기 층의 반달 형태 창문에서는 석양이 반짝였다.

트렁크에서 짐을 꺼낸 시드니가 습관처럼 손을 뻗어 율리아의 팔을 잡아주었다. 몸은 그의 손길을 기억하고 있었다. 그 감각이 온몸으로 퍼져나가는 느낌이었다. 건물을 향해 걸어가는 동안 망가진 바이올린 현으로 연주하는 음과도 같이 가슴에 울렸다.

"만하임에 오신 걸 환영합니다." 여자가 말했다. "모니카라고 해요. 이 집안에 들어온 꽃뱀이죠."

"저와 30년째 부부로 사는 사람입니다." PG가 서둘러 덧붙였다.

"하지만 처음 만났을 때는 우리 남편도 그렇게 생각했답니다. 지금 돌이켜 보면 칭찬 같기도 해요." 모니카가 웃으며 말했다.

"말은 이렇게 하지만 모니카도 저만큼이나 이 일을 심각하게 보고 있습니다."

"네, 네. 오해가 있었다면 사과할게요. 아무래도 그게 제 초능력인가 봐요."

시드니가 가방을 내려놓고 모트 부부와 악수를 나누는 동안, 율리아는 지팡이를 짚고 서서 인사가 끝날 때까지 휴대폰 메시지를 읽는 척했다.

"자, 들어오세요." PG가 말했다.

그를 따라 계단을 오르고 널찍한 현관으로 들어가자 거미줄이 낀 샹들리에, 벽등, 거대한 중앙 계단이 보였다.

"집이 멋지네요." 시드니가 말했다.

"프리츠 에케르트의 작품이죠." PG가 설명했다. "안투나 저택, 왕실 마구간, 쿠르만스카 빌라를 설계한 분으로…."

검은 원피스에 흰 앞치마를 두른 여자가 조용히 인사를 하며 코트를 받아주었다. 60대로 보이는 여자는 검은 머리카락을 아래로 단정하게 말아 올렸고 파란 눈에 초조한 눈빛을 띠고 있었다.

"아멜리에가 방으로 안내해드릴 겁니다." 모니카가 말하다 얼굴을 찌푸렸다. "혹시라도 제가 착각한 게 아니면… 두 분 각방을 원하시죠?"

"네, 저희는 그냥 동료 사이입니다." 시드니가 확인해주었다.

율리아도 미소를 짓고 고개를 끄덕였지만 가슴에 아쉬움이 밀려들었다.

"현대판 셜록과 왓슨이군요." 모니카가 중얼거렸다.

"비슷합니다." 시드니가 말했다.

PG는 깨물어 뜯은 자국이 난 손톱을 잘근거리고 있었다. 그러다 율리아의 시선을 의식했는지 동작을 멈추고 자기 손을 철썩 내리쳤다.

"그 남자의 사진을 공유해주시면 수사를 진행하는 데 큰 도움이 될 겁니다." 율리아가 말했다.

"그게 영 내키지 않네요. 그보다는…."

"꼭 필요해서 드리는 말씀이에요."

"아, 그럼요. 미안합니다." PG가 고개를 끄덕이며 아내에게 휴대폰을 건넸다.

"옛날 사람이야, 정말." 모니카가 놀렸다.

잠시 후, 율리아의 휴대폰에 메시지가 도착했다는 알림음이 울렸다.

"감사합니다."

"지금 한 가지 여쭤보고 싶은 게 있어요." 모니카가 목소리를 낮추고 말했다. "불법은 아니죠? 저런 사진이 이이 휴대폰에 있어도요?"

"아닙니다." 시드니가 말했다.

"저렇게 이상한 사진을 받았다고 상상해보세요. 어떻게 하시겠어요?"

"하지만 이 사진은 PG의 휴대폰에 전송된 게 아니에요." 율리아가 지적했다.

"두 분 식사 대접해야지." PG가 우물거리며 화제를 바꿨다.

"아, 그럼. 깜박했네. 오늘 저녁 8시에 다 같이 식사하면 좋지 않을까 생각했는데 어떠세요?" 모니카가 물었다. 하지만 말을 꺼내자마자 자신이 없어진 듯했다. "죄송해요, 이런 일이 어떻게 돌아가는지 저희가 잘 몰라서. 빨리 일을 시작하게 따로 먹기를 원하시려나…? 시간이 늦었지만요."

"같이 식사하면 좋죠." 율리아가 말했다.

“내가 뭐랬어?” PG가 아내에게 고갯짓을 하며 말했다.

“어제도 말씀드렸지만 일요일에 이 집에 있었던 모든 사람을 만나 봤으면 해요.” 율리아가 말했다.

“내일은 걱정하지 마세요. 성경에도 나와 있잖아요. 내일 걱정은 내일이 알아서 한다고.” 모니카가 말했다. “집을 둘러보고 모두와 만나도록 PG가 준비했어요.”

“네, 준비해놨습니다.” PG가 말했다. “우리 단란한 가족은 내일 만나게 되실 겁니다.”

“얼마나 재미있을까.” 모니카가 한숨을 쉬었다.

PG에게 내일 계획에 대한 설명을 들은 후, 율리아와 시드니는 아멜리에라는 여자의 안내를 받아 삐걱거리는 계단을 오르고 긴 복도를 지나 각자의 방으로 갔다.

“감사합니다.” 시드니가 말하며 짐을 내려놓았다.

“이사님과 사모님은 8시에 아래층 거실에서 기다리고 계실 겁니다.”

“네.” 율리아가 미소를 지으며 말했다.

아멜리에가 계단으로 돌아가며 둘만 남았다. 시드니는 재미있다는 표정으로 율리아를 힐끗 보다가 잠시 뜸을 들이고 말했다.

“그래, 미스터리는 해결했어?”

“어느 미스터리?”

“당신도 조만간 신비주의자 되겠어.”

“내가 이 방 할래.” 율리아가 말했다.

그러고는 가까운 문을 지팡이로 열고 안으로 들어가 노란색 오리엔탈풍 양탄자 위로 캐리어를 끌었다.

열린 창문으로 바람이 솔솔 불었지만 소나무향 비누, 목재, 오래된 직물 냄새는 아직 공기 중에 남아 있었다.

화려한 실크 벽지에는 물이 샌 흔적이 보였다. 장식 많은 호두나무 책상과 캐노피 침대 옆의 벽에는 검은색에 가까운 나무로 만든 옷장이 붙어 서 있었다.

율리아는 바닥 한가운데에 캐리어를 열고 속옷과 세면도구 파우치를 꺼낸 후 옷장을 열고 패드 처리된 옷걸이에 드레스를 걸었다.

PG는 어제 저녁 메일을 보내 율리아와 시드니가 자유롭게 옷을 입어도 되지만 자신의 가족은 전통 방식을 선호한다고 덧붙였다. 칵테일 드레스 몇 벌, 야회복 한 벌을 챙기면 좋고 숲에서 입을 바지와 재킷도 가능하면 준비하라는 아내의 의견을 전해주었다.

율리아는 옷장 문을 닫고 유리창으로 다가가 창문도 닫았다. 바깥 풍경을 둘러보는데 유리가 낡고 휘어 숲에 물결이 일었다.

율리아는 의자에 앉아 휴대폰을 꺼내 죽은 남자의 사진을 잠시 살펴보다가 시드니에게 사진을 전달했다.

PG가 정말로 이 남자를 죽였고 살인을 했다는 의식이 있다면, 무엇 하러 스톡홀름까지 차를 몰고 와 율리아에게 시체 사진을 보여줄까?

논리적으로 생각하면 기억의 공백은 거짓이 아니다. 단순히 반대를 반대하는 심리를 노리는 것이 아니라면 말이다.

5

PG와 모니카는 1층의 넓은 응접실을 지나면 바로 나오는 옛 서재에서 손님들을 기다리고 있었다. 길쭉한 납틀 창문 너머로 숲이 보였고 바닥 전체에는 담배 색 페르시아 카펫이 깔려 있었다. 마호가니와 구리로 만든 바 형태의 카운터도 있었고 셀 수 없이 많은 술병이 그 뒤의 전면 선반에서 반짝거렸다.

PG는 짙은 색 정장 차림이었고 블러셔를 살짝 칠한 것처럼 양 볼이 발그레했다. 모니카도 클래식한 회색 샤넬 드레스로 옷을 갈아입었다. 염색한 빨간 머리를 매끈하게 빗어 넘겼고 목에는 노란 진주 목걸이를 세 줄로 두르고 있었다.

"아, 청춘 남녀 오셨군요." PG가 말했다.

"이 사람이 청춘이라는 건 두 사람 미모가 출중하다는 뜻이에요." 모니카가 설명했다.

"부러움과 질투에서 비롯된 표현이죠." PG가 웃으며 말했다.

한쪽 벽에는 벌거벗은 여인이 만에서 호수로 걸어 들어가는 그림이 걸려 있었다. 얼룩덜룩한 햇살을 받아 여자의 하얗고 통통한 엉덩이가 환히 빛났다.

"안데르스 소른 작품인가요?" 율리아가 물었다.

"맞아요, 여러 해 전 이 집의 단골이었죠." PG가 이야기를 들려주는 말투로 설명했다. "할아버님 말씀으로는 스트립 포커를 치다가 질 것 같자 이걸로 위기를 모면하려고 했다나…."

"그렇게 본인의 벗은 뒤태는 남들 시선에서 지킨 거죠." 모니카가 말했다.

"비슷합니다."

"자, 슬슬 식전주를 마실 때 같은데, 어때요? 우리 남편 필름이 끊기면 어떻게 되는지 이번 기회에 직접 확인할 수도 있고 말이에요." 모니카가 술병들을 가리키며 말했다.

"이 사람 말은 농담…."

"어휴, 됐네요." 모니카가 웃으며 바로 향했다.

"내가 술을 기막히게 섞지요." PG가 말하며 율리아를 돌아보았다. "보드카 마티니 한잔하겠어요? 아니면 드라이 마티니나 코스모폴리탄, 쿠바 리브레?"

"저는 보드카에 얼음 넣어서요." 율리아가 대답했다.

"듣기만 해도 만들기 복잡하군요." PG가 웃으며 이번에는 시드니를 쳐다보았다.

"쿠바 리브레로 하죠, 뭐."

"완벽해요." PG가 말하고 바 뒤로 들어갔다.

보드카와 얼음을 섞은 그가 마티니 잔에 술만 거르고 집게로 큼직한 얼음을 더했다.

"남편은 제가 긴장하면 수다스러워진다고 생각해요." 모니카가 말했다.

"그게 아니라." PG가 반박했다. "내 말은…."

"말 좀 끊지 말고… 왜냐하면 사실이거든요. 이 사람 말이 맞아요. 이미 눈치챘겠지만 지금 이 일로 굉장히 불안한 상태예요."

"당연합니다." 시드니가 PG에게서 잔을 받아 율리아에게 건네며 말했다.

"고마워요." 모니카가 말했다.

"PG가 휴대폰에 찍힌 그 소름 끼치는 사진을 보여줬을 때 말도 못 하게 충격을 받았어요, 정말." 모니카가 말을 이었다. "너무 흥분해서 목소리가 높아졌고 기억을 해내라고 다그쳤죠. 결백하다고 맹세하라고."

"하지만 그럴 수 없었고요." 율리아가 나직이 말했다.

"그래서 사무소를 찾아간 겁니다… 우리 부부는 진실을 알고 싶어요." PG가 설명했다. "말도 안 되는 상황이잖습니까. 어느 날 일어났는데 내가 어젯밤 살인을 했는지 안 했는지 모른다니요."

PG가 칵테일 스틱에 올리브를 끼우고 아내에게 술잔을 건넸다.

"보통 이런 유형의 기억 상실은 완전하지 않아요. 안개 속에 기억의 섬들이 존재하는 경우가 많습니다." 율리아가 지적했다.

"글쎄요, 그럴지도 모르죠. 하지만 내가 겪은 현상은 신경 문제가 아니에요, 부끄럽게도. 단시간에 술을 너무 많이 마신 결과일 뿐이죠."

그렇게 말한 PG가 뒤편의 선반에서 럼주를 꺼내 쿠바 리브레 두 잔을 만들기 시작했다.

"남편이 알코올 중독자는 아니에요." 모니카가 말했다. "애기만 들으면 그럴 것 같지만… 하지만 자주 일어나는 일이 아닌걸요."

"혹시 패턴이 있나요?" 율리아가 물었다.

"아니요." PG가 대답했다. "아니, 있기는 할 겁니다. 하지만 기폭제가 뭔지 도통 모르겠어요… 술을 마시지 않으면 안 되는데 정신이 들면 그 이유를 기억하지 못하는 느낌이에요."

"자기가 한 말이나 행동도요." 모니카가 덧붙였다.

"하지만 본인이 사진 속의 남자를 해쳤을 가능성이 있다고 생각하세요?" 시드니가 물었다.

"아니, 아닙니다. 그랬다면 의뢰할 용기도 내지 못했을 거예요."

"불행 중 다행이죠." 모니카가 중얼거렸다.

PG가 바에서 하이볼 글라스 두 잔을 들고나오자 시드니는 고맙다고 인사하며 한 잔을 받았다.

"그 점에 건배합시다." PG가 말했다.

율리아는 술을 한 모금 마시고 흠집 난 카운터에 잔을 내려놓았다. 습기 맺힌 술잔 겉면에 작은 타원형으로 손가락 도장이 선명하게 찍혔다. 독한 보드카의 맛에 혀가 얼얼해졌다.

"맛이 굉장한데요." 럼주와 콜라로 만든 칵테일을 내려다보며 시드니가 말했다.

"모니카, 사진 속의 남자가 누구인지 아시겠어요?" 율리아가 모니카를 돌아보며 말했다.

"아니요… 그래야 하나요?"

"그냥 의례적인 질문입니다." 율리아가 설명했다. "신체가 상당 부분 노출되어 있으니까요. 옷, 배경도요."

"웬 노숙자가 자기 혼자 넘어져 다친 상황은 아닐까요?" 모니카가 말했다. "가볍게 취급하자는 말은 아니지만…."

"양손이 결박되어 있습니다." 시드니가 말했다.

"네? 세상에, 제가 자세히 안 봤나 보네요… 죄송해요. 피가 너무 많아서 이성을 잃었나 봐요."

네 사람이 조용히 술을 마시는 동안, 커다란 창문 밖으로 보이는 나무들의 색은 옅은 하늘을 배경으로 더욱 짙게 변했다. 꿰뚫을 수 없게 빽빽해진 숲이 점점 다가와 사방에서 에워싸는 기분이었다.

모니카와 율리아의 눈이 마주쳤다.

"밖이 어두워지네요." 율리아의 생각을 읽기라도 한 듯 모니카가 말했다. "해안가의 삶이 익숙한 분들은 조금… 불편하실 수도 있어요. 하지만 저는 살아보니 참 좋더라고요. 안정감이 느껴져요. 커다란 소나무들이 우리를 보호하는 느낌이랄까요. PG가 처음 이곳에 데려왔을 때를 잊을 수가 없어요. 동화에 나오는 공주가 된 기분이었죠."

"저는 이 숲에서 태어났고 이 숲에서 죽을 계획입니다." PG가 어쩐지 과시하듯 말했다.

"모니카는요?" 시드니가 모니카를 보며 물었다.

"친정 부모님이 스톡홀름 외곽에서 작은 호텔을 운영하세요. 저는 숲에서 죽어야 할 이유가 없을 것 같네요." 웃으며 말한 모니카가 입가의 무언가를 닦아냈다. "솔직히 말하면 죽고 싶은 마음이 아예 없어요."

"하지만 이 사람도 저처럼 우리 땅을 사랑해요." PG가 말했다.

"그건 그래요." 모니카가 머리를 옆으로 기울이며 대답했다.

"숲을 소유한 구식 남자에게는 완벽한 아내죠." PG가 말을 이었다. 같은 말을 전에도 무수히 반복했는지 조금은 로봇처럼 들렸다.

"저는 사실 귀족 가문 출신이에요. 집안은 훌륭하지만 재산은 없는. 하지만 개인적으로는 기사원*도 싫고, 귀족의 특권도 싫어요. 여성 혐오적인 구조도요. 요즘 같은 시대에 그런 게 아직 존재한다니 기가 막히지 않나요." 모니카가 말하며 자기 머리를 총으로 쏘는 시늉을 했다.

"제 말뜻 아시겠죠?" PG가 웃으며 건배하자고 잔을 들었다.

율리아도 잔을 들었다. PG는 분위기를 화기애애하게 만들며 오랜 친구들의 디너 파티를 주최하는 양 행동하고 있었다. 하지만 수면 부족으로 눈이 게슴츠레했고 입가에 깊은 주름이 파였다.

그러다 모니카의 반응이 율리아의 눈에 들어왔다. 아멜리에가 문을 열고 저녁 식사가 다 되었다고 알렸을 때, 모니카는 분명 안도한 눈치였다.

그들은 안내를 받으며 거대한 크리스털 샹들리에가 천장에 달린 웅장한 식당으로 들어갔다. 벽을 가득 채운 짙은 색 액자에는 각종 사냥 장면을 묘사한 태피스트리가 담겨 있었다.

커다란 식탁을 둘러싼 의자 열여덟 개는 하나같이 팔걸이에 갈라진 틈과 흠집이 나 있었다. 하얀 식탁보 중앙의 은색 촛대에서 촛불이 일렁였고, 커다란 녹색 대리석 벽난로가 식당의 한쪽 벽면을 거의 다 차지했다. 창밖에는 아까 도착했을 때 본 호수가 있었다. 바깥의 어둠 속에서 옅은 하늘이 잔잔한 수면에 반사되어 은처럼 반짝였다.

"휴대폰이 정확히 어디 있었나요?" 시드니가 물었다.

"바로 여기 서랍에요." PG가 대답했다.

그러고는 주방과 식당 사이의 좁은 복도로 앞장서더니 식기를 보

* 스웨덴 귀족들의 기록을 보존하는 단체.

관하는 빌트인 수납함의 칸 하나를 두드렸다.

"우리 이제 자리에 앉을까요?" 모니카가 제안했다.

6

아멜리에는 커다란 식탁의 한쪽 면마다 네 사람의 자리를 마련해 놓았다. 각각의 앞에는 빳빳하게 풀을 먹인 흰 냅킨과 이니셜 'S. M.'이 금색 글씨로 화려하게 찍힌 도자기가 놓여 있었다. 유리잔은 아직 서빙용 수레에 있었고, 모니카가 한 명씩 자리를 지정해주었다.

"S. M.은 쉴베스테르 모트를 뜻합니다." PG가 설명했다. "돌아가신 아버님 성함으로…."

"참 독특하셨지." 끼어들어 말을 맺은 모니카의 목소리에는 빈정거리는 투가 묻어 있었다.

"존경받는 분이셨어요." PG가 말했다.

"끔찍하고 지독한 양반이었죠. 당신이 안 하면 나라도 말해야지… 병석에 눕기 전까지는요. 사람이 그제야 조금 둥글게 변하더라고요."

"나는 돌아가신 분을 기리려는 거야."

"나도야." 모니카가 남편의 눈을 똑바로 쳐다보며 말했다.

PG는 대꾸하려 입을 열었지만 마음이 바뀐 듯했다. 그때 아멜리에가 서빙 카트와 레드와인을 가지고 나타났다.

첫 번째 코스는 겨자 샐러드에 구운 송아지 고기를 작게 한 덩어리 얹고 그 위에 으깬 후추, 파르메산 치즈 가루, 레몬즙을 뿌린 요리였다.

율리아는 식사를 하며 전남편의 모습을 힐끔힐끔 훔쳐보았다. 조명을 등지고 있어 얼굴로 쏟아진 부드러운 머리카락이 빛을 뿜어내는 것처럼 보였다. 햇볕에 그을린 손으로 시선이 슬그머니 내려갔다. 이제는 결혼반지를 끼지 않았고, 한때 손가락에 반지 모양으로 하얗게 남았던 자국도 사라졌다. 율리아와 마찬가지로. 대화를 나누며 시드니의 입이 움직이는 모습을 보고 있어도 말소리는 전혀 들리지 않았다. 또 시간에 빨려 들어가고 있었다. 띄엄띄엄 놓인 시간 속에서 기억 하나의 입구가 열렸다. 두 사람은 침대에 누워 사과 조각을 꿀에 찍어 먹고 그의 어머니가 텔아비브에서 가져온 도수 높은 와인을 마시고 있었다.

율리아는 침을 꿀꺽 삼키며 정신을 현재에 강제로 데려다 놓았다.

"주주총회 당일 저녁 식당과 주방 사이 복도에 휴대폰을 두셨다고 했는데 다음 날 아침에도 똑같이 그 자리에 있었나요?" 율리아가 PG를 올려다보며 물었다.

"네." PG가 대답했다.

"아침 몇 시였죠?"

"7시 전이에요. 체내에 알람 시계가 있거든요." PG가 이마를 손으로 쿡 찌르며 말했다. "매일 6시에 일어나죠. 지금 몸은 제가 밖으로 나가 숲에서 일해야 한다고 생각하는 것 같아요."

"일요일에 또 누가 여기 있었어요?" 율리아가 물었다. "두 분 외에…."

"육촌 형제들인 비에른, 안드레, 시리요."

"아멜리에도 있었을 거고요?"

"네, 그럼요."

"다른 사람은 없었나요?"

"없었던 것으로 압니다."

"모니카?"

"없었어요. 평소 모이는 드림팀이 전부였어요." 모니카가 대답했다.

"배달 기사는요? 잡상인이나?"

"없었습니다."

"다른 직원은요? 숲에서 일하는 사람이라든가, 다른 가사 도우미라든가…? 정원사도 있고요."

"아멜리에뿐이었어요."

"육촌들에 대해 들려주세요." 율리아가 포크와 나이프를 접시에 내려놓으며 물었다.

"우리 회사 지분을 10퍼센트씩 가지고 있고, 저기 강기슭 쪽에 삽니다. 상류 지역에요." PG가 말했다. "할아버님 유언장에 이런 조항이 있어요. 주 2회 모임을 운영하고 각 분가에서 최소한 한 명은 대표로 참석해야 한다는…."

"숨 막혀 죽을 것 같죠." 모니카가 꾸며낸 동작으로 몸을 부르르 떨며 말했다.

"그건 그렇지. 하지만 이 모임을 위한 돈이 따로 있어서 저녁 식사는 날이 갈수록 호화판이 되고 있습니다. 그렇게라도 해야 지긋지긋한 얼굴들을 참아낼 수 있으니까요."

"우리를 단체 알코올 중독자로 만들려는 의도였는지 모르겠지만, 사실이라면 그 영감님의 계획은 성공적이라 할 수 있어요." 모니카가 말했다.

"다 같이 만하임에 처박혀 있는 겁니다. 사르트르의 희곡*처럼요." PG가 말했다. "탈출에 성공한 사람은 우리 형 베르테르 하나뿐이에요."

"무슨 종교 분파도 아니고요." 모니카가 웃으며 동의했다.

PG가 일어나 벽에 있는 작은 테이블에서 액자를 가지고 오더니 율리아 앞에 놓았다.

"나이 차가 있지만 함께 어울려 놀던 사이에요." 그가 말했다. "막내 시리는 이때 겨우 세 살이었고, 베르테르는 아마… 열여덟이었을 거예요."

키가 큰 해바라기 밭 앞에서 찍은 흑백 사진이었다. 다섯 상속자는 오르간의 파이프처럼 키순으로 섰다. 첫째 베르테르는 턱을 치켜들고 가볍게 미소를 지으며 카메라를 똑바로 쳐다보았다. 그 옆의 PG는 무릎이 지저분했고 콧대에 반창고를 붙였다. 다른 세 아이는 PG 형제보다 체구가 아주 작았다. 두 소년은 서로 어깨동무를 하고 서 있었고, 여자아이는 그들을 보며 환하게 웃었다.

"아버지들끼리 사촌 관계였던 거죠?" 시드니가 물었다.

"맞아요." PG가 대답했다. "아우구스투스 모트. 그분이 사촌지간인 우리 아버지에게 회사 지분 30퍼센트를 받았고, 그 30퍼센트를 지금 셋이 나눠 가진 겁니다."

---

* 장폴 사르트르의 〈닫힌 방〉을 의미한다.

"천재적인 발상이죠." 모니카가 중얼거렸다.

그들은 접시를 치우러 온 아멜리에에게 에피타이저를 잘 먹었다고 인사했다. 아멜리에가 금방 다음 코스를 들고 돌아왔기 때문에 대화를 계속할 새는 없었다. 중년 부인인 아멜리에는 한마디도 하지 않고 얇은 페이스트리 위에 튀긴 가자미와 라이스 탱발**을 올리고 해물 소스를 끼얹은 요리와 함께 론 와인 한 병을 내왔다.

"육촌들에 대해 계속 얘기해볼까요." 아멜리에가 식당에서 나간 후 시드니가 PG에게 말했다.

"딱히 할 말이 더 없군요."

"진실을 말하기 싫으면 그렇게 되지." 모니카가 말했다.

PG가 헛기침을 했다.

"삼남매 중 첫째인 비에른은 아주 열정적인 공예가예요. 앤티크 가구를 개조하는 솜씨가 끝내주죠. 샹들리에를 복원한 것도 비에른이었어요." PG가 서재 쪽을 가리키며 말했다.

"시아버님이 술에 취해 거기다 총을 드셨대요." 모니카가 흡족한 미소를 지으며 덧붙였다. "부서지고 남은 건 수년 동안 맥주 창고에 양심의 가책처럼 걸려 있었어요. 비에른이 똑같은 보헤미아 크리스털을 구해서 고치기 전까지는요."

"꼭 한번 보세요. 정말 걸작이니까요."

"제가 아까 PG는 알코올 중독자가 아니라고 했죠." 모니카가 말을 이었다. "굳이 따지자면 비에른과 비교해서 그런 말이 나왔던 것 같아요. 지난 5년 동안 취하지 않은 날이 거의 없는 사람이라."

"모니카…." PG가 나무랐지만 입가에 미소가 걸렸다.

** 밥 안에 다진 고기와 야채를 넣고 튀긴 음식.

"미안한데 그런 면에서 뭐 변한 게 있어야지… 여전히 빈둥거리며 술을 마시고 성질을 부리고 입을 헤 벌리고 자잖아."

"그 녀석에게 문제가 조금 있긴 합니다. 하지만 남동생인 안드레가 보살펴주고 있어요. 기적 같은 인내심이죠." PG가 말했다.

"둘이 동업을 하거든요. 서로가 없으면 안 되는 사이예요." 모니카가 말했다.

"셋째는 어때요?" 시드니가 사진 속의 여자아이를 가리키며 물었다.

"네, 시리… 사람들에게 무슨 말을 듣고 다니더라?" 모니카가 식탁을 손가락으로 두드렸다. "다자 연애도 아니고… 당신은 어떻게 생각해, PG? 나는 몸을 함부로 굴린다고 말한 적 없지만…."

"안 해도 될 말은 하지 마." PG가 말했다.

모니카는 무덤덤한 얼굴로 율리아와 시드니를 돌아보았다.

"미안, 시리가 형편없는 애라는 사실을 숨겼어야 했나…."

"불쌍한 애야." PG가 목소리를 높였다.

"그래. 다 내 잘못이지." 모니카가 씩 웃었다.

"아니, 나는…."

"회의 전에 모든 걸 바로잡으려고 노력한 사람은 나였어. 걔가 아니라. 조롱이 판치는 불편한 저녁 식사를 더는 견딜 수 없었단 말이야." 모니카가 목소리를 낮추고 PG에게 설명했다.

"아는데…."

모니카가 와인을 홀짝이고 냅킨으로 입을 닦은 후 심란한 미소를 지으며 시드니와 율리아를 돌아보았다.

"시리와 배를 타고 호수로 나갔어요. 커피와 번을 준비했죠. 서로 솔직하게 이야기를 나누며 문제를 의논할 기회라고 생각해서요." 모니카가 설명했다. "아무 문제 없었어요. 그러다 어떤 주제로 넘어갔는데… 비명을 지르면서 나보고 마녀라고 하더군요. 호숫가로 노를 젓는 사람한테…."

"어쨌든 성의 있는 시도였군." PG가 중얼거렸다.

방 안에 침묵이 내려앉았다. 율리아는 가자미를 나이프로 잘라 소스에 찍고 포크를 입으로 가져갔다.

"맛있네요." 율리아가 작은 소리로 말했다.

시드니는 벌써 접시를 다 비우고 포크와 나이프를 얌전하게 올려놓았다. 부부로 살 적에는 시드니의 식탐 때문에 자주 툴툴거렸지만, 여전히 잘 먹는 모습을 보니 기분 좋았다.

"비에른, 안드레, 시리가 회사 지분 10퍼센트씩 보유하고 있다고요?" 시드니가 물었다.

"네. 우리가 35퍼센트를 가지고 있고요. 베르테르도요." PG가 말했다.

"베르테르가 형이죠?"

"네, 하지만 회의에 없었어요."

"왜요?" 시드니가 물었다.

"마지막으로 왔던 게 벌써 몇 년 전이에요." PG가 어물쩍 대답했다.

"그분의 따뜻한 마음과 열정이 얼마나 그리운지 몰라요. 가족을 끈끈하게 이어주는 분인데." 모니카가 말했다.

"비꼬는 겁니다." PG가 서둘러 설명했다.

"마지막으로 왔을 때가 생각나네요. 당신 옷을 고쳐주려고 하셨잖아." 모니카가 모호한 말을 했다.

PG는 불편한 기색으로 아내의 냉정한 말을 무마하려는 듯 주름진 목에 손을 올렸다.

"솔직히 말하면 형은 아버님과 아주 많이 닮은…."

"사이코패스지." 모니카가 중얼거렸다.

"베르테르는 은둔 생활을 합니다." PG가 설명했다. "혼자 지내고 대부분의 시간을 옘틀란드의 사냥터 오두막에서 보내죠. 평소에는 주주총회 때마다 저를 대리인으로 지명해요. 생각이 같다는 걸 아니까요. 그런데 이번에는 소식이 없더라고요. 형이 갑자기 나타날 수도 있다고 생각하니 스트레스가 너무 심해서 말씀드린 것처럼 점심에 항불안제를 몇 알 먹은 겁니다. 참고 견디려고요."

7

율리아와 모니카는 식당을 나선 두 남자를 따라 그랜드 피아노가 있는 거실을 지났다. PG가 무슨 말을 하자 시드니가 웃으며 그의 등을 두드렸다.

천장에 거대한 크리스털 샹들리에가 걸려 있는 서재에 들어섰을 때 시드니가 율리아를 돌아보고 눈을 맞췄다. 그의 입가에 미소가 번졌다.

"그냥 동료라고요? 흐음." 모니카가 짓궂게 물었다.

"이제는 맞아요." 대답하는 율리아의 목소리에 숨기지 못한 갈망이 묻어났다.

서재는 낡은 조각마루 바닥이 깔린 정사각형의 공간이었다.

"붉은 방이라고 합니다." PG가 걸걸한 목소리로 소개했다.

닳아서 해진 벨벳 커튼이 열려 있었고 그 사이의 화려한 스테인드글라스 창문 너머로 정원이 내다보였다.

사다리까지 갖춘 전면 책장이 벽 두 개를 바닥부터 천장까지 뒤덮었다. 네 번째 벽에는 각 세대 장남을 유화로 아름답게 그린 초상화가 나이순으로 걸려 있었다. 만하임, 레오폴드, 쉴베스테르, 베르테르.

"왜 붉은 방인가요?" 율리아가 물었다.

"여기에 늘 붉은 양탄자가 있었거든요. 아주 귀한 물건이죠. 전설에 따르면 할아버지가 케르만에서 쿠바 시가 한 상자와 물물 교환을 한 거래요." PG가 말하며 바 카트*로 직행했다. 위스키, 코냑, 그라파, 포트와인 등등 다양한 술이 그곳에서 은은한 불빛에 반짝였다.

"지금은 어디 있는데요?" 율리아가 물었다.

"건조기에요." PG가 대답했지만 부연 설명은 없었다.

모니카가 낮은 테이블에 나무로 만든 컵받침 네 개를 놓고 1인용 갈색 가죽 소파에 앉으라 손짓했다. 율리아와 시드니가 의자에 앉자 모니카도 자리에 앉았다. PG는 청춘 남녀가 마시고 싶은 술이 뭐냐고 묻고는 술을 준비하러 갔다.

PG가 주문대로 그라파를 들고 돌아왔을 때 율리아는 신체 접촉을 피하려 스웨덴 임업권에 대한 두툼한 책을 집어 들었다.

"고맙습니다." 술잔을 컵받침에 내려놓은 PG에게 율리아가 말했다.

"지금까지 들은 사실들을 제가 한 번 요약해볼까요?" 시드니가 물었다.

"좋은 생각입니다." PG가 말하며 시드니에게 몰트위스키를 건네고 네 번째 의자에 앉았다.

"그저께 주주총회와 저녁 만찬 이후 PG는 주방과 식당 사이에 있

---

* 술을 보관하는 이동식 간이 테이블.

는 서랍장에 휴대폰을 놔뒀습니다. 23시 25분, 누군가 그 휴대폰으로 사진을 찍었죠. 머리에 자루를 쓰고 결박당한 채 피를 흘리고 있고, 아마도 사망했을 한 남자를요. 다음 날 아침 7시경 휴대폰은 PG가 전날 밤 둔 곳에 다시 놓여 있었습니다. 집 안에 다른 사람이 없었다고 가정하면, 사진을 찍었을 가능성이 있는 사람은 여섯 명뿐입니다."

"그중에서는 내가 제일 유력하고요." PG가 위스키를 들이켜며 말했다.

"꼭 그렇지는 않아요."

"문제는 그날 저녁 무슨 일이 있었는지 내가 하나도 기억하지 못한다는 겁니다."

"어떻게 해야 조사에 진전이 있을까요?" 모니카가 멍한 얼굴로 시드니를 응시하며 물었다.

"우선 여섯 명 중 11시 반 직전에 사진을 찍을 수 있었던 사람이 누구인지 알아내야죠." 시드니가 대답했다.

"저는 빼셔도 돼요." 모니카가 말했다. "이 방에서 포트와인 병이 쏟아져 아멜리에와 양탄자를 살리려고 정신이 없었거든요."

"자정이 다 된 시간에요?" 시드니가 물었다.

"상속 재산을 관리하는 사람의 고충이죠." 모니카가 대답했다. "다음 세대가 누릴 유산을 망가뜨리면 안 된다는 두려움이 항상 있거든요."

"전부 제 탓이에요, 사실." PG가 말하고 트림을 참았다.

"이 사람 동작이 좀 커질 때가 있어요. 현란해진다고 할까. 어떻게 보면 매력적이지만… 포트와인이 커튼, 벽지에 다 튀고 책등에도 조금 묻었어요. 저기 아직도 얼룩이 있잖아요. 피가 아니에요."

"양탄자를 살릴 수 있을지 자신이 없는 상황이었죠." PG가 침울한 목소리로 말했다.

그는 위스키를 마저 쭉 들이켜고 일어나 바 카트로 가서 한 잔을 더 따랐다. 선 채로 술을 마시는 동안 유리잔의 얼음이 짤랑거렸다.

"술 마시는 속도 한 번 대단해." 모니카가 건조하게 말했다.

"벨만*에 경의를 표하는 거야." 대답한 PG는 잔을 또 한 번 채우고 자리로 돌아왔다.

"미지근한 물로 양탄자를 두드려 닦아 봤어요." 모니카가 말을 이었다. "하지만 와인이 너무 많이 묻어서, 10시 55분에 아멜리에에게 SOS를 쳐야 했죠. 의자, 커튼, 벽은 그럭저럭 괜찮아졌지만 양탄자는… 결국에는 항복하고 돌돌 말아서 아멜리에의 차로 옮겨 실었어요. 그때가 11시 50분이었고요."

"10시 55분, 11시 50분. 어떻게 시간을 정확히 기억하세요?" 시드니가 물었다.

"오늘처럼 집에 손님을 모실 때는 아멜리에가 11시까지 있어요. 혹시 퇴근했을까 봐 시간을 확인했던 기억이 나요." 모니카가 대답했다.

"그다음, 11시 50분은요?"

"이 집에 경보 시스템이 있거든요. 자정에 자동으로 켜져요. 저희가 따로 해제하지 않는 이상 아침 7시까지요." 모니카가 설명했다.

"저는 켜지기 직전에 겨우 돌아왔어요." PG가 말했다.

"비밀번호를 아실 텐데요?"

"맨정신일 때도 외우지 못하는걸요." PG가 웃으며 말했다.

"하지만 그건 별 의미 없는 이야기예요." 모니카가 목소리를 높여 말했다. 얼굴에 언뜻 피곤한 기색이 스쳤다.

---

* 권주가로 유명한 스웨덴 시인 칼 벨만을 뜻한다.

"왜죠?" 율리아가 물었다.

모니카는 한숨을 쉬고 그라파를 한 모금 마셨다.

"차에 양탄자 넣을 공간을 만들려고 아멜리에와 뒷좌석 등받이를 눕히고 있는데 PG가 유령처럼 불쑥 나타나 어슬렁거리더라고요. 아멜리에가 답지 않게 비명을 다 질렀다니까요. PG를 집 안으로 데리고 가기가 얼마나 힘들었는지 몰라요. 몸은 지저분하고 잔뜩 얼어서는 계속 이 말만 했어요. 별을 보고 싶다고…."

"술 더 마실 분? 시드니?" PG가 물었다.

"아니, 됐습니다."

PG가 일어나 네 번째로 잔을 채웠다. 그 자리에서 원샷을 하더니 또 한 잔을 따르고 비틀비틀 돌아와 자기 의자에 털썩 앉았다. 몇 번 눈을 깜박이다 두 눈을 감았다. 안면 근육이 풀리고 입이 벌어졌다. 손에서 떨어질락 말락 하는 유리잔을 붙잡으려고 시드니가 몸을 일으킨 순간, PG가 눈을 번쩍 떴다.

"장난한 겁니다." PG가 씩 웃으며 말했다.

"세상에…." 모니카가 속삭였다.

"사과할게요, 율리아. 미안해요, 시드니."

"괜찮습니다." 시드니가 예의 바르게 웃으며 말했다.

"손님들 그만 주무시라고 할까요?" 모니카가 제안했다.

"아니, 아직. 집사람은 내가 판단력을 완전히 잃었다고 생각하지만 그냥 장난이었어요." 갑자기 술의 힘으로 에너지가 충전된 듯 PG가 설명했다. "계속합시다. 내게 물어보고 싶은 것들이 더 있잖아요. 아무래도 오늘 잠을 못 잘 것 같아요. 경찰에 신고하고 자백할까 싶어요."

"그런 말 하지 마." 모니카가 남편을 달랬다.

"하지만 못 견디겠어." PG가 중얼거렸다.

"알아, 여보. 하지만 손님들 피곤하게…."

"저희 걱정은 안 하셔도 됩니다." 율리아가 말했다.

"그래요, 이렇게 하죠. PG, 당신은 물 마셔. 우리가 남은 거 다 마시면 그때 자러 갑시다." 모니카가 말했다.

시드니가 자리로 돌아와 테이블에서 자기 술잔을 들었다. PG는 다시 바 카트로 가서 유리잔에 탄산수를 채웠다.

"두 분은 어떻게 추측하고 계시는지 궁금합니다. 대체 무슨 이유로 사람을 죽이고 PG의 휴대폰으로 시신 사진을 찍었을까요?" 시드니가 물었다.

"내가 하지 않았다고 가정했을 때 말인가요?" PG가 의자에 다시 앉으며 말했다.

"네."

"질 낮은 장난일 수도 있을까요?" PG가 인중의 땀을 닦으며 물었다.

"무슨 뜻이죠?" 율리아가 되물었다.

"사실 죽은 사람은 없고 연출된 사진인 거예요."

"저는 사진 속의 남자가 실제로 죽었다고 생각합니다." 시드니가 말했다.

모니카가 진주 목걸이를 만지작거렸다.

"너무 황당해서 현실 같지 않아요." 그러면서 중얼거렸다.

"그밖에 떠오르는 동기는 없을까요?" 율리아가 물었다.

"누군가 살인을 결심하고 어떤 이유에서인지 PG에게 뒤집어씌웠을 수도… 조금 억지스러운 추측이지만요." 모니카가 말했다.

"아니면 협박하려고요." PG가 의견을 냈다.

"하지만 누가 돈을 요구하거나 하지 않았죠?" 율리아가 물었다.

"네."

"경찰에 잡혀갈 때를 기다리고 있을 수도 있어요." 모니카가 말했다. "그렇다면…."

"그렇다면 놈들은 나를 잘 모르는 게 분명해." PG가 말을 잘랐다.

"계속해보세요, 모니카." 시드니가 말했다. "무슨 말 하려고 하셨잖아요."

모니카가 고개를 젓자 붉은 머리카락이 이마로 흘러내렸다.

"아무것도 아니에요. 그냥 추측인데… PG가 유죄 판결을 받기 직전까지 기다렸다가 범인이 이 사람을 구해준다고 거래를 요구할 수도 있지 않을까 해서요."

"하지만 누가요? 구체적으로 떠오르는 사람이 있나요?"

"아니요." 모니카가 한숨을 쉬었다. "남편을 싫어하는 사람은 없어요."

"놀리고 있어." PG가 웃으며 말했다.

"사진에 찍힌 남자가 누구인지 제대로 확인해 보셨어요?" 시드니가 물었다.

"네." PG가 우물쭈물 말했다.

"자세히 보신 거 맞아요? 거북한 걸 참고요?"

"그랬습니다."

"도저히 모르겠어요." 모니카가 말했다.

율리아는 PG가 고개를 살짝 저으며 한숨보다 아주 조금 큰 목소리로 "네"라고 내뱉는 소리를 들었다.

"PG는 생각이 다른 거죠?" 율리아가 물었다.

"믿고 싶지 않지만 우리 형 베르테르일 수도 있겠다 싶어요." PG

가 대답했다.

“베르테르 맞아요?”

“아니, 나는 모르겠어요.” PG가 말하고 고개를 돌렸다.

“베르테르가 평소처럼 이이를 대리인으로 지명하지 않아서 하는 말이에요.” 모니카가 설명했다. “늘 그랬지만 베르테르와 연락이 안 되고 있고요.”

“계속 연락을 시도해주시면 감사하겠습니다.” 율리아가 말했다.

“몇 달이 지나서야 답이 올 때도 있어요.” PG가 덧붙였다.

“잠시 사진 얘기 다시 해볼까요.” 시드니가 말했다. “어디서 찍혔는지 알아보시겠어요? 방이나, 바닥이나?”

“아니요.” PG가 말했다.

“휴대폰과 신호를 주고받은 안테나로 정확한 위치를 알아낼 수는 있지만, 대개 정보를 얻기까지 시간이 걸립니다.”

아멜리에가 쟁반에 깨끗한 유리잔들을 가지고 들어와 바 카트에 놓고는 들어올 때처럼 빠르게 나갔다.

“어디일지 짐작 가는 곳도 없으세요?” 율리아가 물었다.

“시멘트 바닥에 벽돌 벽….” PG가 말했다. “저런 데는 널렸죠.”

“시간의 제약을 무시한다면 그렇죠. 하지만 이 사진은 11시 25분에 찍혔고, 범인은 경보 시스템이 켜지는 12시 전까지 휴대폰을 집 안에 돌려놔야 했어요.”

“비밀번호를 아는 사람은 우리뿐이니까요.” PG가 고개를 끄덕였다.

“지금 무슨 말을 하는지 모르겠어요.” 모니카가 율리아와 시드니를 빠르게 번갈아 보며 말했다.

“부지 안에서 찍혔다고 생각하는 건가요?” PG가 물었다.

8

율리아는 가벼운 메스꺼움을 느끼며 원피스를 벗어 의자 등받이에 걸쳐놓고 브래지어를 풀어 그 위에 얹었다. 캄캄한 창문으로 걸어가니 낡아서 흰 유리에 비친 모습은 젊고 아름다운 여자로 변해 있었다.

뒤를 돌아 꽉 막힌 목구멍으로 침을 삼키고 옷장을 열어 실크 슬립을 꺼냈다. 피부에 닿은 촉감이 서늘하고 깃털처럼 가벼웠다.

율리아는 가장 예쁜 속옷을 챙겨 온 이유를 머리에서 지우고 욕실로 향했다. 금 간 세면대에서 온수와 냉수를 다 틀고 세수를 한 후 거울을 보았다. 뺨에 파인 흉터로 흘러내린 물이 턱에서 뚝뚝 떨어졌다.

새롭게 알게 된 사실을 생각했다. 모니카와 아멜리에는 아멜리에의 차에 양탄자를 넣으려 낑낑대던 중, 자정이 조금 못 되어 집으로 돌아오는 PG와 마주쳤다.

붉은 방에서 나눈 대화로 사진이 저택 부지 안에서 찍혔을 것이라는 사실은 더 힘을 얻었다. 모니카는 죽은 남자가 숲 일을 보는 노동자일 수 있다는 가설을 포기하지 못했다. 전기톱을 쓰다 다쳤을지도 모른다고 했다. 동료들이 숲에서 끌고 나오려 손목을 밧줄로 묶고 끔찍한 상처를 감추기 위해 머리에 자루를 씌웠다는 것이다. 그리고 위험한 작업 환경에 대한 보상을 요구할 목적으로 PG의 휴대폰으로 사진을 찍었을지도 모른다. 그러다 말을 흐리고 스스로도 믿지 못하겠다는 듯, 남편을 보호하려는 의도로 그런 말을 했을 뿐이라는 듯 어깨를 으쓱했다.

남편의 결백을 증명할 방법들을 찾으려고 애쓰는 모습이 감동적이었다.

율리아는 얼굴의 물기를 닦고 나이트 크림을 바른 후 침실로 돌아와 침대 옆 스탠드를 껐다. 그러고는 창가의 그 자리로 돌아와 울룩불룩 휜 유리창 너머로 바깥의 어둑한 형체들을 내다보았다.

멀리서 주황색 불빛이 순간 깜박였다. 창문에 얼굴을 가까이 가져가자 한기가 느껴졌다.

검은 하늘 아래의 도로와 숲은 탁한 대리석처럼 보였다.

또 불빛이 나타났다. 이번에는 오른쪽으로 조금 이동해 빨간색도 노란색도 아닌 색으로 깜박이고 있었다. 어째서인지 동판에 빨갛고 뜨거운 석탄을 나르는 소녀가 떠올랐다.

섬뜩한 느낌에 몸을 떠는데 누군가 문을 두드렸다. 율리아는 침대 옆으로 가서 스탠드를 다시 켰다. 잠금장치를 풀고 문을 열자 등줄기를 타고 전율이 흘렀다.

"들어가도 돼?" 시드니가 물었다.

"그럼." 율리아는 대답하고 침대로 절뚝이며 돌아가 매트리스 끝에 걸터앉았다.

안으로 들어온 시드니가 방 한가운데에 멈춰 섰다. 휴대폰의 메시지 알림음이 울렸지만 못 들은 것처럼 무시했다.

"이 말 하려고 왔어. 아멜리에가 퇴근하기 전에 PG 휴대폰 사진을 보여줬다고." 시드니가 말했다.

"나 있을 때까지 기다리지. 반응을 읽을 수 있었을 텐데."

"그러게, 미안. 그냥 빨리 해치워버리는 게 낫겠다고 생각했어."

"전형적인 경찰 마인드." 율리아가 한숨을 쉬며 안락의자를 가리켰다.

"미안해." 시드니가 또 사과하며 의자에 앉았다.

"괜찮아. 그냥 기억만 하나도 빠짐없이 잘 떠올려줘."

시드니가 고개를 끄덕였다.

"베개를 하나 더 얻으려고 같이 벽장으로 가서 혹시 도와줄 수 있느냐고 물었어… 아니, 잠깐. 신원 확인에 도움이 필요하다고 했다. 혹시라도 놀랄까 봐 경고하려고."

"좋아." 율리아가 말했다. "그래서 휴대폰 사진을 보여줬고, 그쪽에서 사진을 봤고, 다음에는?"

"보자마자 얼굴이 새하얘져서 고개를 돌리더라고. 앉으라고 하니 거절했지만…."

"마음을 추스를 시간을 줬지."

"맞아."

"잠깐이라도 몸을 떨었던 순간이 있어?"

"모르겠어."

"다시 부탁해야 했어?"

"응, 사진 속의 남자를 아는지 다시 물어봤어."

"아는 것 같았어?"

"이렇게 말했어. '이런 말 하기 싫지만 꼭 베르테르 씨처럼 보이는데… 모르겠어요. 남의 가정사에 참견하고 싶지 않지만, 가족들이 베르테르라면 치를 떠는 걸로 알아요.'"

"정확히 그렇게 말했어?"

"당신 같은 기억력은 없지만, 맞을 거야." 시드니가 대답했다. "이렇게 설명했어. '베르테르가 평소처럼 대리인을 임명하지 않아서 주주총회에서 임시로 결론을 내릴 수밖에 없었다'라고."

"흥미롭네." 율리아가 고개를 끄덕이며 말했다. "모니카 알리바이는?"

"모니카가 한 말을 전부 확인해줬어. 포트와인, 양탄자… PG가 별을 보고 싶다고 했던 말도 기억하더라."

"말하면서 눈을 바라봤어?"

"응."

"그전에는? 질문하고 대답 기다리는 동안에도?"

"그때는 아멜리에가 베갯잇을 찾느라."

"질문할 게 있으면 그 사람과 눈을 맞출 때까지 기다려야 한다니까." 율리아가 다시 설명했다.

"알아, 들었는데 까먹었어."

율리아는 시드니를 보며 고개를 끄덕이고 숨을 깊이 들이마셨다.

"이 사건에서 PG 한 사람만 세 가지 역할이 다 가능해. 가해자, 목격자, 피해자."

"당신이 얼마나 똑똑한지 왜 자꾸 잊는지 몰라."

"하지만 나는 자크 브렐 같은 심정인걸… 한 시간만이라도 좋으니 바보 같아도 귀엽고 깜찍한 모습을 보여줄 수 있으면 소원이 없겠어."*

"당신은 귀여워."

"됐어."

"사실이야." 시드니가 일어나며 말했다.

"뭐 마실래?" 율리아가 물었다. "자기 전에 술 한잔?"

"아니야, 자야지." 시드니는 지친 듯 웃으며 대답했다.

"잘 자." 율리아가 속삭였다.

시드니가 고개를 기울여 율리아의 이마에 입을 맞췄다.

율리아는 깊은숨을 들이마셨다. 해일처럼 얼굴에 밀려든 입술의 촉감이 목덜미를 타고 가슴으로까지 번졌다.

시드니가 나가고 문이 닫히고도 율리아는 잠시 가만히 있다가 일어나 열쇠를 돌리고 나무 문에 이마를 기댔다.

"Meyn zis hibhober." 그렇게 속삭인 율리아가 침대로 돌아와 눕고 눈을 감았다.

유일하게 배운 이디시어**를 율리아는 지금도 자주 사용했다. 사랑하는 내 연인.

그런 사람에게 크나큰 실망을 줬다는 사실을 지금도 믿기 힘들었다.

시드니를 만나기 전에도, 후에도 다른 남자들과 잠자리를 한 적이 있지만 율리아의 트라우마를 이해한 남자는 시드니가 유일했다. 오직 시드니와 있을 때만 죽고 싶다는 느낌이 들지 않았다.

---

* 벨기에 출신 싱어송라이터 자크 브렐의 'La chanson de Jacky'에 한 시간이라도 좋으니 바보 같아도 미남이 되고 싶다는 가사가 있다.

** 유대인 언어의 한 종류.

아마 그의 정직한 성격과 강한 인내심 때문이었을 것이다. 율리아를 만질 때 다른 생각하지 않고 오롯이 그 순간에 존재한다는 단순한 이유 때문일 수도 있고.

스치기만 해도 율리아를 공황의 소용돌이에 빠뜨렸던 모든 것이 시드니를 만나며 달라졌다. 사실 여부는 알 수 없지만, 율리아는 시드니와 만나는 동안 다른 사람들이 평생 느낄 행복 이상을 경험했다고 생각하곤 했다.

율리아의 오른손이 다리 사이로 슬그머니 내려갔다. 몸이 묵직하고 뜨거워졌다. 하지만 자위를 한다고 생각하니 서글퍼 그럴 수 없었다.

9

기저귀를 찬 아기가 손가락을 입에 물고 율리아를 올려다보았다. 반대쪽으로 돌아서자 푸른 하늘이 진회색 바위 사이로 깨진 유리 조각처럼 보였다.

율리아는 옆으로 돌아누우며 꿈을 다른 방향으로 강하게 이끌었다. 구덩이를 메우는 거대한 굴삭기가 갈가리 찢긴 새하얀 몸들 위로 돌과 흙과 뿌리 조각을 덮고 있었다.

잠시 후, 갑자기 살 타는 악취와 디젤 냄새가 코를 찌르며 율리아를 수면 위로 끌고 올라오며 잠을 깨웠다.

눈앞의 어둠을 바라보았다. 지금 율리아는 침대에 누워 숨을 몰아쉬고 있었다. 연기 냄새는 그대로였다.

벌떡 일어나 문으로 가서 황동 손잡이를 조심스럽게 만져 보았다. 차가웠다.

문을 열었다. 복도에는 연기의 흔적이 없었지만 아래층에서 빠르게 움직이는 발소리와 격앙된 외침이 들렸다.

율리아는 다시 방으로 들어가 커튼을 열었다. 바깥 상황이 어떠한지는 창문을 열지 않아도 알 수 있었다. 호숫가의 옅은 새벽하늘로 검은 연기가 자욱하게 피어오르고 있었다.

잠옷 위에 재킷을 걸치고 지팡이를 집어 든 후 복도로 나와 시드니의 문을 두드렸다.

"잠시만." 시드니가 외치는 소리가 들렸다.

문을 한 번 더 두드리고 계단으로 향했다. 뒤에서 문이 열리더니 시드니가 옆으로 달려왔다.

"어디서 난 불이야?" 시드니가 바지에 셔츠를 쑤셔 넣으며 물었다.

"호수 근처."

"거기가 살인 현장이겠지?"

"아마도."

두 사람은 계단을 내려가 이미 활짝 열려 있는 현관문으로 나갔다. 공기 중에 연기가 가득했고 멀리서 사이렌 소리도 들렸다.

모니카와 PG는 벌써 바깥의 자갈길로 나와 서둘러 호수로 향하고 있었다.

시드니와 율리아도 그 뒤를 따르기 시작했다.

털코트를 입은 모니카는 머리가 엉망이었다. PG는 고무장화, 줄무늬 잠옷 바지, 누비 재킷 차림이었다.

율리아는 자기 전에 본 불빛을 떠올렸다. 알고 보면 이 화재와 관련이 없을 수도 있지만 누군가 분명 어둠 속에서 저택 근처를 서성이고 있었다.

타오르는 불빛과 자갈길을 질주해 오는 구급차의 파란 경광등 빛이 숲의 나무들 사이로 깜박였다.

숲을 통과한 모니카와 PG가 더 좁은 길로 방향을 틀었다. 들판 가장자리를 따라 호수로 이어진 길이었다.

호숫가에 도착해 보니 작은 건물이 활활 타고 지붕까지 완전히 불길에 휩싸인 상태였다. 최소 10미터 높이는 되어 보이는 불이 검은 연기 기둥과 뒤섞였다. 고열에 창문이 깨졌고 화염이 벽돌 벽을 할짝거리며 뒤덮었다. 방화복을 입은 소방관들이 정신없이 소방차의 호스를 풀며 서로에게 큰소리로 지시를 내리고 있었다.

뜨거운 열기의 벽이 시작되는 지점에 PG와 모니카가 멈춰 섰고 율리아와 시드니도 곧 그 앞에 도착했다.

"맥주 창고예요." 모니카가 힘없이 손짓하며 말했다. "불빛 때문에 깼어요. PG가 긴급 신고를 해서 25분 만에 도착은 했는데…."

열기가 그들의 얼굴을 답답하게 감쌌고 독한 연기가 매캐하게 코를 찔렀다.

이제는 작은 건물 가까이 있는 나무 몇 그루에도 불이 붙었다. 건물 위로 물을 뿌리자 화염과 반응해 치이익 소리가 났다.

불과 푸른 경광등 불빛이 잔잔한 크바른셴 호수 수면에서 반짝였다. 재와 불꽃은 공기 중에 눈송이처럼 둥둥 떠서 내려왔다.

PG는 소방관들이 불을 끄는 모습을 허탈한 표정으로 지켜보았다. 백발 끝이 뾰족하게 곤두서 있었다.

"괜찮으세요?" 율리아가 물었다.

"참담하네요… 다 내 책임 같아요." PG가 율리아를 돌아보며 말했다. "모든 건물이 아버지의 자랑이었거든요. 별채, 지하 저장고까지 전부 다요. 경첩이 삐걱거리면 기름칠을 하고, 구리로 만든 가구에 광을 내고…."

PG의 핏발 선 눈과 마주하자 눈동자에 율리아의 모습이 비쳐 보였다. 뒤에서 타오르는 환한 빛 때문에 PG의 존재는 검은 실루엣에 지나지 않았다. 조금씩 달라지는 색조와 리듬이 점점 더 강렬해지는 듯했다. 눈송이처럼 떨어지는 검은 재의 속도가 느려졌고 활활 타던 불길이 조금은 잦아들었다.

배를 주먹으로 맞은 듯 폐에서 공기가 훅 빠져나갔다. 이어 율리아는 몸이 가벼워지며 하늘을 나는 기분이 들었다. 불 소리가 달라지더니 비행기 엔진의 굉음이 머릿속을 가득 채웠다.

"아마 일대에 있는 나무란 나무는 다 세셨을 겁니다." PG가 미소를 지으며 말했다.

사방이 고요해지고 날아다니던 검은 재가 허공에서 멈췄다. 불길도 샹들리에에 매달린 크리스털처럼 얼어붙었다.

"다정한 분은 아니었습니다. 애정을 거의 드러내지 않으셨죠." PG가 말을 이었다. "하지만 오로지 가족을 위해 사셨어요. 우리에게 만하임을 주시고, 이것도…."

PG가 불을 가리키던 손을 천천히 옆으로 내리고 파들파들 몸을 떨었다.

모니카가 불안한 목소리로 무슨 말을 한 순간, 온 세상의 속도가 다시 빨라졌다. 재가 공기 중에 휘몰아쳤고, 지붕이 와르르 무너져 내렸고, 탁탁 튀는 불꽃들이 밤하늘로 피어올랐다.

PG가 소방관들에게 절박한 목소리로 뭐라 외치는 사이 율리아와 시드니는 뒤로 빠졌다.

"흥미롭네." 율리아가 말했다.

"뭐가, 누가 낡은 맥주 공장을 불태운 게?"

"아니, 아버지가 '이것도' 줬다고 말하면서 PG가 불, 무너지는 건물을 가리킨 게."

"그랬어?"

"응, 무의식적으로."

"나는 왜 못 봤지?"

"당신은 경찰이잖아. 당신 눈에는 다른 것들이 보이겠지."

"내 말은 당신 능력이 언제 봐도 대단하다는 소리야."

"나는 망가졌고 시시하고…."

"그런 말 하지 마."

두 사람은 100미터쯤 떨어진 곳에 멈춰 서서 소방관들이 불을 끄는 모습을 다시 돌아보았다. 불타는 건물 주변의 달궈진 땅 위로 수증기가 뭉게뭉게 떠다녔다.

"말이 없네." 시드니가 머뭇거리며 율리아의 팔을 건드리며 말했다. "괜찮아?"

율리아는 고개를 들고 그의 다정한 눈을 쳐다보았다.

"당신도 알지. 내가 새로운 사람들을 만날 때… 그 사람이 곧 사라질 거라는, 내가 마지막 순간을 목격하고 있다는 느낌을 받는 거." 율리아가 설명하며 지팡이에 체중을 실었다.

"그 증상 다 나아진 거 아니었어?"

"나아지는 건 내가 원하지 않아."

"꼭 그렇게 스스로를 극한으로 몰아붙이지."

"괜찮아. 오히려 없으면 안 되는걸. 집중하려면 말이야." 율리아는 대답하며 온 세상이 서서히 정지하는 듯했던 그 순간들을 생각했다. 이럴 때면 사람들의 사소한 말과 행동까지 다 기억하는 것이 율리아의 의무 같았다. 그의 마지막 말을 듣고 있다는 느낌이었기 때문이다.

10

모니카는 침울한 표정으로 등장해 건물이 어느 정도로 파괴되었는지 무자비할 만큼 낱낱이 설명했다. 소방관들이 겨우 화재를 진압한 후 처참하게 무너진 건물 주변의 땅은 흠뻑 젖어 있었다.

맥주 공장이 사라진 자리에는 새까매진 벽돌과 콘크리트 더미만이 남았다. 열을 뿜어내는 잔해에서는 아직도 연기가 피어오르고 있었다.

마룻바닥을 받치는 들보는 검게 그을린 채 끊임없이 고음을 냈다.

손수레는 검게 탄 나무 몸통을 감싸안은 형태로 녹아내렸다.

꽃과 잔디밭 위로 고운 회색 재가 한 꺼풀 내려앉았다.

PG가 위로하듯 모니카의 어깨에 팔을 두르고 함께 집으로 돌아갔다.

아무도 자러 가지 못하고 식당에 모였다.

율리아는 소방차가 떠나는 모습을 창문 너머로 지켜보았다.

그러다 주방으로 가는 모니카의 뒤를 따랐고, 모니카가 레인지에서 베이컨을 굽고 있는 아멜리에와 대화하는 모습을 식당과 주방 사이 복도에 멈춰 서서 지켜보았다. 뜨거운 기름이 손에 튀자 아멜리에의 얼굴에 경련이 일어났다. 모니카는 말없이 찬장에서 작은 연고 통을 가져와 아멜리에의 살에 연고를 조심스레 바르고 반창고를 붙여주었다.

율리아는 거실로 돌아 나와 시드니 옆에 앉았다. PG는 양 손으로 머그잔을 쥐고 커피를 마시는 중이었다. 연기를 들이마신 탓에 콧구멍이 검은 재로 물들어 있었다.

"소방관들과 잠시 얘기해봤는데 명확히 보이는 원인은 없대." 시드니가 말하다 입을 가리고 기침했다.

"시신을 미처 못 본 건 아니고?" 율리아가 물었다.

"아니, 아닐 거야."

모니카가 차와 비스킷 접시를 들고 식당으로 돌아왔다. 울었는지 눈이 부었고 피로한 얼굴은 잿빛이었다.

"왜 불이 났는지 안대요?" 모니카가 물었다.

"물론 경찰이 조사를 할 겁니다." 시드니가 허스키한 목소리로 말했다. "선발대는 금방 도착할 거예요. 저도 조금 있다가 나가서 어떻게 된 일인지 살펴볼게요."

"다행이네요." 모니카가 속삭였다.

"시신 사진을 찍은 곳이 그 맥주 공장일까요?" 율리아가 물었다. "바닥과 벽돌 벽을 보면요."

"확실합니다." PG가 말했다. "비슷하게 생긴 건물들이 많기는 하지만…."

"아무튼, 불이 난 걸 보면 틀림없죠." 모니카가 말했다.

"전부 우연의 일치일 수도 있어요." 율리아가 말했다. "물론 우리 중에 그렇게 믿는 사람은 없겠지만요."

"그렇다면 일부러 불을 냈다는 말인가요?" PG가 물었다.

"그럴 가능성이 높아요." 율리아가 말했다.

"증거를 인멸하려고?"

"두 분이 등장해서 불안해졌나 봐요." 모니카가 말했다.

"나도 불안해. 하지만 내 집에 불을 지르지 않았다고." PG가 중얼거렸다.

"혹시 어젯밤 밖에 나간 적 있으세요? 불이 나기 전에?" 율리아가 물었다.

"몇 시 말이에요?" 모니카가 되물었다.

"제가 1시 직전에 이상한 걸 봐서요."

"뭔데?" 시드니가 물었다.

"도로 저쪽에 희미한 불빛이 보였어… 흔들리는 빨간 빛이."

"새벽 1시에?"

"응, 직전에."

"아니, 우리는 아니에요. 그때는 둘 다 자고 있었어요." 모니카가 말하며 PG를 돌아보았다.

아멜리에가 소리 없이 들어와 사워도우 샌드위치를 세 종류 내왔다. 참치 마요네즈 샌드위치 하나, 스모크 햄을 끼우고 디종 머스터드를 바른 샌드위치 하나, 에멘탈 치즈와 방울토마토에 신선한 바질을 얹은 샌드위치 하나였다.

주방으로 돌아가더니 잠시 후에는 파프리카, 아스파라거스, 셀러리를 듬뿍 넣은 커다란 오믈렛과 과일 접시, 사과 당근 주스 병을 가지고 왔다.

"두 분을 보니 살인이 이곳 부지 안에서 일어났다고 확신하는 것 같습니다." PG가 말했다. "사진을 찍은 것도 이 집에 있었던 사람… 다시 말해 가족 중 한 사람이라고요."

"우리도 조심해야 할까요?" 모니카가 멜론 한 조각을 먹으며 물었다. "그러니까, 다른 사람들처럼 거처를 옮기거나 경호원을 고용해야 할까요?"

"그건 좀 지나치지." PG가 말했다.

"하지만 사람을 죽이고 건물을 태우는 게 보통 일은 아니잖아? 이 집에 있는 게 위험하다는 생각은 살면서 한 번도 안 해봤는데."

"두 분을 위협할 수도 있겠다고 떠오르는 사람 없을까요?" 시드니가 물었다.

"아니, 모르겠어요. 미친 사람이겠죠. 사이코패스." 모니카가 대답했다.

"주변에 사이코패스 같다고 생각하는 사람은 없나요?" 율리아가 말했다.

"이 세상에서 제일 화목하고 다정한 가족이라고는 할 수 없지만…." PG가 말을 꺼냈다.

"뭐?!" 모니카가 놀란 척 물었다.

"하지만 그 정도로 사이가 나쁘지는 않습니다." PG가 미소를 지으며 대답했다.

"우리 대에는 자식 있는 사람이 없어요. 우리 부부를 포함해서요. 그건… 꽤 흥미롭죠." 모니카가 진지하게 말했다. "모트 가문의 유전자를 퍼뜨려봤자 좋을 게 하나 없다는 사실을 이제야 다들 깨달았나 봐요."

PG가 자리에서 벌떡 일어나 냅킨으로 입을 닦고 냅킨을 자기 접시에 툭 던졌다.

"오늘은 집 구경이 별로 안 내키겠죠." PG가 말했다.

"전혀요." 율리아가 대답했다.

"좋아요, 그럼 계획대로 합시다." PG는 그렇게 말하고 돌아서서 걸어갔다.

식당에 불편한 침묵이 내려앉았다. 시드니는 오믈렛을 몇 입 먹었고, 율리아는 남은 참치 샌드위치를 입 안에 마저 털어 넣었다.

"죄송해요. 가끔 말을 생각 없이 뱉는 성격이라." 모니카가 포크와 나이프를 내려놓으며 한숨을 쉬었다. "저는 앞으로 나설 만한 사람이 아니에요."

"저희는 솔직한 게 좋아요." 율리아가 말했다.

"과연 솔직하다고 할 수 있을까요. 그렇게 쓸데없이 잔인한 말을 하고 나면 스스로 괴로워서 못 견디겠어요."

"PG가 과음을 하고 폭력적으로 변한 적이 있었나요?"

모니카는 믿을 수 없다는 표정으로 율리아를 보았다.

"페르 귄터가요? 이 세상에 저이만큼 다정한 사람은 없어요."

율리아는 주스를 한 모금 마시고 창밖을 내다보았다. 창틀에 고운 재가 한 겹 깔려 있었다. 잠시 숲 위의 하늘을 올려다보았다가 앞에 있는 사람들로 시선을 내렸다.

"모니카, 민감한 주제겠지만요." 율리아가 말을 꺼냈다. "아까 얘기가 나왔으니 여쭤볼게요. 두 분은 왜 자녀를 낳지 않으셨어요?"

"PG 보고 이 세상에서 가장 다정한 사람이라고 했으면서 아이를 왜 안 낳았냐고요?"

"네."

모니카는 입술을 오므리고 창문으로 고개를 돌렸다. 감정을 주체

하지 못하는 것 같았다. 눈에 눈물이 고였고 눈물을 흘리지 않으려 눈을 몇 번이나 깜박인 모니카는 겨우 웃음을 찾고 일어나 식당을 나갔다.

11

돌계단으로 나오자 매캐한 연기가 율리아의 후각을 마비시켰다. 율리아는 발목 근처를 느릿느릿 떠다니는 자욱한 검은 구름을 헤치고 자갈길을 걸어 선회로 중앙에 있는 잔디밭에 멈춰 섰다. 해시계를 보니 이제 거의 9시였다. 지팡이에 몸을 기대고 처참하게 무너진 건물 앞에 있는 나무들을 바라보았다. 나무 기둥 사이에서 시드니가 흰 작업복을 입은 두 사람과 대화하고 있었다.

왜 PG와 아이를 낳지 않았느냐고 물었을 때 모니카가 보인 반응이 머릿속을 맴돌았다. 찰나의 순간이지만, 조심스럽게 쓴 가면이 벗겨질 것처럼 보였다. 그러고 보니 질문의 답도 듣지 못했다.

율리아는 아침 식사 때 나눈 대화 내용을 전부 되새기며 모니카의 주장에서 발견한 모순, 완벽하게 순수한 그 모순을 곱씹어 보았다. 모니카는 자신과 PG가 새벽 1시에 잠들어 있었다고 주장했다. 자고 있었다면서 어떻게 PG가 잠든 상태였는지 알까? 반대의 경우도 마찬가지였다.

그러다 맥주 공장을 돌아보니 시드니가 이쪽으로 다가오고 있었다. 손을 흔들고 마지막 몇 미터를 달려온 시드니가 웃으며 멈춰 섰다. 율리아는 간신히 심각한 표정을 유지했다.

"과학수사팀에서 뭐래?" 율리아가 물었다.

"아직 별거 없어."

"대화하고 있었잖아."

"그냥 사적인 대화였어."

"그래서 아무 말도 안 했다고?"

"그럴 권한이 없어."

"아, 정말." 율리아가 한숨을 쉬었다.

"하지만 나일론 증거 봉투를 사용하는 건 봤지." 시드니가 말했다.

"나 포렌식에 약한 거 알잖아."

"인화성 액체를 넣을 때 말고는 나일론 봉투를 잘 쓰지 않거든."

"다 타버리지 않았을까?" 율리아가 물었다.

"그렇게 생각할 수 있지만, 불이 난 후에도 과학수사팀이 인화성 물질의 흔적을 발견하는 경우는 드물지 않아." 시드니가 설명했다.

"그래…."

"휘발유를 예로 들어보자고. 휘발유는 500개가 넘는 탄화수소로 구성되어 있고 휘발성이 강한 물질은 순식간에 타버리지. 하지만 상대적으로 휘발성이 약한 경우는… 흔적이 남아 있을 수 있어. 성냥에 불을 붙이기 전 무언가에 흡수되었다면 말이야."

자갈길을 따라 랜드로버 한 대가 저택으로 다가오고 있었다.

"그러니까 나일론 증거 봉투를 사용한다는 건 불을 내려고 인화성 액체를 사용했다는 뜻이야?"

"범인은 위험을 감수하지 않았다는 뜻도 돼. 모든 게 화염에 휩싸이기를 원했던 거야. 화재로 관심을 받는 편이 낫다고 판단할 만큼 증거가 너무 확실한가 보지."

"대단해, 시드니. 얼굴만 잘생긴 게 아니었잖아?"

랜드로버가 선회로를 돌아 자갈을 으드득 밟으며 두 사람 앞에 섰다. 운전석이 열리고 PG가 내렸다. 그는 초록색 사냥용 조끼 안 주머니에 휴대폰을 넣었다.

"집을 소개한 후에 점심 약속 장소로 태워다 드리려고요." PG가 말했다.

"좋죠. 감사합니다." 시드니가 대답했다.

"여기서 한참 저택을 감상하고 있었어요." 율리아가 말했다. "정말 아름답네요. 숲과 작은 호수까지 어우러져서요."

"댐을 넘으면 강도 보입니다. 망가진 물레방아와 예배당도 있고요." PG가 손가락으로 가리키며 말했다.

"궁금한 점은… 이 집의 미래를 어떻게 보세요?" 율리아가 물었다.

"미래요." PG가 한숨을 쉬며 그 단어를 뱉었다. "흠, 우리는 침몰하는 배의 위쪽 갑판에서 늦은 저녁을 먹고 있는 사람들과 같겠죠."

"그렇게 생각하세요?" 율리아가 미소를 지었다.

"네, 아마도요." PG가 말하고 어깨를 으쓱했다.

"뭐가 잘못된 거예요?"

"모르겠어요. 하지만 윗대 남자들은 모든 시간과 에너지를 회사에 바쳤습니다. 가정도 느지막이 꾸릴 정도로요. 회사는 아버지에서 아들에게 넘어왔죠. 만하임, 레오폴드, 쉴베스테르… 마지막이 베르테르고요."

"그분은 자녀가 없죠."

PG는 알아듣기 힘든 말을 중얼거리고는 운전석으로 돌아갔다. 율리아는 옆자리에 타고 지팡이를 다리 사이에 세운 후 문을 닫았다.

시드니가 뒷좌석에 타자마자 출발한 차는 선회로를 천천히 돌아 좁은 도로로 빠져나온 뒤 한쪽의 숲길로 나아갔다.

호수의 잔잔한 수면에 삐죽삐죽한 나무들이 비쳤고, 타고 남은 맥주 공장에서 희뿌연 연기가 솟아올랐다. 불을 끄려는 소방관들의 노력으로 주변의 땅은 아직도 축축하게 젖은 상태였고 시드니와 대화했던 과학수사팀 두 명이 밴 뒤에서 흰 작업복을 재빨리 벗고 있었다.

"우리 가족은 평생을 이 숲에서 일했어요." PG가 입을 열었다. "베고, 썰고, 깎고, 통나무를 옮기고… 얼마나 힘들었는지 몰라요."

그는 차를 운전하며 만하임 그룹이 성공한 것은 운과 사업 감각이 절묘하게 맞아떨어진 덕분이라고 설명했다. 급속한 산업화로 유럽의 숲들이 거의 다 쓸려나가던 19세기 초, 스웨덴의 천연자원은 사람의 손이 닿지 않아 대부분 보존되었다.

"증조부인 만하임 할아버지에게 아주 유리한 조건이 하나 있었어요. 고조할아버지가 수력 발전 제재소에서 감독으로 계셨거든요. 그래서 증조할아버지를 어릴 때부터 스톡홀름으로 유학 보낼 수 있었던 겁니다." PG가 말을 이었다.

영국에서 견습 생활을 마친 만하임은 순스발로 돌아와 1849년 겨울 투나달에 스웨덴 최초의 증기 발전 제재소를 세웠다.

"완벽한 타이밍이었죠."

기업가들이 자본을 구하기 쉬워지는 법안이 의회에서 막 통과된 시점이었다. 만하임 모트는 숲을 사들여 벌목권을 확보할 수 있었다. 19세기 말에는 알프레드 노벨에 이어 스웨덴에서 가장 돈이 많은 사람 2위에 올랐다.

"하지만 증조할아버지 한 분으로 끝나지는 않았습니다." PG가 얼른 덧붙였다. "벌목 사업은 일종의 피라미드처럼 확대되었어요. 불과 몇십 년 사이에 수많은 사업가가 돈방석에 올랐죠."

"신흥 상류층이 생긴 거네요." 율리아가 말했다.

"그러다 보니 사업 활동이 의심스럽다는 둥, 불법 벌목을 한다는 둥, 취향이 형편없다는 둥 비난이 일었죠. 자연히 우리 같은 가족에게는 불필요한 스캔들을 피하는 것이 최우선 순위가 되었고요."

"그렇죠." 율리아가 말했다.

"열등의식인지 뭔지 모르겠지만, 비난을 퍼붓고 '벌목 남작' 같은 칭호로 폄하하는 것들이 새로운 산업에 대한 혐오를 불러일으켜 지푸라기 같은 권력을 붙잡으려는 귀족들의 수작이 아닐까 생각합니다."

"요새 말하는 올드 머니요." 율리아가 지적했다.

"금융 위기로 우리 가문은 재산을 꽤 많이 날렸어요. 이제는 스웨덴에서 가장 부유한 가문에 끼지도 못하죠. 그렇다고 빈털터리가 되지는 않았고요."

은색 호수와 나란히 놓인 자갈길은 곡선으로 꺾이는 구간에서도 호수와 같이 움직였다. 3킬로미터를 더 달렸을 때 율리아는 호숫가에 있는 빨간 집 두 채를 발견했다.

"더 큰 집 있죠." PG가 서서히 속도를 줄이며 말했다. "한때 당숙인 아우구스투스 아저씨의 집이었습니다. 아버지의 사촌 형제요. 저 집에서 비에른과 안드레가 자랐고 지금도 둘이 같이 살고 있어요. 한 층씩… 안드레는 주로 여자친구 집에 머물지만요."

"옆에 있는 집은요?"

"저건 둘의 여동생 시리 집입니다."

"그분은 무슨 일을 하세요?" 시드니가 물었다.

"정확히는 모르겠지만, 특수한 아이들을 대상으로 물리치료 같은 걸 해요." PG는 대답하고 속도를 다시 높였다.

"가능하면 대화를 하고 싶어요." 율리아가 말했다.

"다 얘기해뒀습니다."

"감사합니다."

"내 휴대폰에 관해 생각을 좀 해봤어요." 잠시 후 PG가 정적을 깨고 말했다. "이럴 수도 있을까요? 내가 무슨 소리를 듣고 맥주 공장으로 내려갔다가 죽은 남자를 보고 당황해서 경찰에 신고할 생각으로 사진을 찍었다가… 오는 길에 까맣게 잊어버린 겁니다."

"그 생각을 안 해본 건 아니에요." 율리아가 말했다. "하지만 자러 가기 전에 휴대폰을 원위치에 둬야 했다는 사실을 고려하면 가능성이 없죠."

"저녁 식사 중에는 방해받지 않으려고 거기 두지만 잘 시간에는 항상 협탁에 있는데… 모르겠습니다. 시간 분간을 못 할 만큼 만취해서 한밤중인데도 낮이라 생각했을지도요."

20여 분 후, 그들을 태운 차는 나무를 베서 만든 낡은 도로로 나아갔다. 숲의 무수한 벌목 구역과 이어지는 길이었다.

"현재는 40만 헥타르 조금 넘는 땅을 소유하고 있습니다." 셋 다 몸을 들썩이며 울퉁불퉁한 지형을 지나는 동안 PG가 설명했다. "토질이 아주 좋아요. 베스테르노를란드에서 제일가는 땅일 겁니다. 나무들의 나이도 거의 비슷하고, 나무를 솎아내고 새로 심는 구역들도 있어요."

키가 큰 나무들이 차창을 스쳐 지나갔다. 차는 높이 쌓인 통나무, 질척한 땅, 가만히 서 있는 포워더* 한 대가 있는 저장 구역도 지나쳤다.

"필름이 끊겼을 때 폭력적으로 변한 적이 있나요?" 율리아가 말했다.

"그 질문은 전에 했잖아요." PG가 곁눈질로 보며 대답했다.

"진지하게 대답해주세요."

"모니카 말로는 가끔 흥분을 한다고 해요. 바보 같은 짓을 하려고 할 때마다 말린답니다."

"예를 들어서요?"

"작년 겨울에는 두 발로 서지도 못하면서 지붕에 올라가려 했대요."

"그걸 모니카가 말렸고요?"

첫 번째 톱질 소리가 들리고도 10분을 더 달린 후에야 차가 벌목 현장에 도착했다.

"그루터기 등등 전부 다 활용합니다. 나뭇가지도 잔가지까지 다요." PG가 차를 세우며 설명했다.

공기 중에 대팻밥이 폭포처럼 쏟아지는 모습이 앞 유리로 보였다. 수확기가 나무 한 그루를 집게로 잡아서 몸통에 톱질을 하고 단 몇 초 만에 세 개의 통나무로 베어냈다.

"모니카가 아이를 낳은 가족이 없다고 했을 때 자리를 뜨셨죠." 율리아가 말했다.

"그건 사적인 문제라고 생각합니다."

---

* 숲에서 나무를 수확해 운반하는 기계.

"그렇죠." 율리아가 고개를 끄덕였다.

PG는 한숨을 쉬고 율리아를 쳐다보았다. "나는 아이를 원하지 않아요. 내 몸 하나 건사하지 못하는 데다 이제는 사람을 죽였을지도 모르는 처지 아닙니까."

"하지만 모니카는 모트 가문의 유전자에 대해 이야기하고 있었어요."

"선천적이든 후천적이든 우리에게는 별 의미 없습니다. 둘 다 섞인 거죠." PG가 수수께끼 같은 말을 남기고 차에서 내렸다.

율리아와 시드니는 PG가 벌목 구역을 성큼성큼 가로질러 수확기로 가는 모습을 지켜보았다. 거대한 기계는 주변에 나무껍질과 잔가지를 튀기며 나무의 몸통을 베고 땅에 쿵 떨어뜨렸다. 또 한 그루가 쓰러지며 마른 나뭇조각들이 휘날렸다.

PG가 휘파람을 불자 거대한 수확기가 조용해졌다. 조종석에서 나온 기사가 PG에게 걸어와 악수를 나눴다. 그러고는 헬멧을 벗고 미소를 지었다. PG가 숲 가장자리를 가리키며 무슨 말을 했다. 기사가 고개를 끄덕이고 PG와 그쪽으로 걸어가기 시작했다.

율리아는 그들이 나무 뒤로 사라지는 모습을 바라보았다. PG가 했던 말이 자꾸만 생각났다. 그의 아버지는 숲에 있는 나무를 한 그루도 빠짐없이 세고 만하임을 구석구석 꼼꼼하게 관리했다고 했다. 그런데 사촌 아우구스투스에게 회사 지분을 30퍼센트나 넘겼다. 대체 왜? 이 질문은 최적의 순간을 위해 아껴놓을 계획이었다. 오늘 저녁, 모두 식사하기 위해 모였을 때가 좋으리라.

하지만 그 전에 육촌 형제 중 첫째인 비에른과의 약속이 있었다.

율리아의 입가에 미소가 번졌다. 드디어 수사가 진행되는구나. 머지않아 퍼즐 조각들이 제자리에 맞아떨어질 것이다.

12

비에른과 만나기로 한 곳은 순스발 외곽에 있는 레스토랑인 스퀘어 밀이었다. 아담한 식당은 테이블에 체크무늬 보를 깔았고 꽃병에 있는 꽃은 카네이션 생화였다.

오래된 숲을 관리하는 방식에 EU가 새로운 규제를 들이미는 문제로 스토라 엔소 그룹과 회의를 하러 가는 길에 PG가 두 사람을 약속 장소에 데려다주었다.

아직 이른 시간이라 율리아와 시드니가 들어왔을 때 레스토랑에는 사람이 없었다. 비에른 모트는 아직 도착하지 않았다. 뺨이 장밋빛인 젊은 웨이트리스가 두 사람을 테이블로 안내한 후 물병을 가져다주고 메뉴판을 하나씩 건넸다.

율리아는 PG 부부와 다 같이 모이기 전 세 육촌을 따로 만나 보고 싶었다. 상대가 어떤 사람인지 이해하기 위해서는 그를 관찰하며 주변 사람이 달라질 때의 변화를 가까이서 지켜보는 방법이 가장 효

과적이기 때문이었다.

"만하임 있잖아… 굉장하더라." 시드니가 말했다. "과하다는 느낌도 없잖아 있지만…."

"대단하지."

"그런데 말이야… 겨우 하룻밤 있었는데 벌써 약간의 폐소공포증이 느껴지려고 해."

"나도 잘 모르겠지만 상속 때문인 것도 같아." 율리아가 테이블 아래로 다리를 뻗으며 말했다. "일주일에 한 번 억지로 모여 앉아야 한다고 한탄하면서 꼭 말벌처럼 행동하잖아. 유리 덫으로 돌아가지 않으면 못 배기는 것처럼 말이야."

"모두를 위한 설탕물인 거네." 시드니가 빙긋 웃었다.

"그런데 또 서로를 증오하고."

가게 앞 거리에 차량 이동 서비스의 파란색 승합차가 멈춰 섰다. 운전 기사가 뒷좌석 문을 열고 경사로를 펼쳤다. 기사는 뒷좌석으로 모습을 감추더니 잠시 후 한 남자의 전동 휠체어를 끌며 다시 나타났다.

웨이트리스가 서둘러 다가가 휠체어를 타고 들어오는 남자를 위해 문을 열어주었다. 남자가 조종 스틱을 반대로 밀자 휠체어가 앞으로 빙글 돌았다.

비에른 모트는 PG와 닮았지만 그보다 통통하고 관리를 받지 못한 생김새였다. 펑퍼짐한 청바지와 남색 플란넬 셔츠를 입었고 못마땅한 듯 얼굴을 찌푸려 이마에 주름이 잡혀 있었다.

그는 팔걸이에 인조 가죽을 덧대고 뒤판에 빨간 반사 장치를 단 하늘색 휠체어를 타고 어설프게 서두르며 다가왔다. 안전벨트를 한쪽에 늘어뜨린 휠체어의 작은 앞바퀴에서 마찰음이 들렸다.

율리아는 악수를 피하려 일어나며 지팡이를 집어 들었다.

"율리아 스타르크입니다. 이쪽은 동료인 시드니고요." 율리아가 시드니를 지팡이로 가리키며 말했다.

"이름이 스타르크라길래 조금 더 근엄한 사람을 생각했는데." 비에른이 한숨을 쉬었다. 휠체어가 테이블에 부딪히며 물병이 흔들리고 테이블보에 물이 살짝 흘렀다.

"갑자기 연락을 드렸는데 나와주셔서 감사합니다." 시드니가 악수를 하며 말했다.

비에른은 두 사람을 향해 긴장 섞인 미소를 지어 보이고는 팔걸이를 들어 테이블 가까이 휠체어를 굴린 후 브레이크를 걸었다.

"PG 말로는 몇 가지 질문을 하면서 점심 대접을 하겠다고요."

"네, 저희가…."

"질문해요. 나는 먹고 마실 테니까." 비에른이 말을 자르고 테이블을 손등으로 두드렸다.

메뉴판을 들고 나타난 웨이트리스가 물을 따라주려 하자 비에른은 잔을 손으로 가렸다.

"제일 센 맥주 한 병하고 예거마이스터 두 병, 페르넷 한 잔 가져다줘요." 그렇게 말하더니 웃으며 율리아를 돌아보았다. "남자라면 모름지기 체면을 차려야죠. 거물급 고객이 찾아올 때면 셰익스피어를 읽는 척하는 내 동생처럼요."

"식사는 뭐로 하시겠어요?" 웨이트리스가 물었다.

"아. 해시*로 하죠. 계란은 네 개, 비트는 빼줘요."

웨이트리스가 고개를 끄덕이고 시드니와 율리아를 돌아보았다.

"피시 스튜는 어때요?"

---

* 잘게 썬 고기, 감자, 야채를 볶아 튀긴 요리.

"좋죠. 맛있고 향신료도 아주 풍부하게 들어가 있어요. 깍지 콩, 아이올리 소스, 사워도우 빵과 같이 나옵니다."

"그걸로 할게요."

"저도요." 율리아가 말했다.

"음료는요?"

"물이면 됩니다."

비에른이 충혈된 눈으로 두 사람을 게슴츠레 관찰했다.

"스톡홀름에서 오셨구먼. 보니까 알겠네." 비에른이 말했다. "어디를 봐도 숲밖에 안 보이겠죠. 하지만 나는 나무 하나하나가 다 보입니다. 품질, 색조… 목재, 지붕틀, 수납장의 한 부분으로… 천천히 자라는 가문비나무, 키가 큰 소나무… 자작나무 뿌리, 버드나무… 하지만 당신들은 아무 관심 없겠죠."

"앤티크 가구를 복원하신다고요?" 율리아가 말을 꺼냈다.

"명탐정이 아니어도 그건 알아낼 수 있지." 비에른이 씩 웃으며 대답했다.

"네."

"실례지만 몇 살이에요?"

"그게 중요한가요?" 율리아가 되받아쳤다.

"이런 게 좀 있어도 미인이셔서." 비에른이 자기 뺨을 손가락으로 그으며 말했다.

"어젯밤 맥주 공장에 불이 났다는 소식은 들으셨어요?" 율리아가 무시하고 질문했다. "거기에 물건들을 보관하고 계시죠?"

"네, 아까워 죽겠습니다." 비에른이 한숨을 쉬며 얼굴에서 머리카락을 쓸어 넘겼다. "정말 근사한 로코코 가구도 거기다 뒀는데. 쉴베스테르와 레오폴드 시대 물건이라 값이 엄청났다고요. 보험금이 나온다고 해도 일부분이나 보상이 될까."

"그런 일에는 굉장한 기술이 필요할 것 같아요." 율리아가 말했다. "정교한 상감 기법에⋯."

"상감 기법은 쉬워요." 비에른이 거친 손가락으로 테이블을 누르며 말했다. "시간을 뺏는 건 사고로 생긴 손상이죠. 예를 들어 어떤 멍청이가 옻칠한 테이블에 화분을 계속 두었다면, 표백제로 얼룩을 벗기고 처음부터 옻칠을 다시 해야 해요. 표면에 부드럽게 광을 내고⋯."

웨이트리스가 비에른의 술을 가지고 왔다. 비에른은 웨이트리스가 돌아서기도 전에 페르넷 브랑카 잔을 단숨에 들이켜고 쟁반에 빈 잔을 올렸다.

"일요일에 주주총회가 있었죠." 율리아가 말했다. "평소와 뭔가 다른 일은 없었나요?"

비에른은 어깨만 으쓱했다.

"톱니바퀴 따위가 뭘 아나." 그가 맥주를 벌컥벌컥 마시고 말했다.

"큰 회사잖아요. 이런 회의에서 결정 사항이 나올 텐데요."

"회의는 무슨. 지겨운 헛짓거리지. 그것도 매년 똑같이. 나오는 질문은 하나뿐입니다. 만하임을 유지할 것이냐, 말 것이냐? 어떻게 할지 다들 알지만 그래도 투표는 해야 하죠⋯ 우리 셋은 팔기를 원하는데, 잘난 베르테르가 가족을 제멋대로 통제하려 하는 겁니다. 이제는 얼굴도 안 비추고 그냥 자기 동생을 대리인으로 지명해요. PG는 자기 형이 시키는 대로 투표하고요."

비에른은 예거마이스터 두 병을 한 치의 오차도 없이 맥주잔과 나란히 놓았다.

"베르테르에 대한 감정이 좋지 않으신가 봐요." 율리아가 말했다.

"누군들 좋겠어요."

"왜죠?"

"좋아할 구석이 없어요. 욕심만 가득해서… 거짓말은 또 얼마나 잘하는지. 이번 일요일에도 꼭 온다고 해놓고 결국은 안 왔잖아요. 놀랐냐고요? 전혀."

비에른이 양쪽 엄지를 아래로 하고 술 하나를 원샷했다.

"이번에는 왜 참석할 계획이었는지 아세요?"

"직접 물어봐요."

웨이트리스가 음식을 들고 나타났다. 그들은 맛있게 드시라는 말에 감사 인사를 하고 포크를 들었다.

"그럼 회의 중에는 별다른 일이 없었던 거예요?" 율리아가 빵을 찢으며 비에른에게 캐물었다. "처음부터 끝까지 평소와 같았어요?"

"처음부터 끝까지 평소와 같았어요." 비에른은 동의하고 접시로 몸을 기울이더니 해시를 입에 욱여넣었다.

"회의 끝나고 저녁 만찬 때는요?"

"똑같았어요." 비에른이 음식을 가득 물고 대답했다.

"그날 밤 저녁 식사 후에는 뭘 하셨어요?" 시드니가 물었다.

비에른이 게슴츠레한 눈으로 시드니를 응시했다.

"붉은 방에서 내 친구 조니 워커를 마시며 내 운명을 한탄하고 있었습니다." 그가 빈정거리는 말투로 대답했다.

"댁에 도착했을 때가 대략 몇 시였나요?"

"그 사람들은 마차가 호박으로 변하기 전에 모두를 성에서 내보내려고 해요." 비에른이 휠체어를 두드리며 말했다.

"만하임에서 언제 나오셨어요?" 율리아가 물었다.

"시침은 11, 초침은 2에 있었죠."

"귀가하는 길에 다른 사람은 못 보셨어요?"

비에른은 질문의 의미를 이해하지 못한 것 같았다. 그냥 고개를 젓고 계속 먹기만 했다. 세 번째로 원샷을 하고 맥주도 비운 후 술을 더 가져오라고 소리쳤다.

"댁으로 가는 길에 만난 사람은 없어요?"

"지금 뭐 하는 거요?"

비에른이 순식간에 식사를 다 하고 빈 접시를 밀었다. 시드니가 휴대폰을 꺼내 죽은 남자의 사진을 들어 보였다. 비에른은 한숨을 쉬고 몸을 기울여 화면을 향해 눈을 찌푸렸다.

"나인가?" 비에른이 물었다.

"자세히 보세요." 시드니가 사진을 확대하며 말했다.

"누가 죽었는데 지금 나한테 하는 질문의 의도가… 대체 뭡니까?"

"이 사람을 아는지 궁금해요." 율리아가 말했다.

"얼굴에 자루를 뒤집어쓰고 있잖아요. 내 눈에만 보이는 건가?"

"모른다는 거죠?"

"알아야 해요?"

"언제 베르테르와 마지막으로 대화를 하셨어요?"

"장난해요? 이 사람이라고? 그럴 리가. 어디 다시 봐요." 비에른이 시드니에게 조급하게 손짓했다.

그러고는 사진을 자세히 뜯어보고 고개를 저었다.

"베르테르를 왜 안 좋아하세요?" 율리아가 물었다.

"나는 아무도 안 좋아해요."

"네, 하지만 지금은 베르테르 한 사람에게 초점을 맞춰 봐요." 율리아가 말하며 포크와 나이프를 내려놓았다.

"베르테르는 나보다 11살이 많지만 정말… 나는 평생 그 인간을 경계해야 했어요." 비에른이 대답하며 손가락 하나로 관자놀이를 가리켰다. "어렸을 때부터 알았다니까. 어딘가 비뚤어진 인간이라는 걸요. 우리한테도 징그럽게 관심이 많았어요. 나한테 레슬링을 신청하고, 여동생을 훔쳐보고… 안드레에게 창피를 주는 취미도 있었어요."

"어떻게요?"

"내 동생 보면 꿀꿀에 대해 물어봐요." 비에른이 옆에 다가온 웨이트리스의 손에서 다음 맥주를 낚아채며 말했다.

"하지만 이제는 다 성인이고, 또…."

"어렸을 때와 똑같은 사디스트예요. 내가 5년 전에 이 신세가 된 것도 그 인간 때문이고." 비에른이 말을 자르며 자신의 휠체어를 다시 두드렸다. "계좌들에 관해 할 말이 있다는 나를 수확기로 태우러 왔죠."

"그래서요?" 시드니가 물었다.

"저기, 나도 약간의 장난질은 괜찮다 그겁니다." 비에른이 어두운 미소를 지으며 대답했다. "하지만 수확기는 빌어먹게 큰 기계잖아요. 날카로운 톱날이 있는."

"알죠."

"하, 내 몸을 반으로 자르려는 줄 알았어요."

"그 일로 다리를 다친…."

"등이에요." 비에른이 말을 가로채고 윗입술에 묻은 맥주를 닦았다.

"네."

"지금은 이 교정기를 차야 해요. 여자들이 입는 코르셋 비슷한 거요." 비에른이 설명하며 셔츠를 열고 아래의 단단한 플라스틱을 툭툭

쳤다. "끔찍이도 불편하죠. 하지만 이걸 안 하면 몸에 마비가 올 수도 있다고 해요."

"경찰에 신고하셨어요?" 시드니가 물었다.

"그런다고 뭐가 달라졌을까요?" 비에른이 한숨을 쉬며 남은 맥주를 다 들이켰다.

13

시드니와 율리아는 레스토랑을 나와 늦여름의 더운 공기를 맞으며 천천히 걸었다. 점심을 먹은 후 대기 중인 차량까지 비에른을 데려다주고, 지금은 에스플라나덴에 있는 안드레의 가게로 향하고 있었다.

도로 가장자리에서 버스 한 대가 배기가스를 뿜으며 출발했다.

율리아는 시드니를 슬그머니 쳐다보았다. 시드니는 사립 탐정이 되는 것을, 율리아와 다시 함께하는 것을 어떻게 생각하고 있을까?

"어젯밤 당신이 봤다던 빨간 불빛 말이야. 비에른 휠체어의 라이트일 수도 있을까?" 시드니가 물었다.

"라이트가 있었어?"

"몇 개 있던데. 뒤에 빨간색, 바퀴에 주황색." 시드니가 대답했다.

"이대로만 가면 수고비 금방 받겠어." 율리아가 피식 웃으며 말했다.

"내가 좀 똑똑하잖아." 시드니가 수줍게 승리의 브이를 그려 보이며 말했다.

천천히 광장을 가로지르는 동안, 율리아의 지팡이에 달린 고무 밑창이 보도블록을 작은 소리로 툭툭 때렸다. 비둘기 한 떼가 날개를 푸드덕거리며 하늘로 날아갔다.

"비에른이 어젯밤 외출해서 돌아다녔을 수 있을지는 몰라도 PG의 전화기를 가져가지는 않았어." 율리아가 말했다. "휠체어로는 그 복도에 들어가지 못했을 거야. 저택을 지을 때 이동이 어려운 사람들을 깜박하고 고려하지 않았던 것 같아."

율리아와 시드니는 에스플라나덴 거리의 양쪽에 늘어선 가로수 사이를 걸었다. 발밑의 자갈에서 흙먼지가 뽀얗게 피어올랐다.

"여기 예쁘다." 시드니가 말했다.

"석조 도시라잖아." 율리아가 중얼거리며 손을 뻗어 불편하게 꼬인 브라 끈을 정돈했다.

순스발의 대부분이 1888년 화재로 파괴되자 당시 임업 재벌의 황금기였음에도 비슷한 사고가 재발하지 않도록 돌로 도시를 재건하기로 했다는 기사를 읽은 적 있었다.

지팡이가 바닥을 때리는 소리가 양쪽의 건물 전면 사이로 둔탁하게 메아리쳤다. 율리아는 고개를 들어 시드니의 옆얼굴을 힐끗 올려다보며 결혼식을 시작하기 직전의 순간을 떠올렸다. 시드니가 떨리는 손가락으로 율리아의 얼굴에 베일을 씌워주었던 그때를.

그때는 시드니도 진심으로 율리아를 사랑했었다.

옆에서 걷는 시드니의 발소리를 들으며 율리아는 자신이 그에게 한 행동들을 생각했다.

이혼은 피할 수도 없이 조용히, 또 완전한 형태로 찾아왔다.

호흡이 가빠져 율리아는 기억을 억지로 차단하고 그런 과거에도 시드니가 지금 옆에 있다는 사실을 떠올렸다.

시드니는 율리아를 미워하지 않는다고, 그런 적 없다고 말했다. 그리고 매년 율리아의 생일이면 빨간 장미를 보내고 전화를 걸었다.

한때는 전화를 받고 달려온 시드니에게 위로를 받은 적도 있었지만 이제는 지나간 일이었다. 어차피 다시 떠날 것을 알기 때문이었다. 하지만 이제 율리아에게는 계획이 있었다. 경찰 시드니를 되찾아 올 생각이었다. 그러는 과정에서 괜한 희망을 품지는 않을 것이다. 솔직히 말하면 시드니의 마음이 한때 자리했던 상자를 다시 열 수 없음을 스스로도 알기 때문이었다. 마음은 간절했지만 그럴 수 없었다.

두 사람은 길을 건너고 '안드레 몬트 앤티크'라고 쓰여 있는 커다란 유리창으로 다가갔다. 바로 앞에 낡은 포르쉐 카이맨이 서 있었고, 차량 번호판에 적힌 성 MOTT가 보였다.

널찍한 가게는 진열 케이스, 책상, 플로어 스탠드, 짙은 색의 식탁, 광을 낸 의자, 흉상, 오토만으로 가득했다. 천장에는 무수한 샹들리에가 걸려 있었고 벽은 벽등, 거울, 금색 액자로 두른 전쟁터 그림으로 빈 공간이 없었다. 실내 공기에서는 오래된 가죽과 나무, 먼지 낀 천, 파라핀, 가구 광택제 냄새가 났다.

뒷문이 열리더니 한 남자가 휴대폰을 귀에 대고 웃으며 다가왔다.

율리아는 이 남자가 안드레라고 확신했다. 형 비에른과 눈이 똑같이 생겼고 똑같이 턱 보조개도 있었다. 머리카락이 더 짙은 색이고 코가 더 높다는 차이만 있을 뿐이었다. 또 몸이 더 호리호리했고 편한 느낌으로 옷을 잘 입었다.

"네, 관심을 보인 손님이 있어요." 안드레가 누구인지 모를 상대에게 말했다. "하지만 그 전에 보증서를 새로 부탁드려야 할 것 같아요… 네, 저번에 가져오신 거 아는데, 여기 없어서요… 실수로 다시 가져가신 거 아니고요? 아, 죄송합니다. 하지만…."

전화가 끊겼고 안드레는 그들을 보며 어깨를 으쓱했다.

"안녕하세요." 율리아가 말했다. "저는 율리아 스타르크고…."

"아, 알아요. PG 전화 받았어요. 율리아와 시드니 씨요." 안드레는 환하게 웃고 있었다. 율리아의 얼굴에 난 흉터를 보고 순간 멈칫했지만 곧 두 사람에게 손을 내밀고 악수를 청했다.

"어디 가서 앉을 수 있을까요?" 율리아가 두 손으로 지팡이를 꽉 쥐고 물었다. "제가 다리가 조금 불편해서요."

"그럼요. 사무실로 들어오세요."

그들은 가게 뒤에 있는 방으로 따라 들어갔다. 책상 위에 먼지 쌓인 컴퓨터와 두툼한 폴더들 뒤로 금 간 유리창 너머 포장된 안뜰이 내다보였다.

율리아는 곧바로 책장으로 걸어가 두꺼운 셰익스피어 비극 한 권을 꺼냈다. 이어 책을 펼치고 사라진 보증서를 안드레에게 건넸다.

"굉장한데요." 안드레가 손부채질을 하며 말했다. "정말 말도 안 되는…."

"묘기죠."

"아니, 진심으로요… 대체 어떻게 한 겁니까? 알려줘요."

"형님에게 들었어요. 동생이 중요한 고객을 만날 때 자주 셰익스피어를 읽는 척 연기한다고요. 미팅이 끝나고 보증서를 끼워놓았다는 사실을 잊고 책을 다시 꽂을 수 있겠다 생각한 거예요."

"아무리 그래도 그렇지… 정말 대단합니다." 안드레가 말했다.

그들은 근사한 칼 말름스텐 소파에 자리를 잡고 앉았다.

"커피 드릴까요?" 안드레가 율리아를 향해 유혹하는 미소를 보내며 물었다.

"감사한데 조금만 있다가요." 율리아가 대답하고 한숨을 쉬며 다리를 뻗었다.

"그러니까, 방금 우리 형과 점심을 먹고 온 거죠? 그 햇살 같이 밝은 사람하고? 술 취해 바보 같은 이야기나 주절거리지 않았나 모르겠네요."

"아니, 아주 편안한 분위기였습니다." 시드니가 말했다.

"가끔 예민할 때가 있어요. 그럴 때면 상태가 안 좋아지죠. 하지만 성품은 착하고… 공예가로서 재능이 엄청난 사람이에요."

"두 분이 이 가게를 같이 운영하신다고요?"

"일은 형이 하고 돈은 내가 받죠." 안드레가 싱긋 웃으며 대답했다.

"잘 되나요?"

"뭐, 이걸 해서 부자가 될 수는 없겠지만 우리에게 맞는 일을 찾았으니까요. 그거면 충분히 의미가 있죠."

"그럼요." 율리아가 말했다.

"몇 가지 여쭤볼 게 있어서 왔습니다." 시드니가 말했다.

"PG 말로는 죽은 남자 사진을 조사하고 있다고…?"

시드니가 휴대폰에 저장된 사진을 들어 보였다. 안드레가 전기 충격을 받은 것처럼 얼른 고개를 돌렸다.

"맙소사, 끔찍한데요." 안드레가 웃으며 말했다.

"이 남자를 알아보시겠어요?" 율리아가 물었다.

"그건 아닌데, 두 사람은 베르테르라고 생각하는 거죠?"

"네."

"불에 탄 맥주 공장에서요."

"확신해서 하는 말 같네요."

"추측이에요."

"형님 말씀으로는 베르테르가 일요일 주주총회에 참석할 계획이었다고요." 시드니가 말을 이었다.

처음으로 안드레의 미소가 흔들렸다. 진심으로 놀란 표정이었다.

"베르테르가요? 왜 그런 생각을 했대요?"

"마지막으로 베르테르를 보신 게 언제인가요?" 율리아가 물었다.

"어, 시리 생일이었을 거예요. 작년 9월… 일종의 전통이죠. 커다란 꽃다발을 들고 나타나…."

"본인이 죽였죠?" 율리아가 그의 말을 잘랐다.

"장난합니까?" 안드레는 미소를 되찾았지만 눈빛은 여전히 불안했다.

율리아의 심장이 세차게 쿵쾅거렸다. 귀로 피가 쏠리는 소리가 들릴 정도였다. 더 가까이 몸을 기울이고 안드레의 눈을 응시했다.

"내 생각에는…."

"율리아." 시드니가 차분한 말투로 말을 꺼냈다.

"나는 아무도 안 죽였어요." 안드레가 말했다.

"그냥 질문한 거예요." 심장박동이 다시 정상으로 돌아오는 것을 느끼며 율리아가 말했다.

"아주 배려심 없는 질문요."

"죄송합니다."

"용서하도록 하죠… 보증서를 찾아줬으니까."

"일요일에 회의 끝나고는 뭘 하셨어요?" 시드니가 물었다.

안드레가 입술을 오므렸다.

"저녁을 먹었어요. 다 같이. 아, 베르테르는 빼고요. 당연히…."

"평소와 다른 일은 없었을까요?"

"아니, 언제나처럼 똑같았어요."

"그게 무슨 뜻이죠?" 율리아가 물었다.

"곧 사형장에 가게 될 사람들처럼 먹고 마셨다는 거죠."

"저녁 이후에는요?"

"비에른은 구석에서 위스키 병을 들고 혼자 폼을 잡았고, 나는 동생과 그라파를 마셨습니다."

"PG와 모니카는요?"

"늘 똑같죠… 소란 피우지 않고 술을 천천히 마시게 하느라고 모니카가 애를 쓰고 있었어요."

"얼마나 오래 계셨어요?"

"회의 전에 모니카와 대판 싸워서 시리 기분이 썩 좋지 않았어요. 글쎄요, 아마 1시간쯤 있다가 나와버렸을 거예요. 그런 다음 택시를 잡아타고 여자친구 프리다 집으로 갔고요."

"프리다라는 분 댁에 도착했을 때는 몇 시였죠?"

"11시 40분요. 가볍게 뭘 좀 먹고 라디오 뉴스를 들었어요. 왜 있잖아요, 자정 전에 하는 뉴스."

"뉴스에 어떤 내용이 나왔는지는 기억하세요?"

"전혀요." 안드레가 씩 웃으며 말했다.

"뉴스가 끝난 다음에는요?"

"거기서 자고 다음 날 아침 정상 출근했습니다."

"프리다 연락처를 받을 수 있을까요?" 율리아가 물었다.

"그럼요." 안드레가 말하며 휴대폰을 들었다.

율리아는 연락처에 저장된 번호들을 훑는 안드레를 관찰했다. 충혈된 눈, 턱 끝에 난 새하얀 흉터, 관리받은 손톱 하나하나를 눈에 담았다.

"비에른 말로는 꽤 오래전부터 두 분이 만하임을 팔기를 원하셨다면서요?" 잠시 후 율리아가 물었다.

"네, 그런데 교착 상태에 빠졌다고 할까요… 아니, PG와 모니카 심정은 나도 이해해요. 거기 살면서 회사를 운영하니까요. 남는 게 점점 줄어들고 있지만 어쨌든 아직 수익을 내고 있고."

"베르테르는요?"

"많이 힘들어했어요. 상속선… 참 나, 말도 똑바로 안 나오네." 안드레가 싱긋 웃었다. "베르테르는 상속순 때문에 힘들어했어요. 그래서 떠난 거고요."

"본인이 이득을 봤는데도요?"

"네, 하지만 대가로 자유를 잃었거든요. 그 역할을 선택한 게 아니었잖아요. 베르테르에게는 맞지 않았어요. 내 생각에 반항의 씨앗을 심어준 사람은 형 어머니인 린네아예요. 그분도 모트 가족의 전통에 잘 적응하지 못했거든요. 여자로서 해야 할 역할에."

"뭔데요?"

"아기를 쑥쑥 낳는 거요. 무한으로." 안드레가 말했다. "원래 만하임은 수많은 사람의 감옥이었죠."

"그 역할이 당신이나 비에른, 시리에게도 적용되나요?"

"뭐, 최악의 위치에서는 살짝 벗어나 있지만 그래도 비슷해요. 그 집은 골칫거리밖에 되지 않습니다."

"세 사람 모두에게요?"

"내 생각은 그래요."

"비에른이 베르테르를 미워하더군요." 율리아가 말했다.

"수확기 얘기 못 들었어요?"

"했어요. 하지만 그때 생긴 감정이 아닌 것 같던데요."

"아아, 그렇죠."

"선생님은 어떠세요? 베르테르를 미워하세요?"

"죽일 정도로 미워했냐는 뜻이라면, 그건 아니에요."

"꿀꿀에 대해서 알려주세요." 율리아가 말했다.

"후." 안드레가 한 손으로 곱슬머리를 쓸어 넘기며 대답했다. "네, 비에른이 아까 정말로 편안했었나 보네요… 만약 우리가 요즘 같을 때 자랐다면 베르테르는 온갖 병명을 덕지덕지 붙이고 다녔을 겁니다. 보호 구치인지 뭔지 그것도 받았을 거예요. 하지만 당시의 부모들은 자기 자식이 뭘 하는지 관심이 없었죠. 우리는 그냥 나이 많은 형들과 방치되어 있었어요. 그 사람이 위험하고 망가진…."

"어떻게 됐는데요?"

"별일은 아니에요." 여전히 생글생글 미소를 지으며 안드레가 말했다. "내가 몸집이 정말 작았거든요. 쉬운 표적이 되었죠."

"베르테르가 어떻게 했어요?"

"어린 꼬마였던 나를 망신 주는 취미가 있었어요." 안드레가 말했다.

"왜 웃고 있죠?" 율리아가 물었다.

"모르겠어요. 전혀 웃을 일이 아닌데." 안드레가 말했다. 눈에 눈물이 고이는 듯했다.

"무슨 일이 있었던 거예요?" 율리아는 물러나지 않았다.

"내가 네 살일 때, 베르테르는 열여섯이었어요."

"나이 차이가 꽤 나네요."

"네." 안드레가 속삭였다.

뺨을 타고 흐른 눈물이 테이블로 뚝뚝 떨어졌다. 시드니는 불편한 듯 입을 문질렀다.

"이제는 아무 의미 없지만 그래도 생각하면 힘들군요." 안드레가 뺨의 눈물을 닦으며 말했다. "베르테르에게 낚싯대가 있었는데, 내 성기에 낚싯줄을 묶고 나를 끌고 다녔어요… 본인은 재미있다고 돼지처럼 울게 시키고 온갖 모욕적인 행동을 했습니다."

"예를 들어서요?" 율리아가 물었다.

"말하지 않아도 돼요." 시드니가 말했다.

"죄송합니다." 중얼거린 안드레가 손으로 입을 가리고 서둘러 자리에서 일어났다.

14

문에 달린 종을 울리며 가게 밖으로 나온 두 사람은 환한 햇살 아래를 걷기 시작했다.

"모든 위험을 이기는 자라." 시드니가 말했다. "모든 문을 통과하고 또…."

"일부러 일을 그르치는 거야? 아니, 왜 그러는데?" 율리아가 말을 잘랐다.

시드니가 걸음을 멈추고 어리둥절한 얼굴로 율리아를 보았다.

"내가 뭘 했어?" 시드니가 물었다.

"감당할 수 없으면 집으로 가."

"화난 것 같은데, 왜 그러는지 나는 정말 모르…."

"내가 화난 이유는 사람들이 언제나 남자만 보호하기 때문이야. 남자가 모욕이든 학대든 뭐든 당하면 훨씬 더 민감하게 받아들이는 것 같아서."

"그러네."

"여자가 연루됐으면 하나도 빠짐없이 다 밝혀야 하지. 그 여자 몸은 빌어먹을 대중의 소유가 되어버린다고. 그런데 남자는? 그래, 무슨 수를 써서라도 보호해야지."

"미안한…."

"당신은 내 인터뷰를 방해하고 내가 인터뷰를 끝내기도 전에 상대를 내보냈어."

"실수였어, 율리아. 사과할게. 고의로 그런 게 아니야." 시드니가 말했다. "당신이 안드레를 살인범으로 섣부르게 지목했을 때처럼."

"그래, 그건 내가 틀렸어." 율리아가 중얼거리고 다시 걷기 시작했다.

안드레의 여자친구와 통화하기 위해 안드레에게 받은 번호로 전화를 걸 때까지도 율리아의 짜증은 가라앉지 않았다.

통화 연결음만 끈질기게 울렸다. 율리아는 빈 아파트의 빈방에 덩그러니 놓인 휴대폰을 상상했다. 안드레가 말하는 프리다는 어쩐지 이 세상에 존재하지 않는 여자친구 같았다.

"여보세요?" 한참 만에 허스키한 목소리가 전화기 너머로 들렸다.

"프리다 씨?"

"누구시죠?"

"저는 율리아 스타르크라고 합니다. 현재 안드레의 육촌인 페르귄터 모트 씨의 의뢰로 수사를 진행하고 있는 탐정입니다."

"아…."

"잠깐 대화를 좀 했으면 하는데, 가능하신가요?"

"사실 외출하려다 받은 거라서요."

"5분이면 됩니다. 지금 안드레 씨 가게 앞에 있어요. 댁에 계신가요?"

"강 쪽으로 광장을 가로지르면 돼요. 로드후가스탄 17번지 1층으로 오세요."

안드레 여자친구가 사는 아파트는 도시 중심부에서도 가장 근사하게 생긴 석조 건물로, 정교한 장식이 새겨진 창틀과 황동 지붕이 특징이었다.

시드니가 율리아를 위해 육중한 문을 잡아주었다. 두 사람은 시원한 로비로 들어가 대리석 계단을 올랐다.

초인종을 누르자마자 아파트 문이 열렸다. 30대로 보이는 프리다는 키가 훤칠했고 좁은 얼굴에 보이는 눈은 가로로 길었다. 옷은 장식용 술이 달린 가죽 재킷, 타이트한 청바지, 굽이 다소 굵은 카우보이 부츠 차림이었다.

"아까 누구라고 하셨죠?" 프리다가 물었다.

율리아는 면허증을 꺼내 들어 보였다.

"저희는 사립 탐정입니다. 모트 가문의 한 분이 의뢰를 하셔서 얼마 전 있었던 주주총회를 둘러싼 몇 가지를 조사하고 있어요."

"네, 그런데 그게 저와 무슨 상관이죠?"

율리아는 프리다가 뒤로 물러나게끔 한 걸음 나아갔다. 프리다는 의도대로 행동했다. 내키지 않는 듯했지만 옆으로 움직여 두 사람이 복도에 설 수 있도록 공간을 만들어주었다.

"일요일에 안드레와 만나셨나요?" 율리아가 물었다.

"네, 여기 왔었어요. 한… 2시쯤?"

"오후요?"

"네." 프리다가 웃으며 대답했다.

"얼마나 있다 갔죠?"

"글쎄요. 같이 커피를 마셨어요. 1시간 조금 넘게 있었겠네요."

"그날 저녁에는 뭘 하셨어요?"

"일요일이요? 로열에 있었어요." 프리다가 대답했다.

"그게 어디죠?"

"그냥 그런 데가 있어요. 가끔 거기서 춤을 추거든요."

"집에는 언제 오셨어요?"

프리다는 잠시 생각을 하며 입술을 잘근거렸다. 무의식적인 행동이었다. 아마 어렸을 때부터 몸에 밴 습관이겠지.

"손님이 많지 않아서 평소보다 일찍 퇴근했던 기억이 나요."

"집에 오니 몇 시던가요?"

"11시였을 거예요. 아니, 무슨 일이에요?"

"안드레 모트 씨의 여자친구시죠?" 시드니가 물었다.

"걔가 그래요?"

"네."

프리다가 한숨을 쉬었다. "알겠어요."

"두 분의 관계를 설명하자면요?"

"친구예요."

"그 이상이었던 적은 없었어요?"

"우리 관계에 관심이 많은 것 같네요." 프리다가 말했다.

"아마도요."

"같이 파티하고 영화 보는 사이죠. 먹고, 수다 떨고." 프리다가 말했다. "제가 쪼들릴 때는 어떻게 알고 주머니에 돈을 좀 찔러주기도 해요. 모르겠어요. 그냥 좋은 친구고…."

"알겠습니다." 시드니가 고개를 끄덕였다.

"안드레 말로는 일요일에 여기서 자고 갔다던데요." 율리아가 말했다. "사실이에요?"

프리다는 망설이지 않고 율리아와 눈을 맞췄다.

"네."

"안드레가 왔을 때 뭘 하고 계셨어요?"

"자고 있었어요. 벨소리에 깨서 들어오라고 했죠." 프리다가 하품을 참으며 말했다.

"같이 뭘 먹으며 뉴스를 들었어요?" 시드니가 물었다.

"안드레가 그래요?"

"질문에 대답해주세요."

"솔직히 기억이 안 나요." 프리다가 무표정으로 대답했다.

"안드레는 자정에 도착했나요?" 율리아가 프리다의 눈을 똑바로 바라보며 물었다.

"네."

"1시가 아니라요?"

프리다가 어깨를 으쓱했다.

"2시는요?"

"아이 참, 자고 있었다니까요." 프리다가 한숨을 쉬었다.

"그러니까 확실하지 않다는 거죠?"

"미안한데 이제는 정말 가봐야 해요." 프리다가 말하며 가방에서 열쇠를 꺼냈다.

율리아는 만하임으로 돌아오는 택시 안에서 뒷좌석에 등을 기댔다. 눈을 감고 생각했다. PG와 베르테르의 어머니인 린네아가 사망했을 때 안드레는 겨우 세 살이었다. 모트 가족의 구성원으로서 적응하지 못하고 힘들어했다는 사실을 직접 경험하고 알 방법은 없었다.

시드니가 모트 가문에 대한 대화를 유도하기 위해 택시 기사에게 말을 걸고 임업 재벌들이 순스발에 얼마나 중요한 역할을 하는지 이야기했지만, 기사는 역정을 내며 1931년 오달렌에서 일어난 총격 사건을 언급하고 말 뿐이었다. 그곳의 펄프 공장에서 시위하던 노동자를 향해 경찰이 발포하며 다섯 명이 죽었다고 했다.

차의 양쪽으로 하늘 높이 뻗은 소나무가 최면을 거는 듯 지나가는 동안, 아무도 말을 꺼내지 않았다.

24킬로미터를 더 달린 후 만하임 부지의 가장자리에 있는 높은 철문을 지나자 방금 깜깜한 터널에서 빠져나온 듯한 풍경이 펼쳐졌다. 드넓은 잔디밭으로 햇빛이 쏟아졌고, 하늘 높이 솟은 가로수들이 저택까지 이어졌으며, 호수의 수면도 빛을 받아 반짝거렸다.

"어젯밤 여기서 불이 났어요." 불에 타 허물어진 맥주 공장을 지나며 시드니가 말했다.

"모든 제국은 언젠가 죽어 망하는 법이지요." 기사가 말했다. "대개 첫 번째 징후는 칼리굴라나 클레오파트라라는 이름으로 나타나고…."

기사가 말을 흐리며 미터기를 만지작거렸고 그들이 탄 차는 진입로를 달려 저택에 다가갔다. 숲 위에서 내리쬐는 햇살 때문에 창문이 오팔처럼 반짝였다.

차가 선회로를 빙 둘러 현관 앞에 멈춰 섰다. 시드니가 요금을 내고 영수증을 요청하는 사이 안전벨트를 푼 율리아가 지팡이를 들고 차에서 내렸다. 여전히 공기 중에서 매캐한 냄새가 났고 멀리서 전기톱 소리가 시끄럽게 들렸다.

시드니가 차문을 닫고 율리아를 부축하며 함께 계단을 올랐다. 로비로 들어갈 때까지 현관문도 열어주었다. 거울 옆 테이블에 흰 장미 꽃병이 있었고, 벽난로에서 타오르는 불이 바닥과 천장에 따스한 빛을 드리웠다.

거실에서 은은하게 흘러나오는 음악을 따라가니 그랜드 피아노에 한 여자가 앉아 브람스의 피아노 소나타 3번 곡을 연주하고 있었다. 악보대 옆의 피아노 뚜껑에는 낡아서 흠집이 났지만 가운데 큼지막한 다이아몬드가 박힌 백금 반지가 놓여 있었다.

율리아는 뒤에서 여자의 옆얼굴을 관찰하려 소리 없이 양탄자를 밟으며 움직였다. 저녁 식사 전 대화하기로 약속했던 시리였다.

연한 금발이 맨 어깨로 흘러 내렸다. 시리는 늘씬한 몸에 끈 달린 얇은 베이지색 원피스를 걸치고 있었다. 손가락이 건반 위에서 춤을 추는 동안 가느다란 팔의 근육이 두드러졌다.

고전미를 자랑하는 미인이었다. 눈가와 이마에 있는 잔주름은 미모에 깊이를 더해주었다.

율리아는 PG의 아버지가 어떤 이유로 사촌 아우구스투스에게 만하임의 지분 30퍼센트를 줬다는 사실이 문득 떠올랐다. 그 결과 시리는 회사 지분의 10퍼센트를 소유했고 지금 여기 앉아 자기 것인 마냥 피아노를 칠 수 있었다.

낮은음을 두드리자 악보대 옆에 놓인 반지가 가볍게 진동했다.

연주가 끝나고 율리아와 시드니는 박수를 보냈다. 피아노에서 일어난 시리가 웃으며 돌아보았다.

"이제 두 분이 들어오는 소리를 못 들은 척 연기하면 되는 거죠?"

시리가 고개를 까딱하며 말했다.

창문으로 쏟아져 들어오는 햇살에 커다란 눈망울이 반짝거렸다. 뺨은 장밋빛이었고 입술도 믿을 수 없게 도톰했다.

"굉장했어요." 시드니가 말했다.

시리는 율리아의 얼굴에 길게 난 흉터를 보고 미소를 잃지 않으려 안간힘을 쓰는 눈치였다.

"어렸을 때에 비하면 형편없어요." 시리가 말했다. "누가 알겠어요. 게으름만 아니었으면 나도 잘나가는 피아니스트가 될 수 있었을지… 하지만 다시 생각해보면 아닌 것 같아요. 그럴 용기가 없거든요. 죄송해요, 두 분께 왜 이런 얘기를 하는지 모르겠네요."

"저는 율리아 스타르크라고 합니다. 이쪽은 시드니 멘델손이라고… 제 동료고요." 율리아가 안락의자에 앉으며 말했다.

"안녕하세요."

시리가 피아노 위에 놓여 있던 반지를 들고 오른손 중지에 꼈다.

"반지가 예쁘네요." 율리아가 말했다.

"고마워요. 어머니에게 물려받은 반지예요."

시드니는 시리와 악수를 하고 율리아와 떨어진 다른 의자로 시리를 이끌었다.

"계획보다 조금 늦게 도착해서 옷을 갈아입을 시간이 없는데 지금 얘기해도 될 것 같아요." 율리아가 말했다. "일요일 주주총회에 참석하셨죠?"

"맞아요." 시리가 어색하게 머리를 손으로 빗으며 말했다.

드레스의 목 부분이 파여 있어 앙상한 가슴이 강조되었다.

"평소와 다른 일은 없었나요?"

"아뇨, 그냥 똑같았어요. 주주 명단 발표하고, 의장을 선출하고.

PG가 연간 계정, 수익, 회계 감사 결과를 줄줄이 읊었고요." 설명하는 시리의 뺨과 목에 홍조가 번졌다. "그런 다음에는 당연히 계좌들을 승인하는 절차가 있었고, 안드레가 재산을 처분하자고 제안했어요. 언제나처럼… 용어가 맞나요? 갑자기 기억이 안 나네요. 아무튼, 그 안건은 통과되지 않았어요. 놀랍지도 않죠. 제게 관심을 주는 사람은 없었어요. 모니카는 잔뜩 긴장해서 굳어 있었고, 비에른은 졸고 있는 척했어요. 그것뿐이에요."

시리가 의자 팔걸이를 손가락 관절로 두드렸다.

"관심을 주는 사람이 없었다는 게 무슨 뜻이죠?" 율리아가 물었다.

"그게… 원래도 그렇지만, 다른 사업 중에 제가 만하임을 컨퍼런스 호텔로 만드는 아이디어를 냈어요. 물론 당장 그러자는 말은 아니고요. 그냥 한 번 꺼내 본 거예요."

"그랬더니 뭐라고 해요?" 율리아가 물었다.

"왜 있잖아요. 대대손손 물려받은 올드 머니가 이 세상의 전부고 나머지는 저속하다고요. 하지만… 돈을 더 많이 번다는 생각은 뱀파이어에게 피 냄새를 맡게 하는 것과 같은 금기 사항이래요."

"아무도 그 아이디어에 찬성하지 않았다는 거군요?"

"PG는 그냥 고맙다고 말하고 다음 안건으로 넘어갔어요. 준비가 부족했다는 거 알아요. 늘 그러니까. 주절대고 사과하기를 반복했고 다들 와, 못 들어주겠어… 이렇게 생각했을 거예요. 지금 당신처럼요."

"솔직하게 얘기해주셔서 감사한걸요." 시드니가 말했다.

"아, 그런가요." 시리가 또 얼굴을 붉히며 말했다.

"그날 저녁 만찬은 어땠나요?"

"PG가 술을 너무 많이 마셨어요. 비에른도 과음을 했고… 비난하는 건 아니에요. 사실이 그랬다고요." 시리가 말하며 혀로 입술을 축였다. "모니카는 호스티스 놀이를 하며 다른 사람들에게는 예의를 차리고 나만 무시했어요. 나한테 화가 나 있었거든요. 그래서 나는 말없이 앉아 휴대폰만 보고 있었어요. 식사를 마치고는 붉은 방에서 안드레와 그라파를 마셨고, 분위기가 과열되기 전에 집으로 갔어요."

"그때가 언제였죠?"

"10시가 막 지났을 때였을 거예요."

"혼자요?" 율리아가 물었다.

"늘 혼자죠."

"여기서 걸어갔나요?"

"네."

"비에른은요?"

"술이 과하지만 않으면 집까지 알아서 올 수 있는데… 보통은 안드레와 제가 데려다주죠. 아니면 PG가요."

시드니가 일어나 휴대폰을 꺼냈다.

"사진을 하나 봐주셨으면 하는데요…."

"네, 들었어요."

"그게 좀 불편한 사진입니다." 시드니가 다시 주의를 주었다.

시리는 시드니에게서 휴대폰을 받아 들고 얼굴을 찌푸리며 사진을 확인했다. 동공이 서서히 확장되었다. 손가락 두 개로 사진을 확대한 순간, 시리의 얼굴에 공포의 빛이 서렸다.

"베르테르예요." 시리가 속삭였다.

"사진의 남자요?"

시리가 입술을 떨며 율리아를 올려다보았다.

"베르테르예요." 그러면서 다시 말했다.

"확실해요?"

"배의 흉터… 숲에서 일어난 사고로 생긴 상처일 거예요, 아마. 맞아요."

율리아는 사진을 다시 보았다. 셔츠가 말려 올라가며 남자의 푸짐한 배가 드러나 보였다. 배꼽에서 바지의 허리 부분까지 가느다란 털이 이어졌다. 배에 주름이 잡혀 있었지만 사진이 선명하지 않아서 지금껏 지방 덩어리라고 생각했는데, 이렇게 보니 지방이라기에는 각도가 너무 날카로웠다.

시리가 손등으로 뺨의 눈물을 닦았다. 시드니가 일어나 냅킨을 가져다주자 고맙다고 고개를 끄덕이다 얼굴을 다시 일그러뜨렸다.

"베르테르… 믿을 수가 없어요. 베르테르를 해칠 사람이 어디 있다고?" 시리가 흥분을 가라앉히려 애쓰며 물었다.

"없지는 않네요." 율리아가 말했다. "확실히."

15

율리아와 시드니는 위층 복도까지 널찍한 계단을 올라 방으로 방향을 틀었다.

아까 거실에서 시리는 흐느껴 울기 시작했다. 시드니가 달래준다고 일어나 든든한 팔로 시리의 어깨를 감쌌다. 참 잘 어울리는 한 쌍이었다. 그의 가슴에 기댄 채 천천히 감정을 가라앉히는 시리의 얼굴이 어찌나 예쁘던지.

율리아는 잠시 가만히 있다가 시리가 마음을 추스를 동안 시드니와 옷을 갈아입고 오겠다고 말했다.

시드니와 나란히 복도를 걷는 지금, 오른쪽의 벽등이 벽에 빛의 파편들을 뿌렸다.

"사진이 찍혔을 시각에 비에른, 시리, 안드레 모두 알리바이가 없어. PG는 자정 직전 맥주 창고 쪽에서 오는 모습이 목격되었고." 율리아가 유리 전등갓 바닥에 모인 파리 시체들을 보며 요약했다.

"신체 조건으로만 보면 비에른은 전화기를 꺼내오거나 도로 넣을 수 없고… 모니카와 아멜리에는 같이 양탄자를 처리하고 있었으니 서로의 알리바이가 돼." 시드니가 이어서 정리했다.

"우선은 시리, 안드레, PG에 집중하자. 이제 시작이겠지만."

"얼굴이 슬퍼 보이네." 시드니가 말했다.

"그냥 오늘 컨디션이 안 좋아." 율리아가 가슴을 가리키며 말했다.

율리아는 문을 몇 미터 앞두고 멈춰 서서 하루하루 불행하게 살고 있다는 사실을 애써 숨기며 시드니의 눈을 쳐다보았다.

"율리아? 내가 있잖아." 시드니가 나직이 말하며 율리아의 뺨을 쓰다듬었다.

율리아는 그의 손길에 흠칫 놀라며 눈을 감고 온몸에 흐르는 전기를 느꼈다. 뜨거운 전류의 흐름을 자아가 제멋대로 누비고 있었다.

율리아는 혼자 사는 법을 터득했다. 이제는 시드니가 없어도 괜찮았다. 율리아 스타르크만의 새로운 삶을 일구어냈으니까. 문제는 탐정 사무소가 너무 잘 돼서 파트너를 고용할 시기가 왔다는 사실이었다. 율리아는 시드니에게 같이 일하자고 청할 생각이었다. 아주 불가능한 계획은 아니었다.

시드니는 아직 모르겠지만 둘은 곧 동료가 되어 몇 날 며칠을 같이 일하며 보내게 될 것이다.

하지만 안타깝게도 이 계획은 율리아의 가슴에 한 줄기 희망을 끌어들이고 말았다. 절대 그럴 수 없다고 몇 번이고 속으로 되뇌어도 소용없었다. 그 희망은 시드니의 사랑도 되찾을 수 있다고 말했다.

그럴 수는 없었다. 이런 생각으로 스스로를 고문하고 있을 뿐이었다. 하지만 율리아는 캄캄한 방에서 알몸으로 침대에 누워 있는 자신의 모습을 마음의 눈으로 볼 수 있었다. 일렁이는 초를 든 시드니가 은은한 불빛에 비친 그녀를 관찰하고 망가진 몸에 구석구석 입을 맞춘다.

사랑을 나눈 후 두 사람은 맨몸으로 방 가운데 서 있다. 시드니가 주변을 일곱 번 돌아 다시금 사랑으로 율리아를 감싼다. 맨발로 유리를 깨고 나면 두 사람은 마침내 다시 하나가 될 것이다.

시드니가 손을 내리자 율리아는 바닥으로 시선을 내리깔며 지팡이의 손잡이를 움켜쥐었다.

"30분 후에 저녁이야." 율리아는 시드니에게 눈길 한 번 주지 않고 방문으로 돌아섰다.

방에 무사히 들어온 율리아는 시폰 소재의 보라색 칵테일 드레스를 꺼내고 어떤 액세서리가 제일 잘 어울릴까 고민하다가 아무것도 착용하지 않기로 했다.

욕실로 가서 볼일을 보며 그동안 확인하지 못한 SNS 게시물들에 '좋아요'와 하트를 쭉 눌렀다.

화장지를 뜯어 용변을 처리하고 물을 내린 후 손을 닦았다. 그런 다음 샤워 부스로 들어가 다리와 겨드랑이 면도를 했고 젖은 몸을 말리고 있으니 피부가 데오도란트 때문에 따끔해져 한숨이 나왔다.

김이 잔뜩 서린 거울을 한 손으로 닦고 몸을 기울여 얼굴에 주름살이 있는지 가까이서 살폈다. 주름살은 보이지 않았다. 메이크업을 수정하고 흉터를 커버해 다시 얼굴을 예쁘게 단장한 후 거울 속의 어머니에게 짧게 인사를 건넸다.

"나도 모르게 그리움에 방심했어." 율리아가 속마음을 털어놓았다. "하지만 괜찮아. 언제든 털어낼 수 있으니까."

율리아는 옷을 갈아입으며 오늘 나눴던 모든 대화를 곱씹는 데 정신을 집중했다.

PG는 장시간 운전해 사무실을 찾아왔던 그날, 딱 한 가지를 알고 싶다고 했다. 자신이 범인인지, 아닌지.

율리아는 비에른을 떠올렸다. 입에 불만을 달고 술독에 빠져 사는 장애인. 시종일관 미소 띤 얼굴로 율리아의 눈을 똑바로 바라보던 안드레, 예민한 신경과민 환자 시리, 눈은 총명하게 반짝이지만 작은 입으로 조롱을 일삼는 모니카도 있었다. 가족 내 모니카의 입지가 명확하지 않다는 사실은 명백했다. 상처를 입었으면서도 빈정거리는 말과 자조 섞인 농담으로 품위를 되찾으려 했다.

지금까지는 다섯 명을 따로 만났지만 마침내 한 자리에서 소통하는 순간이 다가왔다.

율리아는 목과 손목에 샤넬 넘버 19을 몇 방울 뿌린 후 지팡이를 들고 복도로 나가 시드니의 방문 앞에 섰다. 막 노크를 하려는데 안에서 시드니의 목소리가 들렸다. 누군가와 통화하는 중이었다. 행복한 목소리, 거의 애타는 목소리로 이야기하며 웃고 있었다. 율리아는 말없이 자신의 방 앞으로 돌아와 기다렸다.

16

율리아는 거실에서 속삭이는 사람들의 목소리를 들으며 시드니와 아래층으로 내려갔다. 말쑥한 검은 정장에 진회색 셔츠를 받쳐 입고 결혼 전 율리아가 사준 구두를 신은 시드니의 모습이 아주 멋있었다.

"예쁘다." 시드니가 작은 소리로 말하며 율리아의 손을 잠깐 쥐었다가 놓았다.

그가 다른 여자를 만난다는 생각, 조만간 가정을 이룰 수도 있다는 생각만으로 율리아는 배 속이 불편하게 뒤틀렸다. 자신도 모트 가족처럼 자식도 없이 망가진 외톨이라는 사실이 머릿속을 휘저었다.

양쪽으로 열리는 높은 문 앞에서 모니카가 매끈한 남색 실크 드레스를 입고 기다리고 있었다. 둘을 발견한 모니카가 미소를 지으며 시드니에게 뺨을 내밀자 시드니가 양 볼에 입을 맞췄다. 이어 모니카는 율리아의 드레스를 칭찬하며 옛 서재에 있는 바로 그들을 안내했다.

모두 빠짐없이 이 자리에 모여 있었다. 시리는 안락의자에 앉아 울지 않으려고 노력하는 사람처럼 창문 하나만 하염없이 보고 있었다. PG는 목에 버건디색 실크 스카프를 두르고 백발을 옆 가르마로 빗어 넘긴 모습으로 한 손에 물컵을 들고 벽난로 옆에 서 있었다. 안드레가 비에른의 휠체어를 바 쪽으로 밀어주었다.

"샴페인 할래요?" 모니카가 물었다.

"너무 과분한 대접을 받는 것 같아요." 시드니가 말했다.

바 테이블 뒤에서 아멜리에가 샴페인 잔을 채웠다. 모니카가 하나를 들고 율리아를 돌아보았다.

"블랑 드 블랑. 폴 로저 샴페인이에요. 우리 엄마처럼 차갑고 드라이하죠."

"감사합니다." 율리아가 미소를 지으며 말했다.

잔을 받아 들던 중, 모니카의 서늘한 손가락이 살에 닿았다. 몸서리를 치는 바람에 샴페인이 손에 튀었다. 율리아는 한 걸음 뒤로 물러나 지팡이로 몸을 가눴다.

물에 빠진 것처럼 귀가 먹먹해졌다.

시드니와 모니카가 무슨 말을 하는지 들리지 않았다. 유리잔 밑에 고였다가 바닥으로 떨어지는 샴페인 방울을 응시하는 것 말고는 무엇도 할 수 없었다. 속에서 구역질이 올라올 것 같아 침을 꿀꺽 삼켰다. 이마에 땀이 송골송골 맺히는 느낌이 들었고 무릎을 꿇고 토하지 않으려 안간힘을 써야 했다.

몇 초 후에야 불안감이 가라앉아 방 안을 둘러보며 샴페인을 한 모금 마실 수 있었다.

"자, 이제 이 가족의 나머지 반쪽도 만났네요." 모니카가 목소리를 깔고 말했다.

"아까 꽤 잔인한 농담을 하시던데요. 지난 5년 동안 비에른이 자기 두 발로 서본 적 없었다는 말요." 시드니가 미간을 찌푸리며 지적했다.

"운전 면허를 취소했다는 말을 대신 했어야 하나." 모니카가 꿋꿋하게 웃으며 말했다.

"다들 율리아, 시드니와 인사해요. PG의 끔찍한 휴대폰 사진을 둘러싼 상황을 수사할 동안 손님으로 계실 거예요." 모니카가 잔을 들고 말했다. "건배할까요? 부디 자리에 앉아주세요."

따라서 건배하지 않은 사람은 시리 하나였다. 시리는 아무 반응도 하지 않았다. 계속 창밖을 바라볼 뿐이었다.

"시드 비셔스!" 비에른이 방 저편에서 소리치며 시드니를 향해 잔을 들어 올렸다.

"마젤토브." 시드니도 화답했다.

아멜리에가 식당 문을 열었고 모니카는 별다른 설명 없이 한 명씩 자리를 지정해 주었다.

"거위 목에 더 많은 음식을 쑤셔 넣을 시간이로군." 안드레가 말했다. "일단 앉아서 부리를 열어 보자고."

시리가 여전히 창가에서 일어나지 않자 안드레가 다가갔다. 그는 미소 띤 얼굴로 동생을 식탁으로 이끌었다. 시리는 손으로 입을 틀어막고 오빠들 사이에 앉았다.

"괜찮아, 동생?" 놀라울 만큼 다정한 목소리로 비에른이 물었다.

"그냥 예민해서 그렇지." 모니카가 냅킨을 펼치며 대신 대답했다.

"그만 해요." 시리가 속삭였다.

율리아는 샐러드 포크로 잔을 두드리고 목을 가다듬은 후 입을 열었다.

"시드니와 저를 환영해 주셔서 정말 감사합니다. 이 일을 하면서 웬만하면 경험할 수 없는 환대였어요." 율리아는 예의상 웃는 사람들의 소리가 잦아들 때까지 기다렸다가 말을 이었다. "여러분을 만나 뵙게 되어 영광이지만 저희가 이곳에 온 이유는 하나입니다. 사건의 진상을 알아내는 거요."

"잘해보세요." 비에른이 중얼거렸다.

"여러분의 저녁 식사를 망칠 생각은 없어요." 율리아가 말을 이었다. "하지만 시리가 사진 속 남자의 신원을 알아보았다는 말을 숨기는 것도 제 의무는 아니라는 생각이 들어서요."

식당이 찬물을 끼얹은 듯 고요해졌다. 시리의 목과 뺨이 얼룩덜룩 붉어졌고 시리가 울기 시작하며 접시에 눈물이 뚝뚝 떨어졌다.

"제발 좀, 시리." 모니카가 발끈했다. "그냥 누구인지만 말해."

"시리?" PG가 말했다.

"베르테르예요." 아랫입술을 파르르 떨며 시리가 대답했다.

비에른이 샴페인 잔을 넘어뜨리고 큰소리로 욕설을 뱉었다.

이 공간의 모든 요소가 밝은 햇살을 받은 이슬처럼 율리아의 눈에 환히 빛났다. 심호흡을 했다. 비행기 통로를 천천히 걸으며 흔들리는 플라스틱 산소마스크 사이로 승객들의 얼굴을 들여다보는 기분이었다.

진심으로 두려운 표정인 PG는 여차하면 구역질을 할 기세였다.

"우리 형? 정말이야?" PG가 쉰 목소리로 겨우 말했다.

모니카는 시리의 말을 처음에는 흘려들은 듯했다. 자기가 받아야 할 관심을 가로챈 시리에게 짜증을 느끼는 감정이 더 커 보였다. 하지만 조금 있으니 모니카의 얼굴에도 불안감이 떠올랐다.

안드레는 벌써 상황을 파악한 상태였다. 율리아의 폭로는 안드레

자신이 얼마나 영리한지 확인해주는 역할일 뿐이었다. 안드레가 반쯤 눈을 감았다.

아멜리에는 주방과 식당 사이의 좁은 복도에 서서 하얗게 질린 얼굴로 입을 꽉 다물었다.

율리아는 시간이 정지한 이 귀중한 시간에 하나의 반응도 놓치고 싶지 않았지만, 그 전에 비에른이 또다시 욕을 했다.

"젠장." 그가 툴툴대며 빳빳한 리넨 냅킨으로 젖은 무릎을 닦았다.

율리아의 몸이 다시 묵직해지고 쿡쿡 쑤셨다. 모니카는 떨리는 손으로 물잔을 들고 물을 마셨다.

"경찰이 개입하는 상황은 정말 피하고 싶은데." PG가 눈을 감으며 말했다.

"지긋지긋한 경찰 놈들." 비에른이 중얼거렸다.

PG가 천천히 몸을 일으켜 창가로 다가가 숲을 내다보았다.

"물론 원하시면 경찰에 연락해도 됩니다." 시드니가 설명했다. "하지만 한 말씀 드리자면 그럴 의무는 없어요. 현재 중범죄가 진행 중이라면 모를까, 꼭 신고할 필요는 없습니다."

"경찰이 생각하는 '현재 진행 중'의 기준은 뭐죠?" 안드레가 이기죽거렸다.

"정해진 답은 없습니다." 시드니가 대답했다.

"저희에게는 아직도 완전한 비밀 유지 의무가 적용됩니다." 율리아가 말했다. "그리고 다른 분들은 베르테르를 알아보지 못했고 시신이 발견된 것도 아니니, 경찰을 개입시키기 전에 저희가 먼저 조사를 완료했으면 합니다."

"그럼 여기 있는 누군가가 그랬다고 생각하는 겁니까?" 안드레가 물었다.

"어떻게 생각하세요?" 율리아가 대꾸했다.

17

아멜리에는 첫 번째 코스를 서빙하고 말없이 떠났다. 얼마나 긴장했는지 등이 잔뜩 굽어 보였다.

"와서 앉아, PG." 모니카가 말했다.

"이쯤에서 내가 고백을 해야 하나?" 자리로 돌아온 PG가 물었다.

미소를 지어 보이려 했지만 피로와 심란함만 덕지덕지 묻은 얼굴이었다.

각자의 접시에는 작은 피시 버거와 노릇노릇 튀긴 감자, 나선형으로 짠 소스가 놓여 있었다.

"가자미에 빵가루를 묻혀 튀겼고, 루꼴라와 적양배추를 채 쳐서 양파, 케이퍼, 피클을 섞은 딜 드레싱을 뿌렸어요." 모니카가 마음에 없는 미소를 띠며 말했다. "이 만찬을 위해 따로 준비된 돈은 특전 같은 거라 먹어서 쓸 수밖에 없어요."

"물론 큰돈은 회사와 부동산에 묶여 있고요." PG가 말했다.

다들 침묵 속에 식사를 하고 있으니 아멜리에가 샴페인 병을 들고 다시 나타나 잔을 하나씩 가득 채워주고 또 금방 사라졌다.

에피타이저를 다 먹었을 때는 접시와 포크, 나이프 등을 치우고 뽀므롤 샤또 쁘랭스 두 병을 들고 재등장했다. 아멜리에가 PG 쪽으로 손을 뻗자 PG는 잔을 손으로 가리고 레몬수를 대신 요청했다.

"궁금한 게 있어요." 율리아가 물었다. "PG, 아버님께서 만하임에 평생을 바쳤다고 하셨죠."

"네." PG가 빛이 꺼진 눈을 율리아에게 고정하며 말했다.

"세세한 부분까지 다 신경을 쓰셨다고요. 지하 저장고 문에 있는 황동 경첩부터… 숲에 있는 나무 하나하나까지 전부. 그런데도…."

"그렇게 기억합니다."

"그런데도 자의인지, 타의인지는 모르겠지만 회사 지분 30퍼센트를 사촌에게 배분하셨어요." 율리아가 말을 이었다.

"뭐, 소유권은 여전히 우리 가족에게 있지만… 네, 엄밀히 말하면 맞습니다."

"왜죠?"

"회사를 운영하는 데 자본금이 더 필요하다고 생각하셨던 것 같아요."

"그렇다면 거래한 문서가 있겠군요? 계약서 같은 거요?" 율리아가 물었다.

"본 적은 없습니다. 순스발 은행도 지금은 사라졌고요."

"착각일 수도 있지만 나는 양도한 이유를 예전부터 다른 관점으로 봤어요." 안드레가 장난스러운 표정을 띠며 말했다.

"어떻게요?"

아멜리에가 들어와 메인 요리를 서빙하고 녹인 버터가 들어가 반짝거리는 진한 레드와인 소스를 뿌려주었다.

"껍질 없는 사슴고기 소시지와 잘게 다진 베이컨, 양파, 버섯을 곁들인 소갈비예요. 레드와인 소스에 푹 삶아서 요리했죠." 모니카가 말했다. "우리가 직접 만든 민트 젤리도 꼭 한번 드셔보세요."

"보나베띠."* PG가 말했다.

"아멘." 비에른이 말했다.

다시 식사를 시작하자, 포크와 나이프가 도자기에 작게 챙챙 부딪히는 소리만 들렸다. 시리의 뺨 위로 속눈썹 그림자가 나풀거렸다.

"안드레, 아까 했던 말 계속 들어볼 수 있을까요? 쉴베스테르 씨가 아버님인 아우구스투스 씨에게 30퍼센트의 지분을 양도한 이유에 대해서요." 율리아가 말했다.

"맞다." 안드레가 말하며 와인을 한 모금 마셨다. "지금 이 식탁에 앉아 있는 우리는 4대예요. 아시겠지만 이 제국을 건설한 사람은 우리의 증조부인 만하임 모트였습니다."

"그분에게 건배하지." PG가 말하며 물을 마셨다.

"하지만 회사를 쪼개지 않으려 전 재산을 장남인 레오폴드에게 물려주셨죠." 안드레가 말을 이었다. "우리 할아버지는 아무것도 못 받고요. 한 푼도요. 불공평하다는 생각이 들겠지만 전형적인 신탁 유증 사례예요."

"건배." 모니카가 말했다.

"하지만 시간이 흐르고 레오폴드 다음으로 쉴베스테르가 가업을 물려받았을 즈음 회사는 이미 내리막길에 접어들고 있었어요. 우리 아버지 아우구스투스는 강가에 있는 집 한 채를 겨우 얻어 살 수 있

---

* '맛있게 드세요'라는 뜻의 프랑스어.

었죠. 회사의 현장 감독으로 일하고 있었는데… 그때 일어난 일이에요. 쉴베스테르 어르신이 옛날식으로 아주 고결한 성품의 소유자였거든요. 불공평한 상속 규정으로 피해를 본 사촌에게 보상을 해주기로 한 겁니다."

"그래서 우리 아빠가 반은 안 돼도 30퍼센트를 받게 된 거예요." 시리가 말했다.

"그래도 거래 내용을 증명하는 문서를 보고 싶습니다." 율리아가 말했다.

"최근의 등기 서류와 새로운 소유 구조 관련 문서는 있지만 그 전의 정보는 나와 있지 않아요." 안드레가 말했다.

"한번 찾아보죠. 다른 서류가 있을지도 모르니." PG가 말했다.

저녁을 먹는 동안 마저 화제가 전환되고 테이블에서는 다른 대화들이 이어졌다. 안드레는 가구를 개조하는 법을 시드니에게 설명하고 있었고 비에른은 그런 동생을 보고 이죽거리며 웃었다. 모니카는 PG가 지금도 물만 마시는지 수시로 확인했다. 시리는 음식을 거의 건드리지 않고 자기 접시만 내려다보았다.

가족의 단합과 애정을 드러내는 연기는 시작부터 어설펐다. 매번 그랬겠지만 오늘도 음식이 맛있었다고 입발린 말들을 했고 아멜리에도 언제나처럼 웃으며 접시를 치웠다. 하지만 손님이 옆에 있건 없건 끝까지 본심을 억누를 능력은 없었다. 여기 있는 사람들은 자기가 태어날 때부터 엘리트 계급에 속한다고 확신하는 듯했다. 지성, 매력, 자기 비하, 영성, 관대함, 솔직함 같은 특성이 저마다 특별하게 조합되어 있었다.

커다란 창문으로 저녁 하늘의 달빛이 쏟아져 들어와 눈처럼 새하얗던 샹들리에가 호박색으로 아른아른 빛났다. 천장의 송풍구 앞에서 먼지 낀 거미줄이 앞뒤로 나풀거렸다.

비에른이 신음하며 의자에 등을 기댔다. 셔츠 단추를 몇 개나 풀고 있어 그 사이로 은색 플라스틱 교정 장치가 보였다.

디저트는 화이트와인, 설탕, 레몬, 아보카도를 곱게 갈아 만든 소스를 얹은 바닐라 아이스크림이었다. 아멜리에는 설탕의 단맛과 아보카도의 부드러운 식감으로 시큼한 맛을 완벽하게 잡아내며 아이스크림에 말로 표현할 수 없는 풍미를 더했다.

율리아는 스푼을 입에 가져가며 아우구스투스가 만하임의 30퍼센트를 가지게 된 이유를 완전히 다르게 해석한 PG와 안드레의 발언을 생각했다. 둘 중 하나는 확실했다. PG 말처럼 회사에 자본금을 투입하려 했거나, 안드레 말처럼 쉴베스테르 모트가 죄책감을 덜려 했거나.

"베르테르를 위해 건배합시다." PG가 쓸데없이 열정적인 목소리로 말했다.

모니카가 고개를 끄덕이며 남편의 팔에 손을 올렸다. 안드레도 잔을 들었고, 시드니는 테이블에 시선을 고정한 채 위스키를 홀짝였다.

"까짓거 해버리지." 비에른이 한숨을 쉬었다.

그러고는 코냑 잔에 남은 몇 방울을 에스프레소 컵에 흔들어 붓고 커피를 단숨에 들이켠 다음 다시 축 처진 자세로 휠체어에 기대앉았다.

"우리 형에 대해 뭐라고 말하든 상관없어." PG가 작은 소리로 말했다. "하지만 모르는 분들도 있으니 설명하자면 우리 어머니가 돌아가셨을 때 시신을 발견한 사람이 베르테르였습니다. 굉장한 충격이었죠. 아직 어린아이였으니까. 그때부터 변한 겁니다. 분노와 좌절감에 지배당한 사람으로. 변호하려는 건 아니지만 그전까지는 정말 좋은 형이었어요."

"뭐, 그렇다고 할 수도 있지." 모니카가 중얼거렸다.

"지난밤 화재에 베르테르가 타죽었는지 물어봐도 됩니까?" 비에른이 물었다.

시드니가 대답했다. "수사를 담당하는 과학수사팀과 얘기를 해봤는데 인간의 유골은 발견되지 않았다고 합니다."

시리가 흐느껴 우는 소리를 내자 모니카가 짜증스럽게 째려보았다.

"친오빠도 아니면서 뭐야?"

시리가 기가 막히다는 표정으로 모니카를 보았다. "나는 그냥 속상하고 또…."

"관심받으려고 구걸하는 걸 우리가 모르는 줄 아나." 모니카가 사납게 말했다. "사람들 시선을 한 몸에 받는 걸 즐기잖아. 오늘 선택한 옷도 적당히 많이 파인…."

"내가 걸레라서요?" 시리가 말을 자르며 의자에서 일어났다. "그건 당신이…."

"내가 아니라 본인 입으로 꺼낸 말…."

"그쪽도 가끔은 다리 좀 벌려주지 그래요. PG도 돈 아끼고 좋을 텐데." 시리가 날카로운 목소리로 내뱉었다.

"말조심해, 너."

"남편한테도 그렇게 말해요?"

모니카가 벌떡 일어나자 디저트 스푼이 접시에 부딪혀 쨍그랑 소리를 냈다. 모니카가 한 걸음 걸어 나와 시리의 뺨을 세차게 때렸다. 목이 한쪽으로 꺾이며 시리가 비틀거리다 간신히 중심을 잡았다.

"그만 자러 가." 모니카가 말했다.

빰을 부여잡은 시리가 온몸을 부들부들 떨었다. 커다랗게 뜬 눈으로 천천히 모니카를 돌아보며 손을 내렸다. 빰이 새빨갰다.

"불쌍하네." 시리가 야유했다. "그런 짓을 해도 남편이라고 보호…."

"네가 사랑에 대해 알기나 해?"

"모르지." 시리는 대답하고 돌아섰다.

18

백발 끝이 뾰족하게 선 PG가 자리에서 일어나 작은 소리로 식사의 끝을 알리며 식당을 나갔다. 안드레와 비에른은 한마디도 없이 여동생의 뒤를 따랐다. 모니카는 아직도 혈관에 아드레날린이 쇄도하는 듯 흥분한 손길로 아멜리에를 도와 식탁을 치우기 시작했다.

율리아와 시드니는 두 사람에게 잘 먹었다고 인사한 후 붉은 방으로 향했다. PG가 가득 채운 위스키 잔을 들고 바 카트 옆에 서 있었다. 방으로 들어오는 그들에게 건배처럼 잔을 들어 올렸다.

"방금 뭐예요?" 율리아가 물었다.

"사적인 이야기로 들리지 않았나요?" PG가 대답했다.

시드니는 율리아의 눈치 없는 발언을 대신 사과하고 싶은 눈치였지만, 막판에 마음을 바꿨는지 입을 다물었다.

율리아가 지팡이를 짚으며 앞으로 걸어갔다.

"모니카가 뭘 덮어주려 하는 거죠?" 그러고는 PG의 눈을 똑바로 보며 물었다.

"이것도 기억이 나지 않는다고 답변하겠습니다."

PG는 위스키를 원샷하고 잔을 내려놓은 후 '잘 자요'라고 중얼거리고는 방을 나갔다. 발밑에서 마룻바닥 조각이 삐걱거렸다.

시드니는 작은 술잔 몇 개에 그라파를 따른 뒤 율리아처럼 안락의자에 앉았다. 건배를 하고 술을 마신 두 사람은 방금 식당에서 무슨 일이 있었던 것인지 곰곰이 생각했다.

붉은 방으로 들어온 모니카가 그들에게 성큼성큼 다가오더니 유리잔 아래 컵받침을 깔아주었다. 아까와 다르게 드레스의 가슴 부분에 주름이 졌고 꼼꼼하게 화장한 얼굴은 번들거리는 데다 눈도 피곤해 보였다.

"오늘 저녁 제가 한 행동은 사과할게요. 누가 봐도 멍청하고 체신없는 짓이었죠." 모니카가 말했다.

"아, 저희는 신경 쓰지 마세요." 율리아가 말했다.

"정말 이것저것 맛있게 잘 먹었습니다." 시드니가 말했다.

"아무래도 저희가 있으면 긴장감이 조성될 수밖에 없죠." 율리아가 계속했다. "원래 있던 긴장에 기름을 붓는 걸 수도 있고요."

"하지만 제 잘못이에요." 모니카가 말했다. 진심으로 속이 상한 목소리였다. "말을 좀 얄밉게 하는 편이라 대화가 말다툼으로 번지는 경우가 너무 많아요… 바보 같죠. 한 번 이기지도 못하면서."

"무슨 사연이에요?" 율리아가 물었다.

"한 잔 더 할래요?" 모니카가 제안했다.

"조금만요." 시드니가 자기 잔을 건네며 말했다.

모니카가 바 카트로 가서 시드니의 잔에 그라파를 채우고 자기 몫으로 위스키를 따라서 왔다.

"감사합니다." 시드니가 잔을 받으며 말했다.

모니카는 안락의자 좌석 끄트머리에 등을 똑바로 펴고 두 다리를 빈틈없이 모은 자세로 앉았다.

"왜 시리만 보면 모욕하고 싶은지 나도 모르겠어요." 모니카가 말했다.

"왜 그렇다고 생각하세요?" 율리아가 물었다.

"끼를 부리고 다닌다 해도 딱히 불법은 아닌데… 그쪽에서도 나만 보면 시집와서 팔자 폈다고 비웃긴 해요." 모니카가 위스키를 홀짝이며 말했다. "애가 좀 거칠지만 그게 꼭 헤프다는 뜻은 아닐 텐데요. 그 애 성생활에 대해서는 사실 아는 바가 없어요. 전에 가방에서 사후피임약을 본 적 있기는 하지만요."

바깥에서 달이 밝게 빛났고 납틀 창문의 스테인드글라스가 나무 바닥에 옅은 색으로 패턴을 그렸다.

"시리의 말뜻을 자세히 설명해줄 수는 없을까요." 율리아가 다시 물어보았다. "PG가 정확히 뭘 했는데 덮어준다는 거죠?"

"정확한 말뜻은 나도 몰라요." 모니카가 작은 소리로 말했다.

"알겠습니다." 시드니가 말했다.

"아는 것 같던데요." 율리아는 쉽게 포기하지 않았다.

"뭐, 우리 부부의 성생활 이야기죠, 물론 시리는 아무것도 몰라요. 우리가 각방을 쓰는 건 그이가 톱밥 기계처럼 코를 골기 때문이지, 그렇다고… 아시잖아요."

"뭘요?" 율리아가 물었다. 시드니가 불편하게 몸을 꼼지락거리고 있는 모습이 이제는 확연히 보였다.

"부부 생활이 없다는 뜻은 아니라고요."

"정말인가요?" 율리아가 물었다.

"이번 일과 관련 있는 질문일까요?" 모니카가 애써 미소를 지어 보였다.

"그럴지도 모르죠."

"전 아니라고 생각해요."

"저희는 지금 퍼즐 조각을 맞추려 하고 있습니다."

책장에 무수히 꽂힌 가죽 장정본이 유리문을 통해 보였다. 바깥의 밤하늘은 아까보다 더 검게 변한 느낌이었다. 숲이 저택으로 몇 발짝 더 가까이 다가온 것처럼.

"저희도 부부 생활을 해요." 모니카가 위스키를 또 한 모금 천천히 마시며 대답했다. "예전만큼은 못 하죠. 그때도 환상적이었다고는 할 수 없지만. 어쨌거나 우리 둘은 사랑하는 사이고, 서로에게 넘치는 애정을 보내고 있어요. 그걸로 나는 충분해요."

"하지만 남편분은 아니고요." 율리아가 대신 말했다.

"당신도 신체 접촉을 별로 좋아하지 않잖아요." 모니카가 쏘아붙였다.

"맞아요."

모니카가 몸을 앞으로 기울이고 테이블에 유리잔을 내려놓았다.

"부끄러워할 이유 없다는 거 알아요." 모니카가 심호흡을 한 번 하고 말을 이었다. "하지만 PG의 행동이 때로는… 그 사람에게 말한 적 있어요. 내게 정직해야 한다고요. 서로에게 거짓말을 하기 시작하면 우리 사이에 거리가 생기고 종국에는 진심 어린 대화를 할 수 없게 되니까요. 그렇게 되면 부부라는 허울만 유지하게 되겠죠. 그렇게 살 수는 없어요. 겉으로는 엄격하고 냉정해 보일 수도 있지만 나도 똑같이 친밀감, 감정의 교류, 손길이 필요한 여자예요."

"PG가 어떤 행동들을 하는데요?"

"자세히 설명할 필요는 없을 것 같지만, 알다시피 그 사람이 과음을 하잖아요… 그럴 때, 음, 가끔 안 좋은 사고를 일으켜요."

율리아는 얼굴에서 감정을 숨기고 달아날 공간이 없도록 모니카 쪽으로 몸을 기울였다. 시드니는 침착하고 온화한 표정을 유지하며 그라파를 홀짝였다.

"PG가 서명한 계약서 읽었어요. 탐정의 비밀 유지 임무는 내게도 적용되는 거죠?" 견딜 수 없이 불편한 침묵을 깨고 모니카가 물었다.

"그럼요." 율리아가 대답했다.

"말처럼 심각한 느낌은 아니에요." 모니카가 말을 꺼냈다. "하지만 PG는 자기가 한 행동을 기억하려고 자주 사진을 찍어요. 사진을 보여주고 용서해달라고 빌죠… 베르테르 사진도 그런 거라는 생각이 들겠지만, PG는 폭력적인 사람이 아니에요. 단 한 번도 폭력을 쓴 적 없는걸요. 그리고 나는… 그 사람 말이 진실이라고 생각해요. 아내라서 하는 말이 아니라."

"그러니까 PG가 어떤 행동들을 한다는 거죠?"

모니카가 떨리는 손가락으로 붉은 머리카락을 쓸어 올렸다.

"아아… 술을 마시지 않겠다고 약속한 다음 술병 세 개를 찍어서 보낼 때가 있어요. 거울 위에 늘어놓은 코카인이나… 마리화나도요. 음주 운전을 할 때는 차 사진도 찍어요. 한 번은 사슴을 친 적 있는데, 그 사진을 잊을 수가 없어요." 차분하고 덤덤한 목소리였지만 눈물이 뺨을 타고 모니카의 무릎으로 뚝뚝 떨어졌다. "하지만 대부분은… 대부분은 로시타 사진이에요."

"그게 누군데요?" 율리아가 물었다.

"순스발에 있는 창녀인데… 정말 못 견디겠어요." 모니카의 목소리가 떨리기 시작했다. "남편이 나로 만족하기를 바라는 게 여자 마음 아닌가요? 그이는 그런 이유가 아니래요. 당연히 나는 완벽한 여자고, 진정한 사랑은 나뿐이라고… 받아들이기로 했어요. 거짓말인 걸 알면서도. 네… 그래서 시리 말에 발끈한 거예요."

시드니가 몸을 일으켜 바 카트에서 냅킨을 몇 장 가져와 모니카에게 말없이 건네고는 다시 의자에 앉았다.

"남편이 스웨덴에서 불법인 성 매수를 하는데, 그걸 용인하신다고요." 율리아가 말했다.

"솔직히 여기 불법이 아닌 게 또 뭐가 있죠?" 모니카가 웃으며 대답하고 눈 밑을 휴지로 두드려 닦았다.

"남편분을 변호할 필요 없어요."

"알아요. 하지만…."

"왜 이런 것들을 참고 받아주세요?" 율리아가 물었다.

"왜냐고요? 삶을 함께 일군 사이니까요. PG는 완벽한 남자가 아니에요. 전혀. 하지만 내가 어디를 가겠어요? 나를 사랑한다잖아요. 그 사람이 원하는 걸 다 줄 수는 없지만, 그래도 내 존재 가치가 사라지지는 않아요."

모니카가 눈물 닦은 휴지를 접어 반쯤 비운 위스키 잔 옆에 놓았다. 그러더니 의자에서 일어나 드레스 허리 부분의 주름을 폈다.

"이제 내 치부를 알았으니… 잘 자요, 그럼." 모니카는 그 말을 남기고 돌아서서 나갔다.

19

율리아와 시드니는 커다란 식탁의 한쪽 구석에 앉아 튀긴 소시지와 감자, 계란으로 푸짐하게 아침을 먹었다. 후식으로는 진한 커피에 홈메이드 체리 조림과 바닐라 소스를 곁들인 파이가 나왔다.

시드니는 휴대폰으로 이런저런 메시지에 답장하느라 바빴고, 율리아는 화면을 훔쳐보지 않으려 자제심을 쥐어짜야 했다.

식탁에 잔을 내려놓으며 생각하니 어젯밤 모니카가 한 말 중에 PG의 폭력성을 엿볼 수 있는 내용은 전혀 없었다. 하지만 형과의 관계에는 아내와 전혀 다른 규칙이 적용되었다.

"무슨 생각해?" 시드니가 물었다.

"사립 탐정 일이 당신과 잘 맞는다는 생각." 율리아가 웃으며 말했다.

"농담이지?"

"아니, 당신과 계속 같이 일할 수 있었으면 좋겠는걸." 그렇게 말하자 심장이 두근두근 뛰었다.

인생에 새로운 도전을 할 마음이 있는지 물어보려면 지금이 절호의 기회였지만 율리아는 창문으로 고개를 돌렸다.

"이 일 얼마나 더 걸릴 것 같아?" 시드니가 포크를 내려놓고 물었다.

"왜, 수고비 더 달라고?" 율리아가 대답했다.

"아니, 그냥 궁금해서. 해야 할 업무가 몇 개 들어왔거든."

"금방 끝날 거야."

"하지만 안드레가 범인이라는 생각은 접었지?"

"아직은 아무도 용의자에서 배제하지 않았어." 율리아가 대답했다. "하지만 맞아, 안드레를 범인으로 몰고 간 건 조금 성급했지… 하지만 비에른은 베르테르가 회의에 참석할 계획이었다는 얘기가 아니라 비에른이 우리에게 그 말을 했다는 얘기에 놀랐어."

"혼자 아는 사실이라도 있는 거야?"

"아니."

"그런데 금방 끝난다고?"

"이틀이면 끝나." 율리아가 대답하며 포크로 소시지 몇 조각을 찍었다.

"확실한 목소리네."

"나를 의심하는 거야?"

"그럴 리가."

"내기할래?"

"아니." 시드니가 씩 웃었다.

"저녁 식사 걸고 내기하자. 내가 이틀 안에 사건의 열쇠를 찾는 걸로."

"좋아, 그렇게 해."

"내가 이기면 저녁 사주기야."

"당신이 지면?"

"안 질 텐데." 율리아가 말했다.

"가정하면."

"내가 지면 나 대신 귀여운 직장 동료와 저녁 먹어도 좋아." 율리아가 식탁에서 일어나며 말했다.

1시간 후, 율리아와 시드니는 PG와 모니카를 만나기 위해 두 사람이 사용하는 아래층 별실의 넓은 사무실로 내려갔다.

그러다 열려 있는 문 앞에서 걸음을 멈췄다. 율리아가 지팡이로 노크를 하고 방에 들어섰고, 시드니도 율리아를 따라 낡은 파란색 캐시미어 양탄자를 밟았다.

창문 유리에 사선으로 금이 가 있어 바깥의 풍경이 왜곡되어 보였다. 언제나처럼 높고 짙은 소나무에 둘러싸인 정원 위로 가느다란 보슬비가 내렸다.

PG는 머리카락에 솔잎을 매단 채 숲에서 곧장 들어왔고 초록색 플리스 스웨터에도 옅은 색 나무껍질 조각이 달라붙어 있었다. 그는 수집한 기념 메달로 장식한 낮은 커피 테이블 주변의 갈색 가죽 의자 네 개에 손짓을 했다.

모니카는 짙은 색 책상 끝에 걸터앉아 금속 빨대로 아이스 라테를 마시고 있었다. 은색 실과 섞어 짠 하늘색 샤넬 치마 정장에 굽이 낮은 흰 펌프스를 신고 있었다.

"두 분 뭐 마실 거 드릴까요?" 모니카가 초록색 테이블 램프를 켜며 물었다.

"괜찮습니다." 시드니가 의자에 앉으며 대답했다.

율리아는 창가로 걸어가 숲의 빽빽한 나무와 진녹색 솔잎을 내다보았다. 보기만 해도 축축한 냄새, 덤불, 버섯, 씨앗, 애벌레가 머릿속에 떠올랐다. 나무들은 조상에게서 영양분을 받고 죽어서 썩은 식물들을 거름 삼아 층층이 쌓인 죽음 위에 자랐다.

"하고 싶은 얘기가 있다고요." PG가 말했다.

율리아는 몸서리를 치며 섬뜩한 생각을 잊고 방 가운데로 돌아왔다. 고개를 끄덕이고 몸을 돌려 바닥에 지팡이를 놓은 후 PG와 눈을 맞췄다.

"당신이 찍은 사진들에 대해 모니카에게 들었어요." 율리아가 말했다.

"이게 무슨." PG가 발끈했다.

"미안해. 하지만 더 이상 거짓말을 할 수가 없었어." 모니카가 나직이 말했다.

"아니, 세상에." PG는 모니카에게서 시선을 거두지 않고 한숨을 쉬었다.

"부끄러워해야 할 사람은 내가 아니야, PG. 정말로."

PG는 이 대화를 예상하지 못했는지 얼굴에 떠오르는 반응을 조절하지 못했다.

"그래, 모니카." PG가 머리카락을 쓸어 넘기며 날카롭게 말했다. "나도 다 부끄러워. 당연하지… 하지만 내가 진 이 죄들은, 내가 막무가내로 내 무덤을 파지 않게 막아주고 또…."

"그만해." 모니카가 말을 잘랐다. "잊었나 본데, 원하지 않으면 나와의 결혼을 유지하지 않아도 돼."

"원한다는 거 알면서 그래. 그렇다고 당신이 하는 행동들에 내가 화를 내면 안 된다는 말은 아니잖아. 화가 나는데. 누군들 안 그러겠어?"

"내 마음을 아는 사람." PG가 생각을 말했다. "나를 있는 그대로 받아들이는 사람… 내가 우리 가문을 위해 해야 할 일을 했다고 이해하는 사람."

"그래도 나는 화가 나." 모니카가 중얼거렸다.

"나는 약한 사람이야. 이렇게 살기에는 너무 약하고… 만하임과 숲만 아니었다면 버티지 못했을 거야."

"내가 옆에 있잖아." 모니카가 말했다. "하지만 당신은 날 위해 하는 게 뭐야? 나는 이런 거짓말을 안고 살 수 없어. 베르테르에게 무슨 일이 있었는지 진실을 알아야 하고…."

"그래서 내가 얼마나 형편없는 놈인지 이 사람들한테 말했어?"

"모니카는 어제 저녁 시리와 말다툼을 한 일과 관련해 저희 질문에 대답했을 뿐입니다." 율리아가 설명했다. "모니카도 어쩔 수가 없었어요. 우리 면전에 대고 거짓말을 하는 것 말고는요."

PG가 한숨을 쉬고 의자 팔걸이를 쓰다듬었다. 그는 가죽으로 덮인 단추 하나를 잡아당기다 고개를 들었다.

말하는 목소리와 행동이 전과 달리 차분했다. "솔직히 말하면 이런 상황을 피하려고 탐정 사무소에 조사를 의뢰했던 겁니다."

"저희에게 의뢰하신 이유는 사건의 진상을 밝혀…."

"나도 알아요." PG가 차갑게 말했다.

"계약을 철회하셔도 비밀 유지 의무는 사라지지 않습니다." 율리아가 말했다.

PG는 조용히 앉아 거칠게 숨만 쉬었다.

"아니, 계속해요… 앞으로 어떻게 될지 감이 오지만 말입니다." 그가 작은 소리로 말했다.

"그렇다면 죄송한 부탁을 해야 할 것 같습니다. 휴대폰과 컴퓨터에 있는 모든 사진에 접근할 수 있는 권한을 주세요." 율리아가 설명했다.

"그건 사생활 침해 아닌가요."

"모니카의 휴대폰과 컴퓨터도 봐야 합니다." 시드니가 말했다.

"네, 가져올게요." 그렇게 속삭인 모니카가 일어나 방을 나갔다.

3시간 후, 시드니와 율리아는 각 드라이브에 저장된 이미지, 숨김 처리된 이미지, 삭제된 이미지를 전부 살펴보았다. 베르테르의 죽음과 관련된 사진은 찾지 못했지만, 모니카의 증언을 입증하는 삭제된 휴대폰 사진 다섯 장을 PG의 컴퓨터에서 발견했다.

첫 번째는 PG가 젖은 바지와 더러운 바닥에 벗겨진 신발 한 짝을 찍은 사진이었다. 발밑에 빈 보드카 병이 뒹굴었고 기한이 지난 경마장 마권도 하나 있었다.

다음은 후미등이 깨진 상태로 주차된 차의 사진이었다.

나머지 사진 세 개는 전부 진지한 눈빛을 한 늘씬한 검은 머리 여자 사진이었다. 40대로 보이는 여자는 사진 속에서 상의를 벗고 식탁 의자에 빛을 등진 채 앉아 담배 연기를 내뿜거나, 배꼽에서 사타구니까지 코카인 줄을 얹고 침대에 알몸으로 누워 있거나, 사용한 콘돔을 들고 웃고 있었다.

"좋아, 이제 메시지와 메일을 확인해보자. SNS와 검색 기록도." 율리아가 말했다.

"내가 모니카를 맡을까?"

"마음대로 해."

율리아는 PG의 이메일 계정에 들어가 읽은 메일과 읽지 않은 메일의 모든 제목을 천천히 훑어보았다. 2년 전까지 거슬러 갔다가 보낸 편지함, 임시 보관함, 휴지통, 스팸 메일함으로 넘어갔다.

"시드니." 율리아가 별안간 흥분한 목소리로 말했다.

시드니가 커피 테이블에 모니카의 노트북을 두고 책상에 앉은 율리아의 뒤로 다가와 PG의 스팸 메일함에 도착한 이메일을 읽었다.

동생에게,

그동안 내 삶은 올바른 길과 거리가 멀었지만, 그럼에도 시들어가는 모트 가문의 끝이 다가왔다는 사실이 얼마나 옳은 운명인지 생각하면 기쁨을 느낀단다.

우리 세대가 딱 하나 잘한 일은 뛰어난 분별력으로 아이를 낳지 않는 것이지. 즉, 상속 문제를 마침내 해결할 수 있다는 뜻이야. 내일 주주총회에 참석할 계획을 알리려고 이 편지를 쓴다. 내 지분 25퍼센트를 이용해 만하임을 팔고 재산을 최종적으로 분할하자는 쪽에 표를 던질 거야.

이 정보는 너만 보도록 해. 나도 그럴 테니 보는 즉시 이 메일을

기기에서 삭제하기를 바란다.

그럼 이만,

W.

“잠깐… 이게 대체 뭐야?” 시드니가 믿을 수 없다는 듯 물었다.

“그러니까, 장난 아니지.” 율리아가 대답하고 그를 올려다보았다. “베르테르가 몇 년 만에 처음으로 회의에 참석한다고 뜬금없이 통보한 거야.”

“비에른 말처럼….”

“그 말은 베르테르와 연락을 했다는 얘기지.”

발신자를 확인해도 werther@mott.com이 확실하다는 결론밖에 나오지 않았다.

“베르테르는 만하임을 팔고 싶었는데, 투표할 기회를 얻지도 못하고 살해당한 거네.” 시드니가 말했다. “그렇다면 우리는 매각을 막으려 살인을 계획할 사람이 누구인지 찾아야 해.”

“지분을 상속받으려고 그랬을 수도 있지.”

“유언장이 없다면 남동생이 전 재산을 물려받을 거야.”

“화살표가 자꾸만 PG를 가리키네.” 율리아가 생각을 말했다.

“하지만 PG는 베르테르가 온다는 사실을 몰랐다고 우리가 확신할 수 있는 유일한 사람이야. 메일이 스팸 메일함에 읽지 않음 상태로 있었잖아. 메일을 숨기고 싶었으면 그냥 삭제하고 휴지통을 비우지 않았을까?”

율리아는 한 손으로 지팡이를 쥐고 반대쪽 손바닥으로 책상을 짚으며 몸을 일으켰다.

"하지만 이상한 점이 있어." 율리아가 시드니를 올려다보며 말했다. "베르테르가 자기 지분을 25퍼센트라고 썼다는 거야. 35퍼센트가 아니라."

20

스타르크 탐정 사무소는 시드니 방에 임시 사무실을 꾸리고 휴대폰과 컴퓨터만 들여다보며 남은 오전을 보냈다. 율리아는 시드니를 되찾는다는 계획이 성공만 한다면 매일 이렇게 함께할 수 있다는 생각을 떨치지 못했다.

두 사람은 간간이 정보와 최신 소식을 주고받으며 커피를 마셨다.

다리를 쩍 벌리고 스크롤을 내리며 화면에 뜬 정보를 살피는 시드니를 율리아가 힐끔 쳐다보았다.

"전형적인 아저씨 쩍벌이네." 율리아가 말했다.

"미안해. 그런데…."

"생식기는 여자도 있거든."

"그 말 하려고 방해한 거야?" 시드니가 한쪽 눈썹을 세우며 물었다.

"응… 회사 등록 사무소와 연락이 됐다는 말도 있고. 지분 분할이

갱신됐다는 편지는 아직 발송되지 않았는데 양도는 끝났고 신고도 됐어. 베르테르가 2주 전 만하임의 10퍼센트를 비에른에게 넘긴다고 서명했대."

"이런 걸 빼도 박도 못하는 증거라고 하는군." 시드니가 말했다.

"그러게."

"미쳤다."

"무슨 문제 있어?"

"콜걸 사이트 몇 군데에서 로시타를 찾은 것 같아. 얼굴은 비공개인데 로즈버드, 로시타 로즈버드라고 소개가 돼 있고 순스발에 원룸이 있대."

"연락해 봐." 율리아가 말했다.

"정말?"

"최대한 빨리 시간 예약을 해."

"좋아." 시드니가 어깨를 으쓱하며 말했다.

"국세청에 PG의 혼전 계약서를 요청했어. 받으려면 한참 기다려야겠지만."

"우리는 그사이 계속 조사하고 있자고."

"좋아, 나는 택시와 기차부터 알아볼게." 율리아가 말했다.

정확히 30분 후, 율리아는 주주총회 당일 오전 10시 45분에 베르테르가 외스테르순드 기차역으로 가는 택시를 예약했다는 사실을 확인했다. 베르테르는 순스발행 기차에 11시 27분 탑승했고, 안내원에 따르면 13시 53분 하차했다. 역 CCTV도 이를 증명했다. 정확히 같은 시간에 베르테르와 인상착의가 일치하는 남자가 카메라에 찍혔기 때문이다. 택시 정류장 쪽으로 걸어간 베르테르는 거기서 대기 중인 차를 하나 타고 카메라 밖으로 사라졌다.

"택시 기사와 대화를 해봐야겠어." 율리아가 속삭였다.

그때 밖에서 고성이 들렸다. 율리아와 시드니는 컴퓨터 앞에서 일어나 무슨 일인지 확인하기 위해 창문으로 다가갔다. 마당의 보이는 부분에는 사람의 흔적이 없어 시드니가 걸쇠를 올리고 창문을 열었다. 겁에 질린 모니카의 목소리가 점점 높아졌다.

"PG!" 모니카가 외쳤다. "PG!"

율리아는 시드니의 팔을 붙잡고 함께 방에서 달려 나갔다. 지팡이 끝이 복도 바닥의 카펫을 쿵쿵 때렸고 시야 가장자리에서 벽등의 호박색 불빛이 깜박였다. 계단에 도착했을 즈음, 모니카는 집에 들어와 있었다. 거의 갈라지는 목소리로 거실에서 고래고래 소리를 질렀다.

"PG!"

그쪽으로 서둘러 움직여 식당으로 돌아가려는 모니카와 만났다. 모니카의 뺨은 붉게 달아올라 있었고 신발과 레깅스는 진흙투성이였다.

"무슨 일이에요, 모니카?"

"PG 봤어요?" 모니카가 숨을 헐떡였다.

"아뇨, 아침 이후로는 못 봤어요."

"어떡하지…."

"무슨 일이에요?" 율리아가 재차 물었다.

"베르테르 시체요." 울기 직전의 모니카가 대답했다. "호수에 있어요… 베르테르인 것 같아요. 댐 너머에요. PG와 얘기해야 해요."

"죽은 거 확실해요?" 시드니가 물었다.

"그런 것…."

"생사는 확인하지 않았고요?" 시드니가 말을 잘랐다.

"나는…."

시드니가 몸을 돌려 현관으로 달려갔고 모니카는 의자에 주저앉았다. 율리아가 지팡이를 짚고 섰다.

“그런 생각을… 나는….”

“걱정하지 마요. 아마 죽었을 거예요. 하지만 우리로서는 확실히 해야….”

“그럼요, 그럼요. 하지만 보기에는 꼭….”

모니카가 말을 흐렸고 붉어진 뺨 위로 눈물이 쏟아져 내렸다.

“어떻게 생겼어요?” 율리아가 물었다.

“말도 안 돼요.” 모니카가 속삭였다. “이해할 수가 없어요. 나는….”

“일단 여기 있어요.” 율리아가 말하고 황급히 시드니를 따라 나갔다.

저택을 나와 작은 건물 여러 채 사이로 난 자갈길을 지났다. 공기는 습하고 후텁지근했고, 벌이 클로버와 쇠뜨기 같은 풀 주위를 윙윙 날아다녔다.

지붕이 달린 벤치 구역의 흰색 정원 의자와 테이블을 지나고 돌계단을 추가로 내려오니 그제야 뭔가 보였다.

거대한 화강암 덩어리로 만든 오래된 댐 너머로 메마른 강바닥 중앙에서 반짝이는 개울까지는 최소한 10미터의 낙차가 있었다. 수문은 타르를 칠한 통나무로 만들었고, 통나무가 벌어진 틈으로 가느다란 물줄기가 뿜어져 나왔다. 공기 중에 자욱하게 떠 있는 수증기는 햇빛을 받아 무지개처럼 반짝거렸다.

저 멀리 붉은 목조 예배당이 보였고 옛 방앗간의 마른 바퀴와 망가진 물레방아도 눈에 들어왔다.

제비들이 강 위를 날아다니며 곤충을 사냥했다.

작은 숲의 가장자리를 따라 쭉 걸으니 댐의 윗부분을 형성하는 다리에 시드니가 서 있었다. 휴대폰으로 누군가와 통화를 하는 중이었다.

율리아는 넘어지지 않으려 주철 난간을 붙잡고 그쪽으로 다가갔다.

그러다 통화 상대가 경찰이라는 사실을 알고는 걸음을 멈추고 물가로 돌아섰다.

거울처럼 평평한 수면은 댐의 상부와 높이가 거의 비슷했다. 수련 사이에 한 남자가 하늘을 보고 물에 떠 있었다. 퉁퉁 부은 얼굴은 밀랍과 같은 색이었고 머리의 흉터가 창백한 피부와 대조적으로 짙게 보였다.

21

1시간 후 경찰이 파란색과 흰색 테이프로 댐 주변에 저지선을 쳤다. 자갈길에 구급차 네 대가 도착했고 구급대원들은 밴 트렁크에서 정신없이 이송용 침대를 꺼냈다. 과학수사팀은 현장 사진을 찍고 죽은 남자의 몸에서 샘플을 채취했다.

시드니는 순스발 경찰 두 명과 대화를 나누다 휴대폰이 울리자 한쪽으로 자리를 옮겼다.

이제 공식적으로 살인 사건 수사가 되었다.

과학수사팀이 죽은 베르테르의 거구를 물에서 끌어올리고 호숫가의 흰 천에 눕혔다. 파리떼가 주위를 윙윙 날아다녔다. 얼굴이 물에 퉁퉁 불었고 벌어진 입 사이로 누런 치아가 보였다. 셔츠가 벌어져 가슴 털에 물풀 조각이 붙어 나왔고, 배가 부풀어 곡선 형태의 흉터가 선명하게 보였다. 신발은 신지 않았고 바지가 다리에 달라붙어 있었다. 두 손은 손바닥이 하늘을 향한 채로 양옆에 놓여 있었고 손목에

질은 멍이 든 상태였다.

그러니까 이 사람이 베르테르란 말이지.

포악한 은둔자.

곧 그의 죽음에 관한 예비 조사가 진행될 것이다. 경찰은 제일 가까운 검시소로 시체를 보내 부검하고 가까운 시일 내에 유족과 인터뷰를 진행할 것이다.

모니카는 창백한 얼굴로 어깨에 얇은 패딩을 걸친 채 저지선 앞에 말없이 서서 죽은 베르테르를 내려다보고 있었다. 빨간 머리카락이 바람에 날려 얼굴을 가렸다.

PG의 랜드로버가 구급차 뒤에 섰다. 차에서 뛰어내린 PG가 모니카에게 달려가 시체를 보지 못하게 끌어안았다. 그는 아내를 꽉 감싸안고 등을 쓸어주었다.

율리아는 과학수사팀이 시체의 손에 증거 비닐을 씌우는 동안 베르테르를 관찰했다. 생각이 다른 곳으로 흐르며 기차에 탄 베르테르의 모습이 머릿속에 떠올랐다. 상상 속의 베르테르는 순스발에 곧 도착한다는 승무원의 안내를 듣자마자 자리에서 벌떡 일어났다. 재킷 단추를 채우고 가방을 집어 든 후 통로로 나왔다. 기차가 가볍게 덜컹거리며 정차하자 앞으로 비틀거리며 넘어질 뻔하다가 의자 등받이를 붙잡고 균형을 잡았다.

치이익 소리와 함께 문이 열리고 베르테르는 다른 사람들과 함께 역에 내렸다. 아마 곧 있을 회의를 생각하고 있었을 것이다. 몇 세대에 걸쳐 내려온 회사를 매각하고 재산을 처분하는 결정이 내려질 것이라고.

PG에게 보낸 이메일이 주인을 찾아가지 못했다는 사실은 알지 못했다. 하지만 누가 차를 가지고 마중 나오리라 처음부터 예상하지 않왔던 것처럼 곧장 택시 정류장으로 걸어가 처음 발견한 빈 차에 올라탔다.

택시 회사에 문의하니 기사는 베르테르를 만하임까지 태워줬다고 한다. 하지만 그의 요청으로 본채 앞이 아니라 맥주 창고에 차를 세웠다. 베르테르는 요금을 지불하고 차에서 내렸고 살인자를 만나러 걸어갔다.

협박을 받고 한 행동인지, 위험을 감지하지 못했는지 아무튼 누군가를 따라 창고로 들어갔고, 그곳에서 결박된 채 살해당했다. 이후 그의 시신은 사진이 찍히고 호수에 버려졌다.

범인은 율리아와 시드니의 등장에 초조해졌다. 그래서 혹시 모를 증거를 없애기 위해 범죄 현장에 불을 지른 것이다.

베르테르의 시신이 발견되며 다들 기력을 상실한 듯했다. PG와 모니카는 멍하니 정신이 나간 사람들 같았다. 계획한 점심 만찬을 취소하고 원하면 주방에서 샌드위치나 같이 하자고 했다. "네덜란드 사람들처럼요." PG가 작은 소리로 말했다.

그의 얼굴은 잿빛이었다. 방금 형을 잃은 사람이니 당연한 일이었다. PG는 율리아와 시드니가 이곳에 왜 있는지 기억조차 나지 않는다는 듯 둘을 쳐다보았다.

배고픈 사람을 가만히 두고 보지 못하는 아멜리에는 네 사람을 위해 길쭉한 오픈 샌드위치를 만들어주었다. 세로로 자른 빵 위에 여덟 가지 토핑이 다양하게 올라가 있었다. 새우 샐러드, 절인 연어, 절인

청어, 치즈, 토마토, 양상추, 삶은 계란 슬라이스, 훈제 햄, 미트볼, 레물라드 소스를 바른 로스트비프까지.

아멜리에 같은 사람이 늘 그림자처럼 곁에 있으면 어떤 느낌일지 율리아는 문득 궁금해졌다. 침대를 정리하고 집을 치우고 빨래와 요리도 다 해주는데 가족의 일원으로는 생각하지 않는 존재라니.

PG와 모니카, 시드니, 율리아는 각자 맥주를 한 병씩 따고 주방 간이 식탁의 스툴에 앉았다. 막 식사를 시작했을 때 안드레가 문간에 나타났다.

"시리에게 들었어요, PG… 유감이에요."

PG가 고개를 끄덕였고 모니카는 울음을 터뜨릴 것처럼 얼굴을 구겼지만 곧 감정을 추슬렀다.

"샌드위치 먹을래?" PG가 쉰 목소리로 물었다.

"좋죠." 안드레가 말하며 의자에 앉았다. "오는 길에 비에른이 잠들어서 오래는 못 있어요. 그늘 아래 두고 왔거든요. 깨우고 싶지 않아서."

PG가 흠흠 헛기침을 했다.

"내일 예배당에서 장례식을 열 거야."

"그때까지 부검이 안 끝날 수도 있어요." 시드니가 주저하며 말을 꺼냈다.

PG는 대수롭지 않다는 듯 손사래를 치며 유죄를 확신한다면 모를까 경찰이 형의 장례를 막을 수는 없다고 설명했다.

"내가 모르는 사실이 있나? 여기 두 사람 이제 집에 가야 하는 거 아니에요?" 안드레가 물었다. "아니면 또 뭐가 있어요?"

율리아가 허리를 펴고 말했다.

"베르테르의 시신이 발견되었으니 이제 경찰은 여러분과 대화를 하려고 할 거예요. 용의자가 특정되는 즉시, 검사가 예비 조사를 맡아서 할 거고요."

"우리는 뭘 해야 하죠?" 모니카가 불안한 기색으로 물었다.

"뭘 하느냐고?" PG가 맞받아쳤다. "사진을 보여주고 솔직하게 말해야지. 지금까지 한 말을 들려주면 돼."

"그래, 그러면 당신을 살트비크 교도소에 처넣겠지." 모니카가 말했다.

"정말입니까?" PG가 율리아를 돌아보며 물었다.

"솔직히 말하면 모르겠어요."

"실력 있는 변호사를 구해야 할지도 모르겠다." 모니카가 제안했다.

"됐어." PG가 말했다.

"더 이상 멍청한 짓은 하지 말고." 모니카가 중얼거렸다.

"내가 멍청하다고?" PG가 다른 사람들을 향해 물었다.

"사건의 진상을 반드시 알아내겠다는 마음을 저는 진심이라고 받아들이고 있어요." 율리아가 말했다.

"답을 알아야 하니까요." PG가 인정했다.

"저희가 도울 겁니다." 율리아가 말했다. "원하는 답이 나온다고 약속할 수는 없지만, 진실을 알게 될…."

"그만하시죠, 아가씨." 안드레가 웃으며 말을 잘랐다. "PG, 이렇게 말하는 게 저 여자 일이라는 거 알죠? 이 사람들이 원하는 건 돈이에요. 진실 따위는 아무 관심 없다고요."

"무례하게 왜 그래요." 모니카가 날카롭게 말했다.

"최소한 경찰은 구금하고 청구서를 보내지는 않을 거 아니에요."

"퍼즐을 풀려면 이틀이 더 필요해요." 얼굴이 화끈 달아오른 것을 느끼며 율리아가 말했다.

"저희 생각은, 기대는 그렇습니다." 시드니가 황급히 덧붙였다.

"가능할까요? 이틀의 시간을 주시겠어요?" 율리아가 PG의 눈을 바라보며 물었다.

"좋습니다." PG가 고개를 끄덕였다.

식사를 마친 후, 시드니와 율리아는 저택 앞의 자갈길로 안드레를 따라 나왔다. 휠체어를 탄 비에른이 계단 아래쪽에서 아직도 잠들어 있었다.

"어떻게 생겼던가요? 베르테르 말입니다." 안드레가 담배에 불을 붙이며 물었다.

"일주일 가까이 물에 있었으니까요." 시드니가 말했다.

"부상 정도 말이에요. 어디 썰리거나 하지는 않았어요?" 이런 질문을 하는 와중에도 안드레의 미소는 사라지지 않았다.

"법의학자의 의견을 들어 봐야죠." 율리아가 대답하며 시드니에게 은근슬쩍 고갯짓을 했다.

분수 가장자리에서 지저귀던 새 몇 마리가 푸드덕 날아갔고 바람에 소나무의 진한 향기가 묻어왔다.

시드니가 두툼한 손을 안드레의 어깨에 얹고 꾹 누르며 눈을 똑바로 응시했다.

"베르테르가 지분 10퍼센트를 비에른에게 넘겨준 거 압니다." 시드니가 말했다.

"맞아요." 안드레가 한 걸음 물러나며 대답했다.

"어제 저녁 지분율 얘기가 나왔을 때 둘 다 그런 말 없었잖습니까." 시드니가 말했다.

"양도는 됐는데 아직 정식 신고가 완료되지 않아서요… 말싸움을 하기 싫어서 다 끝날 때까지 기다리자 생각했죠. 보통 그러잖아요." 안드레가 설명했다.

"거래를 증명하는 서류를 보고 싶습니다." 율리아가 말했다.

"거래 같은 건 없었어요. 베르테르가 그냥 비에른에게 10퍼센트를 준 거예요." 안드레가 씩 웃었다.

"왜요? 왜 회사 지분 10퍼센트를 넘기죠?"

"베르테르의 마음이 비단이나… 뭐 그런 것처럼 아름답잖아요." 안드레가 담배를 내려다보며 대답했다. "우리 형을 휠체어 신세로 만들어놓고는 약속한 보상을 몇 년째 유야무야 넘어갔어요. 내가 참다못해 조만간 합의하지 않으면 변호사를 선임하겠다고 한 거예요."

"회사 지분 10퍼센트는 보상금치고 과한 것 같은데요." 시드니가 지적했다.

"그렇죠. 하지만 베르테르는 옳은 일을 하려고 한 게 아니에요. 애초에 그런 적도 없었고." 안드레가 말했다. "그저 가문의 명예를 더럽히고 싶지 않아서 돈으로 해결한 겁니다."

비에른이 쿨럭쿨럭 기침을 하며 일어나 피곤한 듯 한숨을 쉬었다.

"무슨 일이야?" 비에른이 그들을 올려다보며 물었다.

"집에 가려고." 안드레가 말했다.

"뭐야, 내가 파티를 놓쳤나? 먹을 거 좀 있었어?"

"샌드위치와 맥주."

"맥주 따위." 비에른이 중얼거렸다.

"비에른, 수요일 아침에 여기서 봤어요. 맥주 창고 쪽으로 가는 거요." 율리아가 말했다.

"내 집도 여기 있어요."

"거의 4킬로미터 떨어진 곳에요."

"맨정신이 아니었을 수는 있는데…."

"말 안 해도 돼." 안드레가 끼어들었다.

"술이 떨어졌길래 새벽 1시에 여기 와서 술 몇 병만 달라고 문을 두드리자는 기가 막힌 아이디어를 떠올렸다가… 생각을 바꿨죠."

"왜 생각이 바뀌셨어요?" 율리아가 물었다.

"PG와 모니카 집에 손님이 와 있는 걸 몰랐거든요. 위층 창문 하나에 가슴을 다 드러낸 여자가 있더라고. 로미오 놀이를 할 기분은 아니라 관두기로 했어요."

"돌아가는 길에 뭐 본 건 없나요?" 율리아는 계속해서 질문하며 압박했다.

"아니… 맥주 창고 옆에 있는 회색 형체밖에 못 봤어요." 그가 만하임 위의 하늘을 가리키며 속삭였다. "오, 무섭다! 오, 무섭다! 정말 무서워!"*

"셰익스피어 팬이군요." 율리아가 미소를 지었다.

비에른은 대답 대신 휠체어의 조종 장치를 눌렀다. 갑자기 회전한 휠체어가 자갈길을 따라 굴러갔고 안전벨트가 바퀴에 부딪혀 챙챙거리는 소리만 들렸다.

---

* 셰익스피어의 〈햄릿〉에 나오는 대사.

22

시드니와 율리아는 긴 순스발 다리를 지나 도시의 중심까지 거의 침투해 반짝이는 만을 건넜다. 다리 남쪽의 나들목에 이르러서는 E14 고속도로를 탔다.

"사랑스러운 동료 얘기 좀 해봐." 율리아가 말했다.

"싫어."

"아이 있어?"

"딸 둘."

율리아는 침을 삼키고 창밖을 내다보았다. 내비게이션을 따라간 곳은 고속도로 근처 공업 단지 가장자리에 있는 공공 주택이었다.

"시간 얼마나 예약했어?" 이제야 목소리를 제대로 낼 수 있겠다 싶을 때 율리아가 물었다.

"'여자친구 플레이' 1시간." 시드니가 핸들을 두드리며 대답했다.

"서비스에 뭐가 포함되는데?"

"몰라, 그나마 덜 복잡하게 들려서 선택한 거야."

"그래."

율리아는 얼굴에 화장기가 없고 색 바랜 추리닝 바지, 노브라에 흰색 민소매 셔츠 차림인 여자를 상상했다. 세탁기를 돌려놓고 고객을 침실로 안내한 다음 촛불을 켜고 오늘 이 순간을 기다렸다고 말하겠지.

"내가 PG 생각을 또 해봤거든." 잠시 후 시드니가 말했다. "휴대폰 사진을 보면 로시타와 신뢰가 끈끈한 것 같아. 아무튼, 내가 받은 인상은 그래."

"맞아." 율리아가 말했다. "나도 그렇게 생각했어. 그런데 불균형을 무시하기 힘들단 말이지. 권력의 차이가… 모든 면에서 엄청나잖아. 상대는 사회경제적 지위가 하늘을 찌르는 부자 백인 이성애자 남성이라고."

"그 이상이지." 시드니가 한숨을 쉬었다.

율리아는 고개를 끄덕이며 한 가지 사실을 떠올렸다. 대개 성 매수자는 매매자보다 신체적으로 더 강하기 마련이었다. 폭력을 휘두를 위험은 늘 존재했다.

"누군가 이런 말을 했지. 권력의 차이 그 자체를 성적 대상화하고 있다고." 율리아가 말했다.

시드니가 차를 세운 후 내린 두 사람은 작은 잔디밭을 가로질러 흠집 난 창문이 달린 문에 다가갔다.

시드니는 현관 비밀번호를 입력하고 율리아가 지나갈 수 있게 문을 잡아주었다. 계단에서는 쓰레기와 음식물 냄새가 났고, 엘리베이터는 그래피티 천지였다. 검은색, 노란색, 금색 낙서가 벽과 거울, 문 전체를 뒤덮었다. 천장에 페인트를 떡칠해 조명을 켠 의미가 없었다.

긴장된 얼굴을 보니 시드니도 이 상황이 불편한 모양이었다.

"미친 소리일 수도 있는데, 이 사건에 관해 알든 모르든 가장 중요한 성격 증인은 로시타라는 생각이 들어. 다른 사람은 몰라도 이 여자는 PG가 화를 내거나 폭력적으로 변하는지 알 거야." 율리아가 말했다.

7층에 도착하자 율리아는 뒤로 빠졌고 시드니가 앞으로 나가 문패에 올손이라고 표시된 집의 초인종을 눌렀다.

누군가 안쪽 구멍의 뚜껑을 젖히는지 철컹 소리가 들리고 방범용 체인이 걸린 채로 문이 열렸다.

"네?" 여자 목소리가 들렸다.

"예약한 사람입니다." 시드니가 말했다.

"이름이 뭐예요?"

"시드니요."

잠시 침묵이 흘렀고, 율리아는 여자가 시드니를 평가하고 있나 보다 생각했다. 이내 여자가 말했다.

"들어와요, 시드니."

여자는 문을 닫아 체인을 풀고 시드니가 들어갈 수 있게 한쪽으로 비켜섰다.

율리아가 있는 위치에서도 문이 닫히지 않도록 시드니가 앞에 멈춰 서 있는 모습이 보였다.

"1시간 예약했고 그에 대한 비용은 지불할 겁니다. 그런데 사실은 대화를 하고 싶어 왔어요." 시드니가 말했다.

"네…."

"고객 한 분에 대해 몇 가지 질문할 게 있습니다."

"아니, 그건 안 돼요."

"동료인 율리아도 함께 왔어요. 우리는 사립 탐정이고 페르 귄터 모트 씨의 의뢰를 받아 사건을 조사하고 있습니다."

율리아가 시드니의 뒤에 나타났다.

로시타는 40대 여성으로, 두툼한 아이슬란드풍 스웨터와 산성 세탁한 청바지에 흰 양말을 신고 있었다. 구불거리는 머리를 하나로 묶은 로시타가 경계하는 표정으로 두 사람을 관찰했다.

코트 걸이와 고지서가 쌓여 있는 작은 서랍장 위로 천장등의 은은한 불빛이 쏟아졌다. 바닥에는 석판 느낌을 내기 위한 진회색 장판이 깔려 있었다.

"이게 무슨 짓이에요?" 로시타가 그들을 빤히 보며 물었다.

"몇 가지 질문만 하면 됩니다." 율리아가 말했다.

"듣고 싶지 않아요. 나와는 상관없는 일이에요."

"PG에 대해 여쭤보고 싶을 뿐이에요. 로시타 씨 본인이나 다른 사람이 아니라요."

"그게 그거죠. 몰라요?"

"진짜인지 확인하고 싶으면 PG에게 전화해보세요."

로시타는 오른손을 허리 뒤에 숨기고 있었다. 율리아는 뒤편의 바닥에 놓인 버버리 가방을 보았다.

"후추 스프레이는 가방에 도로 넣으셔도 됩니다." 시드니가 말했다.

로시타는 짜증스러운 미소를 지었다. 볼터치와 연분홍색 립스틱 말고는 화장을 하지 않은 얼굴이었다.

"당장 나가줘요." 로시타가 목소리를 높이며 말했다. "그냥 가요. 귀찮게 하지 말고요."

"그 전에…."

"당장!"

로시타가 작은 후추 스프레이 병을 들어 보였다.

율리아가 앞으로 나와 지팡이를 짚고 섰다. 그리고 로시타가 스프레이 병을 내릴 때까지 로시타의 눈을 똑바로 쳐다보았다.

"성매수는 스웨덴에서 불법인 거 아시죠. 하지만 그래서 온 게 아닙니다. 저희는 PG의 비밀을 지킬 의무가 있기 때문에 신고를 할 수 없어요. 하지만 로시타는 원하면 지금이든 나중이든 신고해도 돼요."

"그게 무슨 상관이에요?"

"저기, 다리가 아파서 그러는데 잠깐만 앉게 해주세요. 질문할 동안만요." 율리아가 말했다. 로시타는 망설이는 눈치였다. "저는 일 때문에 어쩔 수 없이 이 질문들을 해야 하지만 대답하기 싫으면 안 하셔도 돼요."

"안 할 거예요. 한마디도 안 할 수도 있어요." 로시타가 눈을 깔며 말했다.

"그럼 들어가도 될까요?" 시드니가 부드럽게 물었다.

"45분 만이에요."

23

시드니와 율리아는 로시타를 따라 거실로 들어갔다. 좁은 거실에는 연한 색 푹신한 가죽 소파와 초 몇 개를 얹은 검은색 커피 테이블이 자리싸움을 하듯 놓여 있었다. 벽에는 로시타의 사진이 액자로 걸려 있었는데, 사진 속의 로시타는 무릎에 남자아이를 앉힌 안경 낀 남자 옆에 나란히 앉아 있었다.

침실 문 사이로 대형 침대의 검은색 가죽 헤드보드가 보였다. 벽걸이 TV는 아래의 낮은 받침대에 놓인 DVD 플레이어와 연결되어 있었다.

로시타는 울퉁불퉁한 합판 바닥에 투박한 소나무 식탁과 의자 세 개가 놓여 있는 주방으로 두 사람을 안내했다.

"마음대로 앉아요." 로시타가 주전자에 물을 채우며 말했다.

"고맙습니다."

율리아가 라디에이터에 지팡이를 기대놓자 챙 하고 금속끼리 부닷치는 소리가 났다. 율리아는 과장된 한숨을 쉬며 다리를 뻗었다. 시드니는 창가로 걸어가 텅 빈 놀이터를 내다보았다.

"PG가 언제부터 이곳을 드나들었나요?" 율리아가 물었다.

"글쎄요. 7년, 8년쯤." 로시타가 머그잔 세 개와 티백 상자를 내려놓으며 말했다. "직접 물어보면 안 돼요?"

"직접도 물어볼 거예요."

"대략 어느 정도로 자주 옵니까?" 시드니가 물었다.

"그때그때 다른데…."

"평균적으로요."

로시타가 냉장고 문을 열고 락토프리 우유를 꺼냈다.

"한 달에 한 번일 때도 있고, 반년 있다가 다시 얼굴을 보는 때도 있고… 매주 올 때도 있어요. 며칠 연속으로나."

"사전에 예약을 하지는 않나 봐요?"

"아뇨. 전화만 하고 와요. 나도 불만 없고요. 그 사람을 믿으니까."

로시타가 불을 끄고 주전자를 테이블로 가져와 자리에 앉았다.

"PG가 이곳에 온다는 사실을 아내인 모니카가 알더군요." 율리아가 말했다.

"알아요."

시드니가 세 개의 머그잔에 물을 부었고 다들 각자의 티백을 컵에 담갔다.

"PG가 부인 얘기를 한 적 있나요?" 율리아가 물었다.

"네."

로시타는 뺨을 붉히더니 스웨터를 벗어 의자 등받이에 걸쳐두었다. 드러난 팔은 하얗고 가늘었다. 얇은 소재의 검은색 베스트를 입은 모습만 보면 꼭 젊은 여자 같았다.

"형 베르테르에 대해서 언급한 적은요?" 시드니가 물었다.

"가끔요."

"뭐라고 하던가요?"

로시타가 어깨를 으쓱했다. "글쎄요. 은둔 생활을 하고, 어릴 때 못되게 굴었다고… 특별한 얘기는 없었어요."

"PG가 형을 미워한다고 생각하세요?" 율리아가 조금 더 깊이 파고들었다.

"아니요… 아니, 모르겠어요. 어린 시절이 순탄치 않았던 사람이잖아요. 엄마도 자살하고."

로시타는 잠시 말이 없었다. 율리아가 보니 팔의 털이 쭈뼛 서 있었다.

"PG가 이상한 사진을 보여준 적이 있나요?" 시드니가 물었다.

로시타가 얼굴을 찌푸렸다.

"어떻게 이상한 사진요?"

"불쾌감을 주는 거요." 율리아가 말했다.

"아니요, 없었어요. 무슨 사진 얘기하는 거예요?"

율리아도, 시드니도 그 질문에 대답하지 않았다.

"PG가 폭력을 행사한 적이 있나요?" 율리아는 대답 대신 이렇게 물었다.

"아니, 대체 무슨 일이에요?" 로시타의 얼굴에 불편한 미소가 떠올랐다.

찻잔의 열기가 율리아의 손가락을 축축하게 적셨다. 폐에서 공기가 서서히 빠져나왔다. 지저분한 창문으로 들어온 햇살이 공기 중의 먼지를 한 톨, 한 톨 환하게 비추었다. 바닥에 떨어진 구불거리는 머리카락, 냉장고 문손잡이에 기름기로 찍힌 지문이 보였다.

시간이 서서히 멈추고 온 세상이 무중력 상태로 변했다.

율리아는 로시타에 시선을 고정했다.

최근 염색을 해서 헤어라인 경계가 거무스름했다.

흐릿해진 멍은 누군가 팔 위쪽을 세게 움켜쥔 흔적이었다.

이 여자는 무엇 하나 숨기는 것이 없었다.

왼쪽 눈가의 작은 흉터가 조금 붉어지는 듯했다.

"있어요?" 율리아는 자기도 모르게 다시 물었다.

"나한테요? 아니요, 절대요. 그냥 슬픔이 많은 사람이에요."

로시타의 얼굴이 PG의 기억을 거울처럼 비추었다. 율리아는 로시타의 표정에서 PG의 처진 입매와 찡그린 눈썹을 볼 수 있었다.

비스듬하게 쏟아지는 빛이 목의 맥박을 강조했다.

심장 박동이 천천히 가라앉았다.

로시타의 말은 진실이었다.

율리아가 의자에 털썩 기대앉은 순간, 손목시계의 초침이 다시 째깍거리고 정상 속도로 돌아왔다.

"왜 슬퍼요?" 시드니가 물었다.

"왜냐고요? 그냥요." 로시타가 목을 긁적이며 대답했다.

율리아는 차를 한 모금 마셨다. 옆집의 TV 소리가 들렸다. 소리를 들으니 어린이 프로그램이었다.

"궁금한 게… 방문할 때 PG가 예약하는 서비스가 정확히 뭐죠?"

"미리 정하지는 않아요. 아무것도 원하지 않을 때도 많고요. 그냥 같이 있으면서 와인 마시고, 수다 떨고…."

"대화만 하러 온다고요?"

순간 로시타의 얼굴에 피곤한 빛이 스쳤다.

"아는지 모르겠지만 그 사람은 조울증 환자예요. 조증기에는 섹스를 원하기도 하지만, 대부분은 그냥 심각하게 우울한 상태로 있어요. 울고 또 울죠. 그런 날에는 그냥 침대에 같이 누워 있어요. 말을 들어주고, 안아주고, 다 괜찮을 거라고 말해주는 거죠."

24

도로는 기찻길과 평행하게 뻗어 있었다. 팀로 지역을 막 통과했을 때 목재를 실은 700미터 길이의 기차가 나타났다. 기차와 나란히 달리는 짧은 순간은 차의 속력이 2배는 더 빨라진 느낌이었다.

"아까 잘했어." 율리아가 조수석에서 시드니를 힐끗 보며 말했다.

"감사합니다, 보스."

"쉽지 않은 상황이었는데 말이야. 밀고 들어가서 심문할 법적 근거가 없었잖아."

"내가 최대한 보통 경찰인 척하고 문을 두드렸기 때문에 우리를 들여보내지 않고서는 방법이 없다고 생각했을 거야."

"보니까 어땠어?"

"잘 모르겠어. 언제나처럼 뒤에 남은 불꽃들을 열심히 주워 모아야지."

"꽤나 수수께끼 같은 말이네." 율리아가 미소를 지었다.

"사진 같은 거야. 사소한 정보, 사용한 단어, 말투까지 다 남아 있거든."

"아, 그래. 무슨 말인지 이해하겠어." 율리아가 놀렸다.

"침쭘* 이후 남은 것은 몇 개의 불꽃이었지… 하느님이 세상을 위한 공간을 만들려고 한 걸음 뒤로 물러나셨을 때."

"침쭘? 유대인의 딤섬이야?"

"장난해?" 시드니가 못마땅한 표정으로 율리아를 보았다.

"미안, 바보 같은 말이었어. 그냥 웃으라고 한 얘기야."

"속으로는 웃고 있어." 시드니가 건조하게 빈정거렸다.

"불꽃을 수집한다는 표현 좋다."

두 사람을 태운 차는 E4 고속도로를 빠져나와 도로 양쪽의 짙은 소나무 사이를 달렸다.

"PG가 정말 말도 못 하게 괴로웠나 봐. 같이 와인 한 잔 마셔달라고 다른 사람한테 돈까지 줄 정도면." 시드니가 말했다.

"그 말은 의미 있게 받아들이지 말자. 단순히 대화 상대로 그 여자를 찾아갔다는 애기 말이야." 율리아가 말했다.

"그래?"

"그래. 나는 PG가 단골이라고 봐. 섹스를 하고 코카인을 흡입하려고 가는 거지. 다만 감정적으로 너무 힘들어서 그 두 가지 행위에 마음이 동하지 않는 때가 있을 뿐이고."

"그 여자는?"

"둘이 특별한 관계라고 생각하고 싶은 거야. 그렇게 하면 자기 생

---

* '수축'을 뜻하는 히브리어로, 유대교 신비주의에서는 창조가 수축에서 시작되었다고 믿는다.

활 방식을 비교적 평범하게 포장할 수 있거든."

"당신 말이 맞는 것 같네."

"그래서, 당신은 뭘 봤어? 경찰의 감으로?" 율리아가 물었다.

"별로. 중독자는 아니야. 간염 환자도 아니고, 혼자 살고, 일도 거기서 해. 하지만 파트너와 자식은 있어. 있었던지."

"맞아, 나도 벽에 있는 사진 봤어. 하지만…."

"냉장고에 음식이 있었고, 현관 입구 서랍장에서 본 편지 수신자에는 올손네 세입자 로시타 나바로라고 적혀 있었지."

"또?"

"팔에 멍이 있더군."

"봤어."

"일주일쯤 된 거야." 시드니가 말했다.

"하지만 PG가 때리지 않았다는 말은 사실이야. 내가 물어봤을 때 굳이 멍을 감추려고 하지 않더라고."

차창 밖으로 더 많은 벌목 구역이 스쳐 지나갔다. 삼림 관리 기계가 지난 자리에는 구멍이 뻥 뚫렸고 그 안에서 월귤나무 관목과 덤불이 제멋대로 자라났다.

자물쇠로 잠긴 철문 뒤로 삼림 도로가 이어져 벌채로 나뭇조각이 쏟아진 구역을 달릴 때는 타이어에서 우드득 소리가 났다.

"어딘가에 포주와 연결되어 있을 것 같아." 시드니가 말했다.

"그럴지도 모르지." 율리아가 중얼거리며 휴대폰으로 이메일을 열었다. "잠깐… 방금 국세청에서 답장이 왔어."

"모니카와 PG의 혼전 계약서?"

"빙고." 계속 메일을 읽으며 율리아가 말했다. "좋아, 무슨 내용이냐면… 페르 귄터 모트는 어쩌고저쩌고… 아, 여기 있다. 회사의 지분과 저택의 소유권은 별도의 재산으로 유지되며 이혼 또는 사망 시 합의금에서 제외된다."

"그래서 아직 안 헤어지고 있는 거네." 시드니가 중얼거렸다.

"헤어지거나 PG가 죽을 경우 모니카는 한 푼도 못 받는 거야."

"안됐다."

잠시 숲속의 빈터를 지나고 나니 더 빽빽한 숲이 나왔고 차 안은 다시 캄캄해졌다. 율리아는 시드니의 옆얼굴, 핸들을 잡은 손, 짧고 단정한 머리를 힐끔 쳐다보았다.

"왜 하필 '여자친구 서비스'로 예약한 거야?" 율리아가 물었다.

"뭐?"

"내게 보내는 메시지였어?" 율리아는 빈정거리는 미소를 지으며 대화를 이었다.

"무슨 말을 하는 거야?" 시드니는 여전히 앞의 도로만 보고 있었다.

"나랑 그런 식의 게임을 하고 싶다는 뜻이었냐고."

"성희롱 금지법도 차별금지법과 적용 범위가 일치하는 거 알지?"

"진심으로 하는 말이야?"

"내가 이 일을 수락한 이유는 내 능력으로 당신을 도와줄 수 있다고 생각해서였어." 시드니가 감정을 드러내지 않는 목소리로 대답했다.

"그러셨겠지." 율리아가 이를 악물고 속삭였다.

"미안해, 그냥 당신도 나와 같은 생각인지 확인하고 싶었을 뿐이야. 우리가 다시 합친다거나 뭐 그런 생각을 하는 게 아니었으면 좋겠어."

"잠시 판타지를 즐기게 놔둘 수도 있잖아."

"내가 7년 동안 그러고 산 거야."

율리아는 마지막 남은 호의까지 다 써버렸음을 알았지만 참을 수가 없었다. 시드니를 향한 그리움이 얼마나 간절한지 때로는 숨을 쉬기조차 힘들었다. 다시 함께 시간을 보내고 차 옆자리에 앉아 있으니 모든 기억이 되살아났다. 과거가 현재인 것만 같았다.

시드니와 랍비 마이어가 기다리고 있는 차양을 향해 걸어갈 때 발목을 스치던 웨딩드레스의 감촉이 느껴졌다. 율리아의 발소리와 드레스가 가볍게 바스락거리는 소리를 제외하면 사방이 고요했다. 그때는 아직 아무 일도 일어나지 않았고 문제가 일어나도 해결할 수 있었다. 두 사람의 결혼은 새로웠고 가능성으로 가득했다.

"일곱 가지 축복." 율리아가 속삭였다.

"응?"

율리아가 움찔했고 기억은 바람의 연기처럼 사라졌다.

차창 밖에서는 여전히 나무들이 빠르게 스쳐 지나갔다. 차는 만하임의 외부 대문에 점점 가까워지고 있었다. 오후의 햇살은 환하고 사방에 재를 날리는 바람처럼 회색빛을 띠었다.

전소된 건물 옆에 경찰차가 서 있었고, 파란색과 흰색 테이프가 댐에 접근하지 못하게 막고 있었다.

"내기에 이기고 싶으면 이틀 남았어." 시드니가 율리아를 힐끗 보며 말했다.

25

다음 날 새벽 4시, 율리아의 알람 시계가 울렸다. 일어나니 마음이 너무도 산란하고 심장이 빠르게 뛰었다. 어머니가 여권 다섯 개를 입에 물고 율리아에게 무슨 말을 하려는 꿈을 꿨기 때문이었다.

양손으로 얼굴을 감싼 채 거친 호흡을 조절하고 가상의 장례식 사진을 떠올리며 마음을 차분하게 가라앉혔다. 위에 달린 카메라는 진회색 원피스를 입고 앞줄에 앉아 있는 여자아이를 사진에 담았다. 낡은 석판 바닥, 오래된 무덤의 대석, 실크 리본이 묶은 리스도 보였다.

10분 후 침대에서 일어나 세수를 하러 욕실로 비틀거리며 걸어갈 때까지도 다리에 힘이 없었다.

4시 45분, 율리아와 시드니는 PG 부부와 차에 올랐다. 임업인의 날 기념식을 위해 다른 사람들과 숲의 빈터에서 만나기로 했기 때문이었다. PG는 헬싱란드, 메델파드, 옘틀란드, 옹에르만란드 지역에 수 세기 전부터 내려오는 전통이라고 설명했다. 모트 가족도 매년 임업인의 날을 기념했다. 전쟁, 주식 대폭락, 팬데믹, 자살, 스캔들, 갈등이 일어나는 와중에도 건너뛰는 법이 없었다.

베르테르의 죽음도 예외는 아니었다.

만하임 모트에서 갈라져 나온 두 가족은 동그란 빈터 중앙에 모닥불을 피우고 모여 앉았다. 나무들 사이에 안개의 장막이 걸렸고, 남쪽에서 뻐꾸기 울음소리가 들렸다. 회색 재킷을 입고 파란색 스카프를 맨 PG가 전나무 가지를 베고 남은 물기와 씨앗을 털어낸 후 다른 사람들이 있는 곳으로 돌아왔다.

바람의 방향이 바뀌자 다들 모닥불에서 고개를 돌리고 켁켁 기침을 했다. 안드레는 울퉁불퉁한 땅 위로 비에른의 휠체어를 밀었고 시리는 허리를 굽혀 휠체어 바퀴에 걸린 나뭇가지를 치워주었다. 얼마나 울었는지 코가 빨갛게 짓문 것처럼 보였다.

시리가 들고 오겠다고 한 가방에서 유리병들이 쨍그랑거렸고, 머리에 모카색 스카프를 두르고 무릎길이의 진갈색 치마 정장을 입은 모니카가 모닥불 옆의 통나무에 피크닉 바구니를 내려놓았다.

"가문비나무가 상상도 못 할 만큼 오래 사는 거 알아요?" PG가 말했다. "여기 있는 나무들은… 몇백 년밖에 안 됐지만, 산으로 올라가면 만 살은 먹은 가문비나무도 있대요."

"설마요." 율리아는 믿을 수 없었다.

"물론 그 시간을 다 나무로 있었던 건 아니고요. 관목으로 서서히 성장하는 단계도 있는데… 그래도 유기적으로는 똑같은 생물이에요. 하나하나 같은 유전자를 지닌."

"놀랍네요."

"임업인의 날은 숲에 감사하고 존경을 표하는 날입니다. 우리가 오기 전부터 이 자리에 있었고 우리가 죽은 후에도 이 자리에 남아 있을 숲에게요." 안드레가 설명했다.

"시작할까요?" 시리가 물었다.

"원래는 피로 해야 하지만 우리는 술을 선호해요." 모니카가 말했다.

PG가 가방 하나에서 술병을 꺼냈다. 전나무 가지에 브렌빈을 붓더니 빈터를 돌아다니며 주위의 나무에 술을 뿌리고 숲에 감사 인사를 했다.

반쯤 빈 병을 들고 돌아왔을 즈음, PG의 얼굴은 땀으로 번들거렸다. PG는 밑으로 갈수록 좁아지는 유리잔 일곱 개에 남은 술을 나눠 부었고, 모두 숲에 건배를 하고 조용히 술을 마셨다.

율리아의 눈에는 확연하게 보였다. 이 사람들은 지금 상황을 불안해하면서도 자유 의지가 없는 것처럼 규칙을 따르고 있었다.

사방을 에워싼 숲이 이들을 하나로 묶어주는 느낌이었다. 환히 불을 밝힌 빈터 주변의 캄캄한 황무지에서 곰과 늑대가 빙글빙글 돌아다녔다.

율리아는 스톡홀름 사무실과 쳇바퀴처럼 돌아가던 고요한 일상이 그리웠다. 하지만 이렇게 마음을 다잡았다. 24시간 안에 사건을 해결하고 나면 집에 돌아갈 수 있다고.

모닥불이 탁탁 튀며 먼지 같은 재가 비둘기색 하늘로 소용돌이치며 올라갔다. 근처에 있는 나무에서 딱따구리가 미친 듯이 나무를 쪼아댔다.

모니카가 바구니에서 소시지, 머스터드, 치즈 샌드위치, 맥주를 꺼냈다. PG는 버드나무 가지로 길쭉한 꼬치 일곱 개를 만들어 건넸다.

비에른은 현재 열심히 복원하고 있는 바로크풍 거울에 대해 시리에게 설명하고 있었다. 거울의 틀에 호두나무로 볼이 통통한 아기 천사들을 조각해 붙였다고 했다.

"내가 쓸까 생각 중이야." 비에른이 웃으며 말했다. "머리를 빗을 때 늙은 얼굴 주위로 귀여운 꼬마 천사들이 날아다니고 있으면 재미있잖아."

시리가 웃음을 터뜨렸다. 슬퍼서 울적한 표정을 짓지 않을 때의 시리가 얼마나 아름다운지 문득 실감이 났다.

검은 파리떼가 모닥불 열기를 뚫고 날아다녔다.

율리아와 시드니는 뜨겁게 타오르는 모닥불에 소시지를 구웠다. 그러다 겉면이 갈색으로 타고 쩍 벌어진 후에야 벌게진 얼굴과 따끔거리는 눈으로 물러났다. 다들 그냥 나무 꼬치로 찍은 소시지에 머스터드를 듬뿍 발라 먹었다.

율리아는 다 먹은 꼬치를 모닥불에 던지고 냅킨으로 손을 닦은 후 시드니와 마실 맥주를 몇 캔 가지러 갔다.

"조금 전에 포렌식팀이 사망 시각을 확인해줬어." 자리로 돌아온 율리아에게 시드니가 말했다.

"빨리도 한다." 율리아가 중얼거렸다.

"베르테르는 오후 3시에 사망했대."

"확실한 거래?" 율리아가 묻고 맥주를 쭉 들이켰다.

"일종의 둔기로 머리를 강하게 맞은 상처나 체온, 온도, 습도를 고려했을 때 오차 범위는 끽해야 10분이라고 해."

"그러니까 사진이 찍히기 9시간 전에 살해당했다는 거네."

율리아는 온 가족이 빈터에 모인 김에 이 자리에서 당시 소재를 묻기로 했다. 지팡이를 짚고 맥주병을 든 채로 안드레에게 다가갔다. 안드레는 왼쪽 가슴 주머니에 금색 모노그램이 찍힌 스포츠 재킷 차림으로 나무 그루터기에 앉아 검게 탄 소시지를 먹고 있었다.

"미슐랭 레스토랑 어디를 가도 이보다 맛있는 건 못 먹어봤어요." 그가 유쾌하게 말했다.

"분위기도 더 좋고요." 율리아가 맥주를 한 모금 마시며 대답했다.

"도시 여자인 줄 알았더니."

율리아는 안드레의 옆에 서서 시드니와 시리가 대화하고 있는 모닥불 반대편을 쳐다보았다.

"주주총회 날 오후 3시에 어디 계셨어요?" 율리아가 안드레를 돌아보며 물었다.

"일요일 오후에는 중요한 고객들을 위해 가게 문을 엽니다." 안드레가 웃으며 말했다.

"확인해줄 사람 있나요?"

"단골 한 명과 미팅이 있었어요."

"그 손님의 성함과 연락처를 받을 수 있을까요?" 율리아가 물으며 맥주를 내려놓고 메모를 하기 위해 휴대폰을 꺼냈다.

"그러죠… 경찰 신분증을 보여준다면."

"그건 준비할 수 있어요."

"미안해요. 숨길 게 있어서는 아니고요." 안드레가 웃었다. "그냥 고객의 프라이버시를 보호하고 싶을 뿐입니다."

"여자친구분 말로는 그때 그 집에 계셨다던데요."

"맞아요. 커피를 마셨죠."

"얼마나 머무셨어요?"

"1시간쯤?"

"중요한 고객이 있는데 가게 문을 닫고 1시간이나 커피를 마셨다고요?" 율리아가 정리했다.

안드레는 어깨만 으쓱하고 다시 소시지를 먹기 시작했다. 율리아는 지팡이를 짚고 자리를 떴다. 바람이 또 땅을 휩쓸고 지나갔고 시드니와 시리가 모닥불에서 물러나는 모습이 보였다. 그러다 균형을 잃은 시리를 시드니가 붙잡아주었다. 시리가 뺨을 붉히며 웃었다. 시리의 손이 시드니의 목덜미에 필요 이상으로 오래 머물러 있었다.

율리아는 숲길과 가까운 빈터 가장자리에서 휠체어를 타고 있는 비에른에게 다가갔다. 맥주와 브렌빈이 든 천가방이 발밑의 땅에 놓여 있었고, 무릎 위에는 빈 병 두 개와 유리잔 하나가 놓여 있었다. 율리아는 새로 집어 든 맥주 하나를 따서 비에른에게 건네며 안드레에게 했던 것과 똑같은 질문을 던졌다.

"점심 먹고 낮잠을 잤습니다." 비에른이 맥주를 쭉 들이켜며 대답했다.

"3시인데요? 점심을 아주 늦게 드셨군요."

"넵." 비에른이 트림을 참았다.

"확인해줄 수 있는 사람은 있나요?"

"안드레요." 비에른이 마지막 몇 방울까지 맥주를 탈탈 털어 마시며 말했다.

"안드레는 고객과 있었다던데요."

"나야 모르죠. 자고 있었으니까." 비에른은 율리아를 쳐다도 보지 않고 말했다.

율리아가 맥주를 한 병 또 따서 비에른에게 건넸다. 무릎에 놓인 빈 병은 가방 옆에 내려놓았다.

나뭇가지 하나의 수지가 고열에 팽창하며 커다란 펑 소리와 함께 터지면서 하늘로 몇 미터 높이의 불꽃을 터뜨렸다.

"전부터 궁금했던 게 있는데요." 율리아가 말했다. "베르테르의 시신 사진을 보자마자 맞아서 죽었다고 추측하셨죠."

비에른이 어깨를 으쓱했다.

"왜요? 내가 틀렸어요?"

"아니, 맞아요. 방금 그렇다고 확인이 됐습니다." 율리아가 대답했다. "하지만 사진만 봐서는 알 수 없는 사실이잖아요. 얼마든지 총이나 칼에 맞거나, 목이 졸리거나…."

"아, 알겠어요." 비에른이 말을 잘랐다.

"자세히 설명해주시겠어요?"

"뭘요?"

"뭘 알았다는 거죠?"

"내가 제대로 추측했으니 내가 범인일 거다 생각하는 거 아니요." 비에른이 셔츠 아래의 플라스틱 보호대를 두드리며 대답했다.

"그 점에 대해 어떻게 생각하세요?"

비에른이 고개를 돌리고 씁쓸한 미소로 율리아를 올려다보았다.

"어떻게 생각하느냐고요?"

"네."

"그 개자식을 패서 죽여버리고 싶다는 생각을 수도 없이 했죠… 하지만 총을 쏘거나 목을 조르자는 생각은 단 한 번도 안 해봤습니다."

26

율리아는 소시지를 굽고 있는 PG와 시드니에게 모닥불을 둘러 다가갔다. 시드니가 연기 때문에 눈을 깜박이며 소시지를 더 먹겠느냐고 물었다. 율리아는 고개를 젓고 뒤로 한 걸음 물러났다.

"중간 보고를 받고 싶군요." PG가 말했다. "그러니까 지금까지 어떤 결론을 내렸는지 듣고 싶습니다."

"그건 저희의 진행 방식이 아닙니다."

"지금 정확히 무슨 상황입니까? 보니까 모두와 대화를 하고 있던데."

"방금 베르테르가 주주총회 당일 3시에 사망했다는 사실을 발견했어요."

"한밤중에 일어난 일 아니었어요?" PG가 핏발 선 눈으로 율리아를 응시하며 물었다.

"사진이 찍힌 건 그때가 맞아요. 거의 9시간이 지나서요."

"아, 둘이 별개의 상황일 수도 있겠군요."

"그날 오후 3시에 어디 계셨어요?"

불이 유리 조각처럼 얼어붙는 듯하더니 연한 파란색에서 진한 노란색을 넘나들며 색이 변했다. 율리아는 PG를 돌아보았다. 얼굴을 비추는 따스한 불빛, 이마에 맺히기 시작한 땀방울, 아침에 미처 깎지 못한 흰 수염 몇 가닥이 보였다.

"3시요? 그때면 모니카가 시리와 대화하고 있을 즈음이네요. 나는…." PG는 잠시 말을 멈추고 생각했다. 얼굴을 찌푸리느라 이마에 주름이 잡혔다. "맞아, 숲에 있었어요. 지형에 문제가 있어서 추가 시간이 얼마나 더 필요한지 계산하려고 18번 구역에 나가 있었습니다."

"확인해줄 사람은요?"

"숲에 언제 사람이 있나요." PG가 말했다. 그러는 사이 불길이 다시 탁탁 튀고 소용돌이 치기 시작했다.

방금처럼 율리아의 시간이 서서히 멈추는 순간들이 있었다. 마치 사고를 당할 때처럼 1000분의 1초 단위로 모든 순간이 기억에 새겨졌다. PTSD의 한 증상에 불과했지만 율리아는 그 덕에 사람들의 표정과 말에 숨은 뜻을 포착하고 평소라면 놓쳤을 디테일을 볼 수 있었다.

얼굴이 점점 뜨거워지는 느낌에 율리아는 모닥불을 등지고 돌아섰고 나무 옆에 남색 담요를 깔고 앉아 있는 모니카에게 다가갔다. 다른 사람들에게 했던 질문을 똑같이 물었다.

"시리와 호숫가에 나가 있었어요."

"정확히 3시에요?"

"아니, 우리는… 우리는 2시에 만나서 15분인가, 20분쯤 밖으로 나갔어요. 커피와 빵을 놓고 배에서 가벼운 피크닉을 즐기며… 수다를 떨었죠."

"얼마나요?"

"들어오니 4시 반이 넘어 있었어요. 강으로 노를 저어서 시리 집까지 갔다가 돌아올 계획이었는데 살짝 싸웠거든요. 그래서 예상보다 오래 걸린 거예요."

"무슨 일로 싸우셨어요?"

모니카가 한숨을 쉬고 팔짱을 꼈다.

"늘 똑같죠. 소유권, 가부장적인 회사 구조, 고리타분한 불평등… 피차 어쩌고, 저쩌고…."

"다시 잘 생각해보세요. 두 사람이 호수에 있을 때 살인이 일어났어요."

"그럴 리가…."

"뭐 보거나 들은 거 없어요? 차, 목소리, 뭐든 좋으니…."

"아뇨, 나는… 완전히 다른 데 신경 쓸 겨를이 없었어요. 분위기가 너무 격앙돼서요. 둘이 대화가 좀 필요한 것 같아서 같이 호수로 가자고 했던 건데… 그게…."

"잘 생각해보세요." 율리아가 다시 말했다.

"집에 가서 기억 나는 게 있는지 찬찬히 살펴볼게요."

"고마워요."

율리아는 자리를 뜨려다 마음을 바꾸고 모니카를 돌아보며 지팡이에 몸을 기댔다. 지팡이가 무른 땅에 스윽 들어가는 느낌이 들었다.

"한 가지만 더 여쭤봐도 될까요? 보니까 진실을 말할 때 빈정거리는 말투로 포장을 하시던…."

"그렇게라도 극복하려는 거예요. 블랙 코미디가 따로 없죠."

"첫째 날 저녁을 먹으면서요, 주주총회 때 베르테르의 따듯한 마음과 열정에 대한 농담을 하셨어요."

"세상에, 정말 심했네요." 모니카가 미안하다는 듯 율리아를 보고 웃었다.

"베르테르가 마지막으로 참석했을 때 PG가 정신을 차리게 도왔다는 말도 했고요." 율리아는 흔들림 없이 말을 이었다.

"아마도요…."

"그 말에 PG가 기분 상한 것 같았어요."

"그건 그 사람이 항상 베르테르의 공격성을 잊어버리거나 축소하려고 하기 때문이에요."

"그래서 당신은… 남편에게 형의 불쾌한 면을 상기시키고 싶은 거고요?"

모니카가 깊은숨을 들이마시며 관자놀이를 누르고 눈을 지그시 감았다.

"별일은 아니었어요." 잠시 후 모니카가 말했다. "그냥 베르테르다운 행동이었죠. 어떤 이유로 PG가 못마땅하다고 PG에게 성큼성큼 다가가 엉덩이를 걷어찼어요. 모두가 보는 앞에서요."

"과연 PG가 그 일을 잊었을까요?"

"알아요, 내가 심술을 부린 거죠."

"네, 맞아요." 율리아가 말하고 뒤를 돌아 작은 빈터를 가로질렀다.

빈터의 끝에서 휴대폰을 만지작거리고 있는 시리에게 다가갔다. 발밑에서 잔가지가 부러졌다.

"시리, 주주총회 날 오후 3시에 어디 있었어요?" 율리아가 대뜸 본론을 꺼냈다.

"3시라고요? 알죠… 모니카와 호수에서 PG의 작은 나룻배를 타고 있었으니까. 친구 놀이를 하고 싶어서 아주 난리가 났던데요. 빵,

커피, 제대로 된 냅킨까지 준비하고… 꽤 재미있었어요. 노를 몇 번 젓기도 전에 이런저런 일에 좀 나서라고 평소처럼 강요해대기 시작했지만요. 즉, 그날 저녁 식사 때 노력을 해달라는 뜻이었죠. 궁극적으로는 내 감정을 무시하고 연기를 계속해달라는 말이었어요. 정말 악마 같은 여자예요."

27

그들은 저택의 커다란 식당에서 진한 커피에 프린세스토르타*를 한 조각씩 곁들이며 임업인의 날을 마무리하고 흩어졌다. 식탁을 치우고 의자를 제자리에 돌려놓자 방 안은 다시 고요해졌다.

안드레의 여자친구 프리다가 세 번째 전화도 받지 않자, 율리아는 주방과 식당 사이의 좁은 복도로 가서 아멜리에를 기다렸다.

주주총회 당일 3시에 알리바이가 확인된 사람은 모니카와 시리뿐이었다. 안드레의 말을 증명해줄 사람은 꼭 프리다가 아니어도 존재할 수는 있겠지만 비에른과 PG는 사정이 달랐다. 베르테르가 죽은 시각, 그 사람들은 혼자 있었다.

아멜리에가 깨끗한 식탁보와 풀 먹은 냅킨을 품에 한 아름 안고 서랍장으로 걸어왔다. 율리아를 보자 얼굴에 순간 두려운 빛이 떠올랐

---

* 스웨덴의 전통 케이크.

지만 금세 표정을 관리했다.

율리아는 아멜리에가 투명 인간 취급에 익숙하다는 생각이 들었다. 그래서 주목을 받으면 유달리 부담스러워하고 약한 모습을 보이는 것 같았다.

"방해하려는 건 아니고 잠깐 얘기 좀 하고 싶어서요." 율리아가 말했다. "주주총회 날 오후 3시에 어디 있었어요?"

"여기서 저녁을 준비하고 있었죠." 아멜리에가 수납장 선반에 식탁보를 쌓으며 대답했다.

"다른 사람은 못 봤어요?"

아멜리에가 서랍을 열고 냅킨을 안에 넣은 후 허리를 폈다.

"보기는요? 나는 빵을 굽고 모니카 씨 피크닉 바구니를 만들고 있었어요. 그게 2시 직전이라 마침 모니카 씨와 저녁 메뉴를 의논할 수 있었죠. 우리가 주문한 랍스터가 안 왔거든요."

"그러고 나서는요?"

"식탁을 차리고 요리를 시작했어요. PG 씨가 4시 조금 안 돼서 숲에서 돌아오셨고요. 배가 고프다고 미트볼과 맥주를 달라고 하셨어요. 5시에 송아지 고기가 배달됐고, 그때쯤 모니카 씨가 보온병과 다 쓴 컵을 들고 돌아오셨어요."

"뭐라고 하면서요?"

"그냥 손을 씻고 배에 녹이 슬었다고만 하셨어요."

"시리 얘기는 없고요?"

"딱히 생각 나는 얘기는 없었어요." 아멜리에가 대답했다.

"만하임에서 얼마나 오래 일하셨어요?"

"30년이요. 시리의 견진 성사를 도우려고 왔다가 정식 고용이 됐죠."

"이 가족의 첫인상이 어땠나요?"

아멜리에는 잠시 말을 잇지 못했다. 어떻게 대답할까 고민하는 듯 눈이 가늘어졌다.

"베르테르 씨가 시리 아버지인가 생각했던 기억이 나요." 아멜리에가 미소를 지으며 대답했다. "파티 때 연설도 베르테르 씨가 하고 가족을 대표해 선물도 줬거든요."

"시리 어머니의 다이아몬드 반지요?"

"네." 아멜리에가 대답하고 눈을 깔았다.

"베르테르 씨에게 감정이 그리 좋지 않은 것 같아요?" 율리아가 아멜리에를 유심히 관찰하며 집요하게 물었다.

"죽은 사람 험담을 하는 건 도리가 아니지만, 대하기 힘들었어요. 특히 술을 마실 때요." 아멜리에가 조용히 대답했다.

"호의를 보이는 사람이 아예 없는 것 같더라고요. 그런데 무례하고 공격적인 사람이 베르테르 하나만은 아니던데…."

"그렇죠."

"어떤 점 때문에 베르테르를 특별히 더 싫어한 거예요?"

아멜리에는 무표정을 유지했다. 하지만 다음 냅킨 다발을 서랍에 넣는 손이 떨리고 있었다.

"무슨 일이 있었어요?" 율리아가 물었다.

"무슨 일이라뇨?"

"베르테르가 이 집에 올 때마다 휴가를 냈잖아요."

아멜리에가 서랍을 닫고 율리아를 돌아보았다. 눈동자가 새까매졌고 뺨에는 성이 난 듯한 홍조가 번졌다.

"베르테르 씨는 여느 부자들처럼 노동자 계급을 대했어요. 하지만 때가 됐을 때 나는 용기 있게 방어할 수 있었죠."

"잘하셨어요." 율리아가 말했다.

"인사불성으로 취해서 주방으로 오더니 나한테 말했어요. 내가 돈을 너무 많이 가져가는 것 같다고, 수당에 다른 서비스도 포함되어야 한다고… 셀러리를 써느라 바빠서 그냥 무시했는데… 내 옆에 달라붙어서 나를 카운터로 밀고 치마에 손을 넣었어요. 뭐, 나는 칼을 든 채로 돌아섰고… 그런 다음 모니카 씨가 있는 서재로 가서 베르테르 씨가 자해를 했고 앰뷸런스를 불러야 할 것 같다고 말했죠. 이후로 아무도 그 사건을 입에 올리지 않았지만 모니카 씨는 베르테르 씨가 방문할 때마다 제가 휴가를 요청하면 허락하셨어요."

"그 사람을 증오했나요?" 율리아가 물었다.

"그렇게 말하고 싶지는 않아요."

"베르테르를 싫어하지 않은 사람이 있기는 한가요?"

긴장으로 굳었던 아멜리에의 표정이 누그러졌다. "시리는요, 아마."

"왜요?"

"가장 막내고 베르테르 씨가 늘 편을 들어줬으니까요. 시리 생일이면 빠지지 않고 찾아왔고요. 그런 점이 왠지 모르게 좋았어요. 늘 시리가 딱하다고 생각했거든요."

"어째서요?"

아멜리에가 목소리를 낮췄다. "아무도 그 애를 보살피지 않았어요. 사실상 방치되어 컸죠. 그렇다고 들었어요. 엄마인 세실리아는…"

마룻바닥이 삐걱거리는 소리에 아멜리에가 얼른 입을 다물었다. 고개를 돌리고 보니 안드레가 문가에 서서 두 여자를 지켜보고 있었다.

"하려던 말이 뭐였어요?" 율리아가 물었다.

"아, 아무것도 아니에요." 아멜리에가 중얼거리고 서둘러 주방으로 돌아갔다.

율리아는 남은 냅킨들을 마저 넣고 서랍을 밀어서 닫으며 뒤에서 접근하는 안드레의 기척을 느꼈다. 뒤를 돌아본 순간, 안드레가 율리아 머리 옆의 서랍장으로 한 손을 뻗고 몸을 기댔다.

율리아는 시선을 피하지 않고 똑바로 쳐다보았다. 마주 보는 그의 눈빛이 고양이처럼 차분했다. 다리에 힘이 풀리고 식은땀이 흘렀다.

"볼일 끝났으니 이만 가봐야죠. 이제부터는 경찰이 맡아서 할 텐데." 안드레가 웃음기 없는 미소를 지으며 말했다.

율리아의 턱이 떨리기 시작했다. 무력감에 눈물을 참기 힘들었다. 다른 사람의 손길이 닿는다고 생각하니 두려워서 근육 하나 움직일 수 없었다. 건드리지 말고 가라는 말이 턱 끝까지 올라왔지만 한마디도 할 수 없었다.

안드레는 침착하게 율리아를 뜯어보고는 몸을 기울여 입을 맞추고 돌아서서 가버렸다.

율리아는 바닥에 주저앉아 얼굴을 부여잡고 입술을 문질렀다. 입술에 닿았던 찢긴 몸들의 감촉이 사라질 때까지. 서서히, 하지만 확실하게 평정을 되찾은 뒤에는 뺨의 눈물을 닦고 지팡이로 몸을 일으켰다.

율리아는 여전히 거칠게 숨을 쉬며 로비로 향했고 현관문을 열고 입구의 계단으로 나왔다. 쌀쌀한 공기가 폐를 가득 채웠다. 안드레는 어느새 호숫가까지 가서 경찰 저지선을 따라 천천히 걷고 있었다. 화창한 날이었고 공기 중에 떠다니는 꽃가루와 벌레가 밝은 햇살에 비쳐 보였다.

서둘러 계단을 내려가 자갈길에 서 있는 안드레의 은색 포르셰에 다가갔다. 떨리는 팔로 티타늄 지팡이를 들고 앞 유리를 와장창 깨뜨렸다. 움푹 파일 때까지 지팡이 손잡이로 보닛을 무한히 내리쳤다. 그런 다음에는 전조등을 깨뜨리고 차의 옆으로 이동해 문을 공격했다.

바로 그때, 붉은 방 창문에서 토끼 눈을 하고 지켜보는 시리를 발견했다.

율리아는 숨을 헐떡이며 멈칫했다. 하지만 이내 시리에게 손을 흔들어주고는 다시 지팡이로 측면 유리를 깨고 다른 문도 망가뜨리고 후미등을 박살 냈다.

28

율리아는 가쁜 숨을 몰아쉬었다. 온몸을 떨며 현관 계단을 올랐다. 멈추지 않고 거실로 들어가 반짝이는 그랜드 피아노와 서재의 바를 지나며 시리가 어린 시절 방치되어 컸다는 아멜리에의 말을 생각했다.

붉은 방에 들어서자 오래된 책들의 조금은 달콤한 냄새가 율리아를 반겼다.

시리는 무릎에 초콜릿과 두툼한 책 한 권을 얹고 안락의자에 앉아 있었다. 하얀색 니트 스웨터와 와이드 팬츠를 입은 그녀의 여린 발에는 슬리퍼가 신겨 있었다.

"무슨 일이에요?" 시리가 독서용 안경을 테이블에 내려놓으며 차분히 물었다.

"안드레 차와 사고가 있었어요." 율리아가 대답했다.

"우리 오빠가 잘 웃기는 해도 언제나 세상에서 제일 다정한 남자처럼 행동하지는 않죠."

"그러게요." 율리아가 말했다.

"한 번씩 주고받은 건가요?"

율리아는 질문을 무시하고 시리의 맞은편 의자에 앉아 머리카락을 정리하려 손을 올렸다. 이마가 축축했다.

"조지 손더스 책이네요." 시리의 무릎에 놓인 책을 턱으로 가리키며 말을 걸었다. "어때요?"

"재미있어요. 아주 독특하고." 시리가 말했다.

"그 사람이 쓴 유령 이야기 좋아해요." 율리아가 웃으며 지팡이를 무릎에 얹었다.

"그러니까요…." 시리가 웃음을 터뜨렸다. 얼굴이 환해지며 앳되고 장난스러운 빛이 스쳤다. "초콜릿 드셔도 돼요."

"고마워요." 그렇게 말한 율리아가 긴 납틀 창문을 물끄러미 내다보았다.

환한 아침 햇살 때문에 바깥의 소나무가 부자연스러운 초록색으로 보였다. 창틀에 죽어 있는 파리가 외풍에 살짝 움직였다.

"초콜릿이 심장에 좋대요."

"만하임에서 갇혔다고 느낀 여자들이 있나 보더라고요." 율리아가 화제를 돌리며 말했다.

"이 세상 모든 여자들이 그렇지 않나요?"

"당신도 어린 시절이 힘들었다고 들었어요." 율리아가 시리를 돌아보며 집요하게 말했다.

"누가 그래요?"

"다섯 명 중 막내인데다 유일한 여자였죠." 율리아가 질문을 무시하고 말을 이었다.

"뻔뻔해져야 했어요."

"그래서 효과가 있었어요?"

시리가 목덜미를 문질렀다.

"그랬던 것 같아요… 아무도 관심을 주지 않는 게 일상이었지만요. 다들 자기 일로 바빴죠. 나는 너무 어렸고요."

"많이 외로웠겠어요."

시리가 어깨를 으쓱했다. "학교 친구들이 있었어요. 체조도 했고…."

"부모님은 회사 일을 하셨죠?"

"네, 처음에는요."

"나중에는 어떻게 됐는데요?"

시리가 한숨을 쉬었다. "아빠는 술독에 빠지고 엄마는 편두통이 심해졌어요."

율리아가 고개를 끄덕였다. "그래서 어떻게 됐어요?"

"두 분은 며칠씩 집을 비웠어요. 더 오래 있다가 올 때도 있었고요." 시리가 말했다.

"그럼 당신은 누가 보살핀 거예요?"

"아무도요. 그냥 그렇게 컸어요. 다른 아이들처럼."

"평범하게 들리지는 않아요."

"가끔 베르테르가 먹을 걸 들고 와서 냉장고를 채워줬어요." 기억이 떠오르자 시리의 눈에 눈물이 고였다.

"하지만… 뭐라고 해야 할까… 깨끗한 옷을 입혀주고, 머리를 빗겨주고, 제때 잠자리에 들게 해준 사람은요?"

"나는 그런 식으로 안 컸어요." 시리가 말했다.

"아니라고요?"

"내 몸은 내가 알아서 챙겼고, 그래서 좋았어요. 어른이 된 기분이었죠. 자고 싶을 때 자고 뭐든 할 수 있는…."

"어머니가 늘 편두통에 시달리지는 않았을 텐데요?"

"그렇죠." 시리가 말하며 시선을 피했다.

"어머니 컨디션이 좋을 때는 어땠어요?"

시리의 얼굴에 곤란하다는 표정이 스쳤다. "컨디션이 좋았던 적이 없어요. 중증 우울증이었거든요. 증상이 가장 심할 때를 엄마가 그냥 편두통이라고 한 거예요."

시리는 이 대화가 불편해지고 있는 것이 분명했다. 목소리가 차가워지고 이마에 깊은 주름이 나타났다.

"어머니 기분이 안 좋을 때는 어떻게 대처했어요?" 율리아가 물었다.

"그런 말로는 부족한데…."

"알아요. 하지만 궁금해서요… 어머니를 돌봐야 한다는 책임감을 느꼈어요?"

시리가 황당하다는 듯 율리아를 보았다. "네?"

"말뜻이 잘 전달될지 모르겠지만, 부모 역할을 자청하는 아이들도 있잖아요."

"아니, 나는 아무것도 안 했어요. 엄마가 나를 못 견뎌 했는데요. 엄마가 블랙홀에 빠져 있을 때마다 나는 피해 있어야 했어요. 엄마는 나를 미워하고, 철저하게 무시했어요."

"혹시 산후우울증을 앓으셨던 걸까요?"

시리가 초콜릿 한 조각을 잘랐다.

"그렇지 않을까 늘 생각하긴 했어요. 진단을 받은 적은 없지만… 악순환이었죠. 엄마 병 때문에 아빠는 술을 더 많이 마셨고, 아빠가 술을 마시면 엄마는 더 우울해졌고. 솔직히 두 사람 결혼은 엉망진창이었어요. 한마디로 고통뿐이었죠." 그 말을 하며 시리의 눈에 고였던 눈물이 뺨을 타고 흘러내렸다. "엄마 병이 치매로 발전했는지는 모르겠어요. 나는 그냥 엄마 심기를 거스르지 않으려고 최선을 다했어요. 나만 보면 비명을 지르고 물건을 던졌거든요."

시리는 초콜릿 조각을 먹고 뺨의 눈물을 닦고는 진지한 분위기를 가볍게 띄울 작정으로 미소를 지었다.

"뭐라고 외치던가요?"

"모르겠어요. 기억도 안 나고요. 생각하고 싶지도 않아요. 결국 내가 열 살 때 24시간 운영하는 병원으로 강제 입원을 당했죠… 한 번 보러 갔는데 약에 취해서 나를 알아보지도 못하더군요."

"힘들었겠어요."

"오빠들이 있었으니까요."

"그래도… 어머니 역할이 중요한데."

"가슴 깊은 곳에서는 나를 사랑했다는 걸 알아요." 시리가 마치 혼잣말처럼 말했다.

"네." 율리아가 조용히 말하고 일어났다.

바 카트로 가서 냅킨을 들고 시드니가 모니카에게 그랬던 것처럼 시리에게 냅킨을 건넸다.

"그게 거짓말이라는 것도 알고요." 시리가 중얼거리고 코를 풀었다. "그냥 그렇게 혼자 위안하는 거죠."

율리아가 다시 의자에 앉았다.

"아버지는요?"

"아빠도 나를 사랑했다고 생각하지만 아빠는 너무 약했어요. 엄마 문제를 어떻게 하지 못하고 엄마가 또 발작을 일으킬 때마다 그냥 부엌으로 가서 물을 마셨어요. 나는 분위기가 정말 심각해지면 PG와 베르테르를 보러 이 집으로 왔어요."

"그 가족은 어땠어요?"

"별 차이 없었어요."

"PG와 베르테르의 어머니가 자살했을 때 기억해요?"

시리가 고개를 저으며 또다시 코를 풀었다. "너무 어려서 몰라요. 아기였으니까."

"어떻게 된 거래요? 혹시 알아요?"

"아뇨." 시리가 대답하고 자리에서 일어났다.

29

점심 식사 후 PG는 숲에 무슨 볼일이 있다고 사라졌고 모니카도 머리를 하러 순스발로 가서 저택에는 율리아와 시드니만 남았다. 아멜리에도 집에 없었다. 세탁소에서 양탄자를 찾아온다고 나갔기 때문이다.

"기회가 생기면 도둑질할 마음이 생긴다더니." 시드니가 말했다.

율리아는 현관에서 시드니를 따라 거실에 있는 그랜드 피아노로 향했다. 시드니가 의자 옆에 무릎을 꿇고 앉았다. 율리아는 시드니가 눈을 찌푸리며 족집게를 꺼내 벨벳 쿠션에서 긴 금발을 한 가닥 집어 증거통에 넣는 모습을 지켜보았다.

그런 다음 두 사람은 복도를 지나 숲 쪽에 있는 PG와 모니카의 별실로 향했다.

율리아가 망을 보는 동안 시드니가 재빨리 안으로 들어갔다. 양쪽으로 여는 미닫이문이 스르르 닫히며 텅 부딪히는 소리가 왠지 으스

스했다.

율리아는 뒤를 돌아 사무실 너머에 있는 복도를 주시했다.

벽등의 침침한 불빛이 짙은 색 벽을 비췄다. 율리아는 몇 걸음 나아가 걸쇠로 잠겨 있던 문을 열었다. 좁은 문 뒤의 골방에는 낡은 부츠, 우산, 구명조끼, 우비, 오래된 장난감 상자가 엉망으로 뒤엉켜 있었다.

앞에 은색 별 장식이 있는 작은 카우보이 모자, 꼬리를 씹은 자국이 있는 플라스틱 티라노사우루스, 액션 피규어, 파란 스머프 인형들로 가득한 통도 보였다. 50년 전 아이들이 가지고 놀 법한 장난감들이었다.

율리아는 미닫이문으로 돌아오며 만하임에 어린아이나 청년이 없다는 기이한 사실을 떠올렸다. 현 세대 누구도 아이를 낳지 않았다고 모니카는 말했다.

집은 온통 고요했고 조각 마루가 온도 변화에 반응해 작게 뒤틀리는 소리밖에 들리지 않았다. 마치 누군가 호두 껍데기를 바닥에 떨어뜨리는 소리 같았다.

율리아는 PG의 어머니가 스스로 생을 마감했고 시리의 어머니가 일종의 반응성 조울증을 앓았을 것이라는 생각에 다시 집중해 보았다. 양쪽 집 어머니가 다 심각한 정신 질환을 가지고 있었다니 참 신기했다. 하지만 근본적인 원인이 다르지 않다면?

이야기로 들은 두 여자의 결혼 생활은 완전히 파탄 상태였다.

율리아는 불현듯 외부의 시선으로 자신을 바라보고 그 생각을 거두었다. 율리아도 제 손으로 결혼 생활을 망쳐놓고 전남편을 곁에 두려는 발악으로 그를 조수로 고용하지 않았던가.

바깥의 자갈길에 차 한 대가 멈춰 서는 소리가 들려 율리아는 뒤를 돌아 미닫이문을 살짝 열었다.

"시드니?" 율리아가 목소리를 최대한 낮추고 속삭였다. "나와! 당장!"

시드니의 대답에 귀를 기울였지만 방 안에서는 아무 소리도 들리지 않았다.

밖에서 차 문이 쾅 닫히자 율리아의 심장은 달음박질을 시작했다.

"시드니!"

율리아가 손을 놓자 육중한 문이 저절로 닫혔다. 지팡이 끝을 넣어 소리를 죽이려 했지만 나무와 나무가 순간 덜컹하고 부딪히는 소리는 멀리서 울리는 천둥소리와도 같았다.

황급히 복도로 돌아 나오던 율리아가 현관문 열리는 소리에 멈춰 섰다.

발소리가 주방으로 향하더니 이어 냄비가 쨍그랑거렸다.

율리아는 계속 앞으로 움직여 아멜리에와 동시에 현관으로 나왔다. 가정부는 한 손에 냄비 뚜껑을 들고 서 있었다.

"아, 거기 계셨네요." 율리아가 놀란 연기를 하며 유쾌하게 말했다. "어디 계신 줄 몰라서 다 찾아다녔어요."

"세탁소에 갈 일이 있었어요."

"아, 맞다… 시드니가 편두통 때문에 진통제가 필요한데…."

율리아가 말을 흐렸다. 시드니가 복도로 걸어 나와 두 사람을 발견하고 우뚝 섰기 때문이다.

"안 그래도 아멜리에에게 편두통 얘기하고 있었어. 약 찾았어?"

"아니, 그… 허락 없이 들어가고 싶지 않아서." 시드니가 손가락 끝으로 왼쪽 눈을 꾹꾹 누르며 말했다.

"무슨 약 줘요?" 아멜리에가 조금은 주저하는 목소리로 물었다.

"아무거나 괜찮아요."

"PG 씨는 보통 술 먹은 다음 날 나프록센을 드세요."

"그것도 좋습니다." 시드니가 앓는 소리를 냈다.

그들은 아멜리에를 따라 복도에서 PG의 사무실로 들어갔다. 밖에서 높은 나무들이 햇빛을 차단해 방 안의 분위기는 조용하고 아늑했다. 필름 상자 옆의 스탠드에 연회색 프로젝터가 보였다.

아멜리에는 곧장 책상 뒤로 가서 첫 번째 서랍을 열고 약상자를 꺼냈다. 뒷면의 글씨를 훑다가 그 상자는 다시 넣고 다른 상자를 꺼내 시드니에게 건넸다.

"물 드릴게요."

시드니는 고맙다고 인사하고 알약 하나를 꺼내 들었다.

아멜리에가 책상에서 물이 가득 든 물병을 들고 유리잔에 물을 따라주었다.

"PG가 필름 상영도 하나요?" 시드니가 알약을 삼키는 동안 율리아가 물었다.

"가족 영상을 디지털화하실 계획이래요." 아멜리에가 설명했다.

"구스타프 6세 아돌프." 율리아가 프로젝터에 들어가 있는 필름의 제목을 읽었다.

"네, 1956년에 만하임 창립 100주년을 맞아 국왕 방문 행사가 있었죠."

"와."

"쉴베스테르 씨는 국가에 기여한 공로로 왕실로부터 훈장을 받으셨고요."

"시드니, 당신은 이런 거 없지." 율리아가 농담했다.

시드니는 대답하지 않고 눈을 지그시 누른 채 말없이 서 있었다.

"PG 씨가 두 분에게도 영상을 보여드리려 했던 것 같은데… 뭐, 상황이 상황이니 그럴 기회는 없겠네요."

"지금 봐도 되나요?" 율리아가 물었다.

"글쎄요…."

"재미있을 것 같아요. 안 그래, 시드니?"

"그렇지." 시드니가 밝게 웃으며 말했다.

처음부터 필름 상영을 계획한 사람처럼 아멜리에가 창가로 가서 커튼을 닫았다. 율리아는 프로젝터 전원을 켜고 화면이 완전한 밝기에 이를 때까지 기다렸다가 필름을 재생하고 첫 번째 이미지가 뜨자 초점을 조절했다.

소리 없는 흑백 영상은 야회복과 연미복을 입고 만하임에 도착하는 사람들의 전경으로 시작되었다.

율리아와 시드니, 아멜리에는 컴컴한 방에서 셀룰로이드 한쪽에 저장된 과거의 이미지들을 감상했다. 틀에 걸린 필름이 덜컹거렸다.

스위치를 살짝 건드리자 이제는 저세상으로 간 사람들이 다시 한 번 만하임의 호화로운 실내를 가득 채웠다.

프로젝터의 팬이 위이잉 돌아가며 뜨거운 금속 냄새를 뿜었다.

"저분이 쉴베스테르 씨예요." 아멜리에가 나직이 말했다.

정장을 입은 남자는 눈빛이 차갑고 입술이 더 두꺼울 뿐 PG와 외모가 똑같았다. 작은 연단에서 나이가 지긋하고 배가 불룩 나온 콧수염 신사와 대화하는 중이었다.

"저분은 린네아 씨고요."

젊은 여자가 쉴베스테르를 돌아보았다. 조금 전 대화를 나누며 활짝 웃었던 흔적이 얼굴에 남아 있었다.

"굉장한 미인이네요." 율리아가 감탄했다.

린네아는 머리를 말아 올리고 진주가 박힌 은색 티아라를 썼다. 상체 부분이 딱 달라붙는 실크 드레스를 입고 진주 목걸이를 했으며 다이아몬드 반지를 낀 손을 쉴베스테르의 팔에 올렸다.

갑자기 카메라 앵글이 바뀌고 복도의 벽에 붙어 대기하는 손님들을 비추었다. 도착한 왕과 수행단이 양쪽에 늘어선 사람들 사이를 지나 쉴베스테르가 기다리고 있는 무대 앞까지 걸어왔다.

구스타프 6세 아돌프는 가슴에 별 두 개가 달린 남색 제복, 금색 줄무늬로 장식한 바지와 와이셔츠 차림이었고 목에는 검은색 나비넥타이를 맨 모습이었다.

일흔은 확실히 넘어 보였다. 백발은 한쪽으로 깔끔하게 빗어 넘겼고 검은 테 안경을 쓴 얼굴은 대체 지금 무슨 상황인지 모르겠다는 듯 멍해 보였다. 수석 부관과 여덟 명의 부관이 주위에 섰고 추밀원장이 반짝이는 나무 상자를 열어 왕에게 건넸다. 왕은 조심스럽게 계단을 올라 쉴베스테르 옆에 섰다.

그러고는 쉴베스테르 모트에게 무슨 말을 하고는 훈장이 든 상자를 건넸다. 두 남자는 놀라울 만큼 강한 힘으로 악수를 하고 몇 마디 더 주고받고는 하객들을 돌아보았다.

취주악대가 팡파르를 연주하는지 다들 기립하는 장면에서 영상은 끝났다. 화면이 흰색으로 변했고 기계에 헐겁게 걸린 필름이 펄럭였다.

30

베르테르의 법정 대리인이 가족에게 마지막 유언장과 유서를 공개한다고 회의를 소집했다. 율리아와 시드니도 참석해달라는 요청을 받았기에 두 사람은 커다란 식탁에 둘러앉은 모트 일가 뒤의 벽에 의자를 놓고 앉았다.

안드레가 성큼성큼 걸어와 율리아의 눈을 똑바로 쳐다보았다.

"경찰에 신고할 거니까, 그렇게 알고 있으라고." 안드레가 으름장을 놓았다.

"무슨 말을 하는지 모르겠네요."

"내 차를 망가뜨렸잖아."

"네?" 율리아가 놀란 척 말했다. "내가 뭐 하러 그런 짓을 해요?"

비에른은 초조한 듯 휠체어를 움직이며 식당으로 이동했다. 바퀴가 조각 마루에 지저분한 타이어 자국을 남겼다. 시리가 일어나 의자를 빼서 휠체어가 들어갈 공간을 만들어주었다.

안드레가 율리아에게서 고개를 돌리고 비에른의 옆에 앉았다.

그 대신 PG가 다가와 걱정스러운 눈으로 시드니를 뜯어보았다.

"좀 어때요?" PG가 물었다.

"많이 나아졌어요."

"다행이네요." 그렇게 말한 PG는 눈을 내리깔고 자기 의자로 걸어갔다.

모니카가 수첩과 펜을 나눠주었고 아멜리에는 스콘, 페이스트리, 카나페를 가득 담은 쟁반을 들고 나타나 식탁에 내려놓았다. 모니카가 고맙다고 인사하고 다른 사람들을 돌아보았다.

"드세요, 여러분." 모니카가 조용히 말했다.

비에른이 몸을 굽혀 모니카의 말대로 했다.

식당으로 빠르게 다가오는 발소리에 모두의 고개가 문으로 돌아갔다.

변호사는 차분하고 품위 있게 등장했다. 키가 큰 30대 여자로 남색 치마 정장과 구리색 실크 블라우스를 입고 있었다. 어깨까지 내려오는 검은 머리카락은 윤기가 흘렀고 눈은 호박색이었으며 입매는 진중했다.

"만하임에 어서 오세요." PG가 말했다.

"감사합니다." 변호사가 대답하고 의자에 앉았다.

"시작합시다. 빨리 뜯어버려요." 비에른이 중얼거렸다.

변호사는 앞의 식탁에 서류 가방을 올리고 의자의 위치를 조절했다.

"직계 상속인이 없을 경우 모트 가문은 오랜 전통에 따라 재산 분할을 예방하기 위해 적절한 시기에 유언장을 작성합니다." 말을 시작한 변호사가 차를 내온 아멜리에에게 고맙다고 인사했다.

"우리가 태어나기 전에는 어머니가 아버지 재산을 상속받으실 예정이었죠." PG가 부연 설명을 했다. "내 재산은 모니카에게 갈 거고요. 아버지가 그 점은 확실히…."

"관심 없고." 비에른이 끼어들었다. "나는 베르테르의 유언장에 뭐라고 쓰여 있는지만 알면 됩니다."

"고인은 결혼하지 않았고 직계 상속인도 없습니다." 변호사가 말을 이었다.

"다 아는 얘기잖아! 뭐야, 이거." 비에른이 주변을 둘러보고 동조를 구하며 웃었다.

"가장 가까운 가족은 페르 귄터로 베르테르가 유언장을 쓰지 않았더라면 그가 전 재산을 상속받았을 겁니다." 변호사가 침착하게 말하며 가방에서 봉투를 꺼내 열었다.

"하지만 유언장을 썼다." 안드레가 머리카락을 쓸어 넘기며 말했다.

"네." 변호사는 워터마크가 박혀 있는 스테이플러로 찍은 종이 두 장을 식탁에 놓았다. "이 유언장은 7년 전에 작성된 겁니다. 베르테르 모트가 서명을 했고 저희의 공증을 거쳐 규정에 따라 제출되었습니다. 내용과는 무관하게 다소 특이한 사항이 있는데, 유언장이 하나의 문장으로 시작한다는 점입니다. 베르테르가 저희에게 낭독하라고 지시한 부분이요."

"그래요." 안드레가 한숨을 쉬었다.

변호사가 목을 가다듬었다.

"그 문장은 다음과 같습니다. '언젠가 내 영혼을 훔친 편지를 읽은 적 있다.'"

순간 식탁에 정적이 흘렀다.

"저게 뭔 개소리야?" 잠시 후 비에른이 따져 물었다.

"영혼이라고?" PG가 속삭였다.

"이제 유언장으로 넘어가도 될까요?" 모니카가 물었다.

"네." 변호사가 말했다. "베르테르는 자신의 지분과 재산, 모든 사유물을 한 사람에게 남겼습니다. 시리 모트."

"방금 뭐라고 한 거요?" PG가 빽 소리를 질렀다.

"저는…."

모니카가 떨어뜨린 컵이 바닥에서 산산이 부서졌다. 도자기 파편이 조각 마루 위로 흩어졌다.

"저는 유언장에 적힌 내용을 읽었을 뿐입니다." 변호사가 대답했다.

PG가 손바닥으로 식탁을 내리치자 시리가 움찔했다. 비에른은 양손으로 얼굴을 감싸고 의자에 등을 기댔다.

"믿을 수 없어." 모니카가 외쳤다. "대체 왜…."

"협박이야." PG가 말을 잘랐다.

"제발… 그만 해요." 시리가 눈물이 그렁그렁해서 애원했다.

"무슨 수작을 부린 거야, 시리?" PG가 떨리는 목소리로 물었다. "설명해 봐. 너 알고 있었지?"

"몰랐어요." 시리가 고개를 저으며 속삭였다.

"저게 속임수를 쓴 게 분명해." 모니카가 말했다.

"아니, 아니에요." 시리가 울먹였다. "내가 원한 게 아니라고요. 충격을 받은 건 나도 마찬가지…."

"다들 진정하시죠." 변호사가 말했다. "그래야 제가…."

"말도 안 돼." 모니카가 끼어들었다. "이의를 제기할 거야. 이건 쉴베스테르… 레오폴드, 만하임의 유지를 완전히 부정하는 처사라고."

시리가 한 손으로 입을 틀어막았다.

"베르테르가 늘 시리를 딱하게 여기기는 했지만 이 정도는 아니었어." PG가 말했다. "기존의 10퍼센트에 형이 준 35퍼센트까지 받으면 시리가 대주주가 된다는 소리 아냐."

"나는 망했네." 안드레가 중얼거렸다.

"이야, 뭐가 뭔지 하나도 모르겠다." 비에른이 씩 웃으며 말했다.

"잠시만요." 변호사가 목소리를 높였다. "여기서 말하는 지분은 25퍼센트입니다."

"뭐요?" PG가 말했다.

변호사가 일어나 식탁에 양손을 얹고 상체를 기울였다.

"제가 마무리하게 해주시겠어요?"

수군대는 소리가 잦아들었고 다섯 명 모두 창백해진 얼굴로 변호사를 다시 보았다. 모니카는 입을 굳게 다물고 있었다.

"베르테르는 사망 당시 만하임의 25퍼센트를 소유하고 있었습니다. 최근에 10퍼센트를 비에른에게 양도해서요." 변호사가 설명했다.

"이게 뭐야? 쿠데타야?" PG가 육촌들을 돌아보며 물었다.

"비에른의 척추가 다친 걸 보상하고 싶다고 나한테 연락을 했더라고요." 안드레가 긴장한 듯한 목소리로 대답했다.

"우리 형은 그럴 사람이 아니야." PG가 말했다.

"거기에도 이의를 제기해야지." 모니카가 말했다. "그랬다면 베르테르가 정신적으로 불안정한…."

"지금 무슨 말을 하는 거야?" 안드레는 거의 비명을 질렀다. "당신이 뭘 안다고! 여기 있을 자격도 없잖아. 그냥 저 사람들 다 내보내고…."

"입 다물어, 안드레." PG가 쏘아붙였다.

31

소란스러웠던 회의가 끝나고 모트 가족이 뿔뿔이 흩어진 후, 율리아와 시드니는 이층 복도 끝에 있는 시드니의 방에서 저녁을 먹기로 했다. 예배당과 옛 방앗간이 내다보이는 커다란 창문 옆의 원형 탁자에 아멜리에가 준비해준 요리인 튀긴 송어와 감자, 레물라드 소스를 펼쳐놓았다. 하늘은 맑았고 호수 수면에 보름달이 반짝거렸다. 밀도 높은 물질과도 같은 숲은 고대의 외계에서 온 존재감을 드러냈다.

시드니를 탐정 사무소로 영입하겠다는 계획을 아직 입 밖으로 꺼내지 못했다는 사실을 떠올리자 율리아는 가슴이 찢어지게 괴로웠다. 하지만 단둘이 있는 찰나의 순간을 망치고 싶지는 않았다. 조급하게 행동했다가는 시드니가 화를 내고 제안을 거부할까 두려웠다. 지금은 이 사건부터 해결해야 했다. 그 과정에서 시드니의 마음을 사로잡으면 더 좋겠지. 그런 다음 슬쩍 운을 띄우고 제안하는 거다. 6개월 휴직을 하고 탐정 일이 잘 맞는지 확인해보자고.

"무슨 드라마도 아니고." 시드니가 한숨을 쉬며 유리잔에 와인을 더 따랐다.

"다들 베르테르의 유언장에 진심으로 놀란 것 같았어." 율리아가 바삭한 생선 요리를 먹으며 말했다.

"그러게. 누가 가장 놀란 것 같았어?" 질문한 시드니가 율리아의 표정을 뜯어보았다.

"시리일까?" 율리아는 대답하며 테이블 아래로 펌프스를 벗어 던졌다.

시드니는 눈을 가늘게 떴다. 생각에 집중할 때 나오는 버릇이었다.

"나는 모니카와 PG가 가장 당황했다고 생각했어." 시드니가 말했다.

"PG는 완전히 이성을 잃었지." 율리아가 고개를 끄덕였다.

"다른 사람들 반응 봤어?"

"봤지. 모니카 때문에 안드레가 성질을 부렸잖아. 하지만 변호사 말을 듣는 동안에는 '나는 망했네'라고밖에 하지 않았어. 한숨을 쉬는 게, 시리에게 재산을 넘긴 이유는 이해하지만 설마 실제로 그렇게 하리라고는 예상 못 한 눈치였어."

"비에른은 어때?"

"그냥 두 손에 얼굴을 묻고 있던데." 율리아가 감자튀김 몇 개를 소스에 찍으며 대답했다.

"그랬어?"

"응."

율리아는 와인을 한 모금 마시고 변호사가 유언장을 읽을 때 사람들이 어떤 얼굴을 했는지 한 명씩 기억을 되감아 보았다. 시리는 놀라서 눈을 휘둥그레 떴다. PG는 얼굴이 창백해졌고 이성을 잃었을 때처럼 아랫입술로 침을 흘렸다. 모니카는 이를 어찌나 꽉 물었는지 관자놀이의 혈관이 꿈틀거렸다.

"베르테르가 사망 2주 전에 비에른에게 10퍼센트를 양도한 사실은 우리도 알았어." 시드니가 말했다. "하지만 진짜 폭탄은 나머지 25퍼센트를 시리가 물려받게 된 거였고…."

"자꾸 웃음이 나오네." 율리아가 말했다. "갑자기 육촌들이 다수파로 등극하다니 말이야. 왕이 죽고 권력이 쪼개진 거지."

시드니는 와인을 더 마시고 잔을 내려 엄지로 입술을 닦았다.

"유언장은 7년 전에 작성된 거야. 그 정도면 당시에는 베르테르의 정신이 온전했고 스스로 원해서 그렇게 했다고 봐도 돼." 시드니가 말했다. "아내나 자식도 없었잖아. 정말 시리 하나만 아꼈나 봐. 그렇게 생각하면 시리에게 전 재산을 주는 것도 이해 못 할 행동은 아니야."

"그러게…."

"편지 내용은 어떻게 생각해?"

"언젠가 내 영혼을 훔친 편지를 읽은 적 있다." 율리아가 기억 속에 있던 문장을 인용했다.

"무슨 뜻일까?"

"좋은 질문이야." 율리아가 대답했다. 시드니가 아니라 율리아 자신에게 답하는 듯한 말투였다.

율리아는 와인을 마시려 잔을 들었다가 문득 어떤 생각이 들어 행동을 멈췄다. 그 순간 한마디도 하지 않고 앞만 멍하니 응시했다.

"무슨 생각해?" 기다려도 말이 없자 시드니가 물었다.

"퍼즐 조각을 맞추고 있어."

"전원을 서재에 소집할 시간이 다가온 건가?"

"늦어도 내일까지는… 딱 하나 할 일이 남아 있어." 율리아가 대답했다.

시드니가 미소를 지었다.

"누구를 가리키고 있어?"

율리아는 와인잔을 아직 내려놓지 않았다는 사실을 뒤늦게 깨달았다. 천장등의 불빛이 흔들리는 붉은 액체에 반사되고 있었다.

"비에른이 베르테르의 괴롭힘, 경멸을 수년간 참아 왔다는 게 자꾸만 걸려서… 폭행으로 휠체어 신세까지 졌잖아. 보상금을 요청하라고 안드레가 등을 떠민 게 결정타였을 수도 있어."

"비에른이군."

"어디를 봐도 자꾸 화살표가 비에른에게 돌아와."

"불가능하기는 하지만 말이야. 휠체어를 타고는 복도에서 PG의 휴대폰을 꺼내 올 수 없으니까."

"사진은 예상 밖의 요소였어. 하나의 우연이 수사의 불씨가 된 거지. 설명할 방법은 그 밖에도 많지만 가장 가능성이 높은 건 PG가 세운 이론과 비슷하다고 봐. PG는 우리에게 말한 것처럼 술과 약을 먹고 자정 직전에 비틀거리며 밖을 돌아다녔고, 이걸 증명하는 목격자가 두 명 있어. 아마 나름의 의무감으로 사유지를 확인하려고 밤중에 돌아다니다가 맥주 창고에 불이 켜져 있길래 무슨 일인지 보려고 갔겠지. 그때 베르테르의 시신을 보고 사진을 찍었을 수 있어. 술이 너무 취해서 오는 길에 신고한다는 계획을 까먹었을 뿐… 그리고 다음 날 아침 일어났을 때 아무것도 기억하지 못한 거야."

"하지만 다음 날 아침에 휴대폰은 다시 서랍에 들어가 있었어." 시드니가 지적했다.

"실제로는 어땠을지 몰라. PG가 발뺌하려고 그렇게 말했을 수도 있어. 내 말은, 사진을 찍었을 무렵 베르테르가 이미 8시간 전에 죽었다는 사실을 PG는 알 턱이 없었잖아."

"그래서, 뭐야? 비에른이 거래에 굴욕감을 느꼈다고?" 시드니가 감자튀김 몇 개를 포크로 찍으며 물었다.

"비에른은 자기가 베르테르를 증오한다는 사실을 숨기지 않아. 비에른이 실제 범인이면 할 법한 행동이지."

"잡힐까 봐 걱정한다면." 시드니가 말했다.

"내 말이. 하지만 그런 것 같지 않아." 율리아가 말했다. "비에른은 무뚝뚝하지만 정의감도 있는 사람이야. 사람이 돈으로 죄를 무마해서는 안 된다고 생각하고… 베르테르는 비에른을 다치게 했고, 안드레가 협상을 하고 나서자 보상금을 지불했어. 자기 행동을 후회해서가 아니라, 그게 정당하고 당연하다고 생각해서가 아니라, 스캔들을 피하고 싶었기 때문에. 하지만 비에른은 차라리 스캔들이 터지기를 원했을 거야. 지분에는 아무 관심이 없어. 모든 걸 세상에 꺼내 보이고 싶은 거지. 오랜 세월 이어진… 불균형을."

"하지만 거래를 받아들이라고 안드레가 설득했다." 시드니가 말했다. "그럴 만도 하지. 어마어마한 액수니까."

"맞아. 하지만 나는 비에른이 마음을 바꾸고 베르테르와 대면하자고 약속했다고 생각해. 비난하거나, 아니면… 응징을 하려고."

"베르테르가 회의에 참석하러 온다는 사실도 비에른 혼자 알았지." 시드니가 고개를 끄덕이며 말했다.

"무슨 계획이었는지는 몰라. 하지만 베르테르는… 자기가 관용을 이미 충분히 베풀었다고 생각하고 역에서 택시를 타고 맥주 창고로 왔어. 비에른이 자기가 복원한 작품과 도구를 보관하는 곳에."

"예비 부검 소견서를 보면 둔기 외상이라고 나와 있어. 입자를 하나도 남기지 않은 물체로 머리를 한 번 가격했다고. 비에른의 도구일

가능성이 크지. 대형 망치 같은."

"비에른의 상체 힘은 강할 거야. 베르테르를 기다려 비난을 퍼붓다가 죽였을 수 있어. 의도였든 아니든."

"처음 불이 났을 때 당신이 창문에서 본 게 비에른이었겠네." 시드니가 말했다. "말이 되기는 해. 그런데 휠체어 탄 남자가 어떻게 시체를 호수에 빠뜨릴 수 있지? 아무리 힘이 세다고 해도 말이야."

"내게 이론이 하나 있어."

"나도 들을 수 있어?"

"조만간." 율리아가 웃으며 말했다.

"당신 생각이 늘 정확하지 않다는 건 알지?"

32

율리아는 15분 후 시작될 저녁 술자리를 위해 옷을 갈아입어야 해서 시드니의 방에서 나왔다. 복도를 걸을 때 나는 지팡이 소리는 페르시아풍 카펫이 약하게 흡수해주었다. 율리아는 방문 앞에 멈춰 서서 열쇠를 돌리고 부르르 몸을 떨며 캄캄한 방으로 들어갔다. 벽의 스위치를 더듬어 찾는 동안 찢긴 시신들 사이에 있을 때의 한기와 완전한 침묵이 엄습했다.

스위치가 찰칵 켜지고 방 안에 불이 들어왔다. 방 안이 어두운 창문에 형태가 일그러진 태양처럼 빛났다.

핸드백은 발밑의 바닥에 떨어져 있었다.

언제 가방을 떨어뜨린 거지.

지팡이로 몸을 지탱하고 허리를 굽혀 쏟아진 내용물을 전부 다시 담았다. 립스틱, 열쇠, 탐폰, 카드 지갑.

손 떨림이 겨우 멎은 후에야 지팡이를 침대에 기대두고 화장을 고치러 욕실로 들어갔다.

베르테르가 회의에 꼭 참석할 계획이었다는 사실을 아는 가족은 비에른뿐이었다. 율리아는 파우치를 열며 생각에 잠겼다. 하지만 다른 가족은 비에른이 참석할 예정이라는 사실을 알았어도 불참한다고 딱히 놀라지 않았을 것이다. 베르테르는 은둔자였고, 누구도 그의 행방을 궁금해하지 않았을 테니까. 시리야 자기 생일이 다가오면 이상하다 생각하겠지만 걱정까지 할 것 같지는 않았다.

비에른은 호수에 시신을 던지기 전 사진이 찍혔다는 사실을 몰랐다.

율리아는 거울로 몸을 기울여 컨실러로 흉터를 최대한 가렸다. 얼굴에 파우더를 바르고 립스틱을 칠한 후 블러셔로 뺨에 혈색을 조금 더하고 눈을 들여다보았다. 그러다 자신의 얼굴에서 어머니의 흔적을 발견하고는 동작을 멈췄다.

"범인이 수사를 예상하고 있었을까요?" 율리아가 거울 속의 모습을 향해 물었다.

베르테르의 시신이 댐 근처에서 떠오르지 않았더라면, PG의 휴대폰에 사진이 저장되지 않았더라면 수사는 이루어지지 않았을 것이다. 기껏해야 몇 년 후에 실종자를 찾는 정도로 끝났겠지.

율리아는 손목과 목덜미에 향수 몇 방울을 뿌리고 머리를 말아 올린 후 옷장에서 등이 뚫린 초록색 실크 드레스를 꺼냈다.

율리아와 시드니는 새롭게 치장한 모습으로 계단을 내려가 식당을 통해 서재로 들어갔다. 낡은 축음기에서 쓸쓸한 분위기의 재즈 음악이 흘러나왔다.

모니카와 PG가 천천히 앞뒤로 몸을 움직이며 춤을 추고 있었다. PG는 주름진 턱시도를 입고 버건디색 실크 스카프를 둘렀고, 회청색 칵테일 드레스를 입은 모니카는 긴 장갑을 끼고 목에 두 줄짜리 진주 목걸이를 찬 모습이었다.

안드레는 칵테일 셰이커를 들고 바 뒤에 서 있었다. 얼굴에는 거뭇거뭇 수염이 났지만 머리카락은 말끔하게 빗어 넘겼고 스트라이프 무늬 정장을 입었다. 시리는 치맛자락에 장식용 술이 달린 검은색 스팽글 드레스 차림으로 바 앞의 높은 의자에 앉아 있었다. 목에는 검은색 벨벳 리본과 꽃장식을 매달았다. 비에른은 나비넥타이를 맸고 흰 셔츠가 뱃살 때문에 터질 것 같았다.

음악이 멈추자 PG가 모니카의 손을 놓고 축음기로 비틀거리며 다가가 레코드판을 뒤집었다. 바늘에서 먼지를 튕겨내자 스피커에서 치지직 하는 잡음이 나왔다.

댐퍼 달린 코넷의 독주가 방 안을 채웠고 브러쉬가 스네어 드럼을 쓸었다.

시드니와 율리아를 발견한 모니카가 조금 취기 어린 미소를 지으며 반갑게 인사하고 술을 만들어줄 테니 바에 가서 앉아 있으라고 말했다.

"소유 구조가 바뀌어서 이제는 만하임 매각을 막을 방법이 없어요." 모니카가 셰이커에 얼음 몇 개를 넣으며 설명했다. "집을 빼앗기고 집에서 쫓겨나게 될 거고…."

"괜찮을 거야." PG가 다정하게 말했다.

그는 바에 몸을 기댄 채 은색 항아리에서 땅콩 몇 스푼을 퍼 손바닥에 담았다. 그러고는 한 알씩 입에 털어 넣었다.

"구세계의 종말이 다가오고 있네요. 우리는 죽어가는 순간들을 기념하는 중이에요." 모니카가 뚜껑을 돌려 진 병을 열며 말을 이었다.

"이상하게 눈물 한 방울 안 나오는데요." 안드레가 말했다.

"나는 그냥 다 너무 슬퍼." 시리가 눈 밑의 피부를 손가락으로 가볍게 누르며 중얼거렸다.

"그야 너는 돈이 있으니까." 모니카가 날카롭게 대꾸했다.

"꺼져요, 모니카."

"옳은 말이야." 모니카가 대답하며 율리아에게 술잔을 건넸다.

"시리, 당신에게 전 재산을 남겼다는 말을 베르테르가 왜 안 했을까요?" 율리아가 카운터에 잔을 내려놓으며 물었다.

시리가 눈물 맺힌 검은 눈으로 율리아를 돌아보았다. "모르겠어요. 정말 짐작도 안 가요."

"PG? 무슨 생각하세요?"

"저기 있는 술들도 다 뺏기기 전에 어서 다 마셔버리자고요." PG가 위스키를 한 잔 더 따르며 말했다.

"오늘도 위대한 탐정들의 모험은 계속되는군요." 안드레가 율리아를 빤히 쳐다보고 웃으며 말했다. "저녁 만찬에, 파티에… 서재에서 칵테일도 마시고."

"환대해주셔서 정말 감사히 생각하고 있습니다." 율리아가 감정 없는 목소리를 유지하며 대답했다.

"그런데도 돈을 받을 작정일 거고."

"무례하게 그러지 마요." 모니카가 긴장된 입매로 말했다.

"이게 제 일이에요… 이야기를 듣고 해석하는 것." 율리아가 말했다.

"잘되고 있어요?" 안드레가 물었다.

"네."

"이제 우리를 다 불러 모아 범인을 지목할 겁니까?"

"어쩌면요."

안드레는 술을 새로 채워달라고 잔을 내미는 비에른을 무시하고 자기 잔을 채웠다. 시리는 올리브를 빼 먹고 칵테일 스틱을 잔에 넣었다.

"비에른, 베르테르는 회사 지분 10퍼센트를 당신에게 양도한다고 서명했어요. 보상금으로요." 시드니가 말했다.

"넵." 비에른이 확인해주었다. 팔을 아무리 길게 뻗어도 바의 위스키병에 손가락이 닿을락 말락 했다.

"다 해결돼서 마음이 편해졌겠어요?"

"무슨 말을 하는 거야?" 비에른이 물으며 자기 잔에 술을 따랐다.

안드레가 말없이 비에른의 손에서 술병을 빼앗았다. PG가 눈을 비벼 아이라인을 뺨까지 퍼뜨리고 찌그러진 놋쇠 셰이커를 흔들기 시작했다.

"보상금이 스웨덴 기준으로는 상당한 액수라…."

"혹시 침묵하는 대가로 돈을 줬냐는 얘기라면 아닙니다. 나는 그 인간이 비열한 개자식이라고 평생을 말하고 다닐 거예요." 비에른이 쏘아붙이며 위스키를 들이켰다.

"그래서 가족끼리 모여 식사를 하는 거죠. 서로 악을 쓰고 고함을 지르기 위해." 모니카가 시드니에게 설명했다.

"외부인의 시선에 우리 모트 가문은 늘 완벽하게 보이죠." 비에른이 시드니에게서 시선을 거두지 않고 말을 이었다. "그렇게 연기하지 않으면 결국에는 뇌에 총알을 박거나, 목을 매달거나, 강에 뛰어들거나, 오븐에 머리를 처박거나…."

PG가 시리에게 술을 따라주려 했지만 시리가 손으로 잔을 가렸다. PG는 돌아서서 셰이커째로 술을 마시고는 손으로 입과 턱을 닦았다.

"천천히 마셔, 당신." 모니카가 남편의 등을 만지며 속삭였다.

안드레는 목이 뻣뻣하게 굳은 자세로 숙성된 럼을 그라파 잔에 부었다. 비에른은 셔츠에 위스키를 쏟았고, 시리는 눈을 내리 깐 채 일어나 서재를 나갔다.

"진실이 나올 시간이군요." PG가 혀가 꼬여 말했다.

"네." 율리아가 말했다.

"맙소사, 두 사람을 치워버릴 수만 있다면 내가 그냥 죄를 고백해 버리고 싶네." 안드레가 웃으며 율리아에게 잔을 들어 보였다.

모니카는 카운터에 팔꿈치를 대고 눈을 감았다. PG는 셰이커에 남은 술을 다 마시고 냉장고에서 얼음을 더 꺼내려 허리를 굽혔다. 그러고는 다시 일어나려다 균형을 잃고 쓰러지는 바람에 마룻바닥에 얼음이 와장창 쏟아졌다.

PG를 일으켜 세우는 모니카를 돕기 위해 시드니가 서둘러 달려갔다.

"일어날 수 있겠어요?" 시드니가 PG의 어깨에 팔을 두르며 물었다.

"괜찮아요." 모니카가 말했다

시드니는 마지못해 손을 뗐다.

"방금 뭐가 지나간 거야?" PG가 신음했다.

"가서 누워." 모니카가 말했다.

"난 괜찮아."

"내 말대로 해."

PG는 머리카락을 쓸어 넘기고 바에서 모니카의 술잔을 집어 들어 단숨에 들이켰다. 그러고는 시드니와 율리아를 돌아보았다.

"우리 마누라는 내가 망신스러운 짓을 할까 봐 걱정하는데, 걱정하지 마요. 나는 말을 잘 들으니 자러 갈 겁니다."

"도와줘?" 모니카가 물었다.

"됐어, 무슨. 그냥 손님들이나 잘 보살펴줘."

셔츠는 바지에서 삐져나와도 목에 실크 스카프는 여전히 우아하게 맨 채로 PG가 비틀거리며 바에서 나왔다.

"벌써 간다고?" 비에른이 눈을 찡그린 채 PG를 보며 중얼거렸다.

PG가 문가에 멈춰 서서 문틀에 몸을 기댔다. 다시 돌아오고 싶은 듯했지만 마음을 바꿨는지 계속 걸어갔다.

모니카가 시드니에게 술이 가득 찬 잔을 건네며 건배했다. 안드레는 럼을 홀짝이며 율리아와 눈을 맞추려 했다.

"왜 그래요?"

"살인 무기 찾았어요? 지문은? DNA는? 아무것도 못 찾았죠?"

거실에서 경쾌한 피아노 선율이 흘러 들어왔다. 시리가 그랜드 피아노에 앉은 모양이었다.

"옛날로 돌아온 기분이네." 모니카가 서글픈 미소를 지으며 말했다.

안드레는 술잔을 집어 들고 음악이 들리는 쪽으로 가버렸다. 모니카가 뭐라 알아들을 수 없는 말을 하자 그 말을 듣고 시드니가 안드레를 따라갔다.

율리아는 위스키병의 마개를 열고 술을 적정량 따른 다음 병을 선반에 두었다. 비에른은 눈을 감고 앉아 있었다. 잠이 들었는지, 음악을 감상할 뿐인지는 알 수 없었다.

시리가 쇼팽의 피아노 소나타 2번의 3악장, 묘하게 유혹적인 장송곡을 연주하기 시작했다.

율리아는 위스키를 한 모금 삼키고 음악이 들리는 곳과 반대 방향인 음울한 붉은 방으로 향했다. 검붉은 페르시아풍 양탄자가 돌아와 있었다. 만화경 같은 패턴이 마치 3차원처럼 보였다. 나무와 오래된 책 냄새를 풍기는 방의 문가에 멈춰 서재를 돌아보니 비에른은 아직 휠체어에 축 처져 앉아 있었다.

율리아가 지켜보는 사이, 비에른이 눈을 번쩍 뜨고 거실 쪽으로 휠체어를 틀었다.

율리아는 옆으로 한 걸음 옮겨 모습을 숨겼다.

비에른이 양손으로 조종 장치를 밀어 휠체어를 다시 돌리고 바로 다가가 가장자리에 유리잔을 두었다.

주변을 힐끗 살핀 그가 고통스럽게 신음하며 일어났다. 불안정한 걸음으로 앞으로 걸어 나가더니 선반에서 위스키병을 낚아채고 휠체어에 다시 주저앉았다.

율리아가 은신처에서 나와 그에게로 향했다. 비에른은 율리아를 올려다보며 잔을 치우고 몸을 뒤로 기댄 채 술을 마셨다.

"전형적인 장면이네요?" 비에른이 말했다.

"하고 싶은 말 뭐 없어요?" 율리아가 그의 앞에 멈춰 서서 말했다.

"안드레가 실제보다 더 다친 척하라고 해서요." 비에른이 대답했다.

"나는 당신이 베르테르를 죽였다고 생각해요."

"그래요?"

"당신이 잔인한 협박범이자 살인범이라고 생각하고요."

율리아가 건배를 하자고 그에게 잔을 들었다가 한 모금 마시고 잔을 다시 내렸다.

"하지만 증명할 수 있으신가?"

"지금 경찰에 신고하려고 해요."

"그렇다면 나도 준비를 해야겠군요." 비에른이 위스키를 또 한 잔 따라 마시며 말했다.

"협조한다고 하면 나도 비밀은 지킬게요."

"이쯤에서 내가 결백하다고 주장해야 하나… 아니면 변호사를 불러야 하나?"

"비에른, 대부분의 사람은 자백하고 나면 안도감을 느낀대요." 율리아가 말을 이었다.

비에른이 깊은 한숨을 쉬고 나비넥타이를 헐겁게 풀었다.

"이건 당신이 상상할 수 없을 만큼 복잡한 일이에요." 그가 반쯤 비운 잔에 시선을 고정하고 말했다.

"얘기해 봐요."

"아니… 경찰에 신고해요."

"경찰이 발버둥 치고 악을 쓰는 당신을 끌고 나가기를 빌어요." 율리아가 말하며 휴대폰을 꺼냈다.

33

율리아가 경찰에 연락해 체포를 요청하는 사이 피아노 소리가 잠잠해졌다. 비에른은 막 석 잔째 위스키를 따르고 둥근 배에 유리잔을 올려놓은 채 앉아서 눈을 감았다. 박수 소리가 들리고 이어 바닥이 삐걱거리더니 시드니가 서재로 돌아왔다.

"여기 숨어 있었구나?"

"얘기 좀 해." 율리아가 말했다.

안드레가 무언가를 보고 큰소리로 웃었다. 그러더니 문가에 나타나 다른 사람들을 무시하듯 손을 내저었다.

"우리 다-다-다 목이 마르지." 안드레가 노래를 부르며 바로 향했다.

모니카도 따라 들어왔지만 고통스러운 듯 한 손을 진주 목걸이에 올리고서 걸음을 우뚝 멈추고 눈을 감았다. 시리가 들어와 옆에 섰다. 드레스 자락의 가느다란 검은색 술 장식이 다리에서 흔들거렸다.

"커피 마실래요?" 시리가 작은 소리로 물었다.

모니카가 시리를 돌아보고 뺨에 손을 올렸다. 진심으로 애정을 드러내 보이는 몸짓이었다.

시리가 희미하게 미소를 짓고 주방 쪽으로 사라졌다.

알림음이 들리자 모니카가 핸드백에서 휴대폰을 꺼내 액정을 확인했다.

"어머나." 모니카가 숨 막힌 소리로 말했다.

율리아가 지팡이를 짚고 모니카에게 다가갔다.

"왜 그래요?"

모니카는 한숨을 내쉬며 방금 PG가 보낸 사진을 들어 보였다. 구토로 얼룩진 변기 옆의 젖은 욕실 바닥에 PG의 실크 스카프, 반쯤 비운 술병, 진통제 통, 낡은 열쇠와 마구 당겨 풀어버린 화장지가 보였다.

"나보고 와서 확인해 달라는 의미 같아요." 모니카가 말했다.

"사진 보내줄 수 있어요?" 율리아가 물었다.

알림음과 함께 메시지가 도착했다.

모니카가 서둘러 계단을 올라가자 시드니가 유리잔을 내려놓고 어리둥절한 표정으로 율리아에게 다가왔다.

"경찰에 전화했어. 이제는 경찰이 비에른을 심문할 차례야." 율리아가 말했다.

시드니가 눈썹을 추켜세웠다. "퍼즐의 마지막 조각을 풀었다는 얘기인가?"

"고통스럽게 움직이긴 해도 비에른은 마음만 먹으면 일어나서 걸을 수 있어."

"간단하네." 시드니가 고개를 끄덕였다.

"PG가 방금 모니카에게 사진을 보냈어." 율리아가 말하며 휴대폰을 건넸다.

"아까 술을 많이 마시더라." 시드니가 중얼거리며 사진을 확대했다.

"무슨 뜻 같아?"

"절박함. 어쩌면 죄책감. 구조 요청."

두 사람은 뒤를 돌아 바로 향했다. 안드레는 위스키병을 치우고 끈적거리는 샤르트뢰즈 병을 꺼내 깨끗한 셰이커에 붓느라 여념이 없었다. 비에른은 카운터 가장자리에 빈 잔을 내려놓고 손끝으로 밀어냈다.

"무슨 사진 얘기예요?" 비에른이 물었다.

"PG의 현재 상태요." 율리아가 말하며 사진을 들어 보였다.

비에른이 주먹에 대고 트림했다. "몇 시간 전 우리 집 같네… 열쇠만 빼면." 그러면서 자기 잔을 손으로 가리키자 안드레가 술과 간 얼음을 부어주었다.

"이게 뭔지 알아요?" 율리아가 물었다.

"열쇠." 비에른이 율리아에게 시선을 거두지 않고 같은 말을 반복했다.

율리아는 사진을 최대한 확대하고 알약 상자에 반쯤 가려 보이지 않는 낡은 열쇠를 뜯어보았다. 대략 20센티미터로 보였고 머리 부분에 붉은 실이 엮여 있었다.

"무슨 열쇠죠?" 두근거리는 심장을 느끼며 율리아가 물었다.

"안드레한테 물어봐요. 불안하다고 나한테 안 맡기니까." 비에른이 말하고 컵받침에 잔을 내려놓았다.

"맥주 창고요." 안드레가 말했다.

"내 동생이 열쇠를 관리하죠. 내가 고주망태가 되면 거기로 가서 선반을 쓰러뜨리거나 샹들리에를 뜯어내거나 할까 봐."

"형이 다칠까 봐 걱정하는 거야." 안드레가 정정했다.

"맥주 창고는 보통 잠겨 있었나요?" 율리아가 물었다.

"항상요." 비에른이 말했다.

"열쇠는 누가 가지고 있고요?"

"나와 PG요." 안드레가 말했다.

"당신 열쇠는 어디 있어요?"

"우리 집에요. 작가 라스 노렌이 쓰던 키링에 달려 있죠. 거액을 내고 경매로 낙찰받은 겁니다. 혹시 다른 것들도 망가뜨리고 싶을 때 주의하라는 말이에요."

"누가 열쇠를 가져갔을 수도 있을까요?" 율리아가 물었다.

"뭐, 불가능하지는 않겠죠. 하지만 웬만하면 문을 잠가둬요."

"비에른이 집 열쇠를 가지고 있나요?"

"아뇨."

"다른 사람은요?"

"아멜리에 말고는 없어요. 우리 집 빨래와 청소를 해주거든요."

"주주총회 날 맥주 창고 문이 열려 있었나요?"

"한 번도 열려 있던 적이 없는데." 비에른이 웃음을 참으며 말했다.

돌아선 율리아는 삐걱거리는 바닥을 밟고 커다란 창문으로 다가가 지팡이를 기대놓고 바깥을 내다보았다. 너무 급하게 판단했다. 엄청난 실수를 저지르고 말았다.

"율리아? 왜 그래?"

"내가 또 너무 서둘렀어." 침착하려 했지만 말은 그렇게 나오지 않았다.

"무슨 소리야?"

율리아는 창가를 떠나 으리으리한 방들을 최대한 빠르게 지나쳐 나왔다.

비에른은 살인 현장에 접근하지 못했다. 다른 별채들의 문은 열려 있었을지 모르지만, 맥주 창고는 귀중한 골동품을 보관하는 창고로 쓰였기 때문에 늘 철저하게 문을 잠갔다.

시드니가 로비의 계단 아래에서 율리아를 따라잡았다. 율리아가 눈물이 그렁그렁한 눈으로 그를 돌아보았다.

"비에른이 아니었어." 율리아가 이를 악물고 말했다.

"자꾸 이러면 안 돼, 율리아."

"알아."

"이해를 못 하겠다. 그럴 게 아니라… 그럴 게 아니라 나와 이야기했어야지. 충동적으로 행동하지 말고. 이럴 거면 뭐 하러 같이 오자고 했는지 이해가 안…."

"집에 가, 그럼!" 율리아가 말을 잘랐다. "나는 끝나면 기차 타고 갈 테니까."

"진심이야?"

"그래."

"하, 역시 실수일 줄 알았어." 시드니가 굳은 목소리로 말했다.

"미안해." 율리아가 중얼거리며 고개를 들고 그의 눈을 바라보았다.

"우리는 서로 맞지 않아. 처음부터…."

"그런 말 하지 마." 율리아가 말했다. 턱이 파르르 떨리기 시작했다.

"이러지 마, 율리아."

"내가 옳다고 생각했는데… 미안해."

율리아는 문을 향해 돌아서서 쌀쌀한 밖으로 나가 경찰을 기다렸다.

전부 실수였다고 설명하고 고개를 조아리며 사과해야 했다.

숲길에서 다가오는 첫 번째 전조등 불빛이 보이자 팔의 털이 쭈뼛섰다.

불빛은 바이킹 배의 노처럼 길 양쪽에 서 있는 나무들 사이로 이리저리 흔들렸다.

율리아는 선회로까지 내려가 제일 아래에 있는 계단에서 걸음을 멈추고 지팡이를 짚었다.

짙은 색 지붕에 푸른 경광등을 단 차가 율리아 앞의 자갈길에 멈춰 섰다.

34

택시를 타고 빠른 속도로 저택에서 멀어지는 동안 눈물이 고였다. 율리아는 어깨와 등을 다 드러낸 세련된 이브닝드레스 차림 그대로 뒷좌석에 앉아 있었다.

신고를 받고 온 경찰은 두 명이었다. 큰 키에 금발을 포니테일로 묶은 여자와 등이 굽은 중년 남자는 율리아의 변명을 듣더니 그 자리에 있으라 하고 안으로 들어가 모니카를 비롯한 다른 사람들과 이야기를 나눴다. 다시 나온 그들은 율리아에게 가운을 건넸다. 입이 열 개라도 할 말이 없었다. 율리아는 가만히 서서 눈을 내리깔고 가운을 받아 들 뿐이었다. 그런 다음 재차 사과하고는 경찰차가 진입로를 벗어나 사라지자마자 택시를 불렀다.

지금은 다른 사람들을 마주할 수 없었다.

시드니가 대신 망신을 당하고 있겠지.

왜 항상 이런 실수를 저지르는 걸까?

가끔은 견딜 수가 없었다.

율리아는 눈을 감았다.

택시 라디오로 해변에서 취하고 싶다고 노래하는 여자의 울적하고도 아득한 목소리가 흘러나왔다.

순스발 중심에 있는 로열 클럽 앞에 택시가 멈춰 선 시각은 11시 30분이었다. 율리아는 요금을 지불한 후 지팡이를 들고 차에서 내렸다.

얇은 실크 드레스만 입고 있다 보니 금세 추워졌다.

화려한 턱시도를 입고 클럽 앞 벽에서 담배를 피우던 장신의 여자가 물로 가득찬 위스키병에 재를 털었다.

율리아는 여자를 지나쳐 클럽 입구를 지키는 경비원에게 고개를 끄덕이고는 옛 극장 건물로 들어갔다. 옆 방에서 쿵쿵거리는 음악이 들렸다.

깡마르고 얼굴색이 잿빛인 여자가 화장실 옆 벽에 몸을 기대고 있었다. 마스카라가 뺨까지 흘렀고 복슬복슬한 분홍색 볼레로는 발밑의 바닥에 뒹굴었다. 여자는 공황 발작이 일어나려는 듯 힘겹게 숨을 쉬고 있었고 친구 하나가 가슴에 손을 올리고 진정시키려 최선을 다하는 중이었다.

앞에는 트랜스 플래그, 프라이드 플래그, 퀴어 플래그*와 율리아가 알아보지 못하는 여러 개의 깃발이 걸려 있었다.

금색 바로크풍 틀을 두른 거대한 거울 앞에 한 무리가 화장을 고치고 있었다. 대부분 화려하고 세련되게 차려입은 이들은 서로를 칭찬하며 까르르 웃었다.

---

* 성 소수자를 상징하는 깃발들.

율리아는 자욱한 헤어스프레이의 연무를 통과해 문으로 다가가 지팡이로 문을 밀어 열고 안의 댄스플로어로 향했다.

스피커에서 클럽 음악이 쿵쿵 울려 퍼졌다. 커다란 베이스 소리에 온몸이 따라서 고동치는 느낌이었다. 머리 위에서 형형색색의 조명들이 리드미컬하게 번쩍였다. 무대 옆에는 대략 스무 명이 서 있었고, 바쪽의 인원도 비슷했다. 단상 중앙에는 새하얀 피부에 깔끔한 수염을 붙이고 높은 신사 모자를 쓴 남장 여자가 춤을 추고 있었다.

율리아는 또 한 번 대실패를 했다는 생각에 견디지 못하고 걸음을 멈췄다. 또 시드니를 실망시키고 말았다. 시드니는 화를 내며 같이 일하자는 제안을 애초에 받아들이지 말았어야 한다고 후회했다.

율리아는 스카우트 제의를 할 기회가 없었던 것이 그나마 다행이라고 생각했다.

깊은 한숨을 쉬고 불안감을 억지로 밀어내며 스스로에게 되뇌었다. 너는 시드니를 너무 의지해. 율리아가 손길을 견딜 수 있는 사람이 시드니 하나만은 아니었다. 시드니가 무슨 마법사도 아니고. 율리아와 어쩌다 사랑에 빠진 평범한 남자에 불과했다. 제정신이 아니라는 이유로 율리아를 배신한 남자이기도 했다.

이제는 시드니를 그만 포기해야 했다. 한심한 희망과 욕구를 투영하려거든 다른 남자를 찾아야 했다.

율리아는 남들과 부딪히지 않으려 뱀처럼 요리조리 피하며 댄스플로어로 나아가기 시작했다.

단상 위에는 짧게 깎은 머리에 팔에 문신을 하고 풍만한 가슴을 가진 근육질의 DJ가 있었다. 지저분한 아크릴 유리 스크린에 여자의 그림자가 흔들렸다.

율리아의 발에 밟혀 빈 플라스틱 컵이 우두둑 깨졌다.

검은 옷을 입은 여자가 앞에서 계속 눈을 맞추려 했지만 율리아는 옆으로 방향을 틀어 다가오는 여자를 지팡이로 막았다.

무대 위의 댄서는 단추를 잠그지 않은 재킷 안에 은색 조끼를 받쳐 입고 딱 달라붙는 은색 핫팬츠를 걸쳤으며 묵직한 검은 부츠를 신고 있었다. 곡이 절정을 향해 가는지 골반을 앞뒤로 흔들어대고 있었다.

무대 앞에서는 젊은 여자 몇 명이 흥분해서 소리를 지르며 휴대폰으로 댄서를 촬영하고 반짝거리는 통에서 팬티를 몇 장 집어 무대 위로 던졌다.

율리아의 구두 굽에 금색 테이프가 걸렸다. 지팡이로 테이프를 빼내려 허리를 굽히는 순간 드레스의 트인 부분이 북 찢어졌다.

음악이 끝나고 사람들은 박수를 치며 휘파람을 불었다. 댄서는 겨드랑이 냄새를 킁킁 맡고는 고개를 숙여 인사한 후 새로운 왕에게 자리를 양보했다. 거대한 배, 털이 무성한 가슴, 문신으로 뒤덮인 어깨를 자랑하는 남자가 나타났다.

율리아는 바에 도착해 IPA 맥주를 한 병 주문하고 한 모금 마신 다음 방금 무대에서 내려온 댄서를 돌아보았다.

"겨우 끝부분만 봤지만 대단했어요." 율리아가 말했다.

"고마워요." 프리다가 바에 신사 모자를 내려놓으며 웃었다.

"전화 한 번 받지를 않으시더군요."

"네, 자주는 아니지만 그럴 때가 있어요."

"할 애기가 있어요." 율리아가 설명했다.

"그 대신 빨리 끝내야 해요. 옷 갈아입고 다시 올라가야 하니까."

"안드레 일이에요."

"사실 여기서 만난 사이에요. 나를 유혹하려고 저녁 내내 여기서 죽치고 있다가 드디어 소원을 성취했지만 결국에는 친구로 남았죠."

"일요일 3시에 안드레가 당신 집에 있었다던데요."

"커피를 마셨어요." 프리다가 확신에 차서 말했다.

"시간이 확실해요?"

"네."

"그냥 커피를 마시러 가게 문을 닫았다고요?"

"어차피 5시까지 만하임에 가야 했으니까요. 내 금고에서 꺼낼 물건도 있었고요." 프리다가 바텐더에게 손짓을 하며 설명했다.

"그 안에 뭐가 있었죠?"

"몰라요. 편지 봉투였던 것 같은데. 원래 우리 집에 몇 가지 물건을 보관해요."

"그게 뭔지는 얘기 안 했어요?"

"그냥 가족을 만나야 한다는 스트레스가 심했어요."

키가 작고 타이트한 흰색 세일러복을 입은 남장 여자가 프리다의 팔을 잡아당기고 귀에 뭐라 속삭였다.

"여기 내 친구가 소개해달래요." 프리다가 말했다. "이쪽은 팀로에서 온 쿼렐이에요."

"안녕하세요." 율리아는 그와 건배를 하고 맥주를 한 모금 더 들이켰다.

"살면서 이렇게 아름다운 여성분은 처음 봅네요." 쿼렐이 모자를 젖히며 말했다.

"살짝 취했어요." 프리다가 씩 웃으며 설명했다.

"지팡이와 섹시한 흉터가 너무 마음에 드네." 그가 한 걸음 더 다가왔다. "혀로 핥고 싶…."

하지만 율리아가 뒤로 물러나자 말을 멈추고 뻗었던 팔을 내렸다.

"미안해요." 율리아가 중얼거렸다.

"전염되는 거 아니에요." 프리다가 말했다.

"알아요, 아는데, 내가 망가진 사람이라서요… 여기가." 율리아가 머리를 가리키며 말했다.

"괜찮아요." 쿼렐이 말했다.

"아니, 안 괜찮아요. 그런 뜻이 아니에요. 술 한 잔 사고 싶은데…."

"됐어요."

"그러지 말고요. 한잔해요."

"좋아요, 그럼. 같은 거로." 남자가 의심스럽다는 미소를 지으며 말했다.

"프리다는요?"

"미안하지만 나는 시간이 없어요. 가서 옷 갈아입어야죠." 프리다가 말하고 황급히 사라졌다.

율리아는 맥주 두 병을 추가로 주문하고 쿼렐과 바의 끝자리에 앉았다. 건배를 하고 술을 마셨다. 뒤에서 관중들이 박수를 치기 시작했고 디스코볼이 쏘는 빛의 조각들이 벽에서 춤을 추었다.

"그게… 내가 심각한 PTSD가 있거든요." 율리아가 심호흡을 하고 설명했다. "다른 증상도 있지만 어떤 종류든 신체 접촉은 힘들어요. 제대로 설명할 수 없지만 그게 이유예요. 말하자면."

"어떻게 된 거예요?" 쿼렐이 물었다.

"무슨 말이에요?"

"트라우마가 어디서 비롯되었냐고요?"

"열세 살 때 온 가족을 잃었어요… 비행기 사고로." 율리아가 대답하고 침을 꿀꺽 삼켰다.

"저런."

"엄마, 아빠, 여동생 둘 다요. 동생들 이름을 말할 수는 없어요. 그랬다가는…."

"여기, 받아요." 쿼렐이 냅킨을 건네며 말했다.

"후, 또 우네요." 율리아가 애써 미소를 지어 보였다.

"괜찮아요."

율리아는 뺨의 눈물을 닦으며 지금껏 상담사나 시드니에게도 이 이야기를 툭 터놓고 한 적이 없다는 사실을 떠올렸다. 물론 두 사람도 대강의 사정은 알았지만 율리아가 직접 말로 설명한 적은 없었다. 그랬던 사고 이야기를 바에서 만난 생판 남에게 하다니 믿을 수가 없었다.

"그날 372명이 죽었어요." 율리아가 말을 이었다. "생존자는 나 하나였는데, 왜인지는 모르겠어요. 오랜 세월 답을 찾아 헤맸지만 아직도 이해가 안 돼요. 답이라는 게 존재하지 않더라고요. 죄책감을 안고 살 뿐이죠… 찢어진 몸통과 팔다리 틈에 누워 있었던 촉감과… 서서히 몸이 차가워지던 느낌…."

율리아는 말을 흐리고 잠시 쿼렐의 아름다운 눈을 쳐다보았다가 무대로 고개를 돌렸다. 금속 징이 박힌 가죽 재킷 차림의 새로운 남장 여자가 해골 그림으로 덮인 우쿨렐레를 연주하고 있었다.

"나도 이 세상에 답 같은 건 없다고 생각해요." 쿼렐이 말했다.

"없죠." 율리아가 다시 그를 바라보며 말했다.

"나는 종교가 없어요." 쿼렐이 말을 이었다. "하지만 힘겹다고 느낄 때마다 이런 생각을 해요. 우리가 태어나기 위해 선택되기 전 신이나 천사가 찾아와 이렇게 말했다고요. '내가 거래를 하고 싶은데 생각 있니? 나는 네게 생명의 불꽃을 줄 것이고 너는 짧은 시간 생존하게 될 거야. 온갖 슬픔, 고통, 불안, 고독을 경험하게 되고… 죽음도 보장

받을 거야.'"

"그게 전부죠."

"그리고 모두가 그 거래를 받아들여요. '네! 그렇게 할게요. 당연하죠!'"

율리아가 고개를 끄덕였다. 쿼렐의 포옹을 받고 싶다는 생각이 들었지만 차마 입 밖으로 표현하지는 못했다.

무대 위의 댄서가 가죽 바지를 찢었다. 율리아는 속옷 옆으로 커다랗게 덜렁거리는 고무 페니스가 보이지 않는 척 행동했다.

35

장례식이 열릴 예배당은 옛 방앗간의 하류 끝에서 빨간색 점처럼 작게 반짝였다.

법의학자는 PG의 뜻대로 그날 아침 베르테르의 시신을 보내주었다.

어젯밤 바에서 맥주를 다 마신 후 이야기를 잘 들어줘서 고맙다고 쿼렐에게 인사한 후 만하임으로 돌아왔을 때 율리아의 마음은 묘하게 차분해져 있었다. 하지만 아침에 깨 보니 그 느낌은 사라지고 없었다. 비에른을 범인으로 몰고 경찰들과 마주한 기억을 떠올리자 가슴에 후회만 남았다. 하지만 바에서 나눈 대화는 조금도 부끄럽지 않았다.

율리아는 식사하러 내려가지 않기로 결심하고 아침 내내 방 안에만 있었다. 시드니의 노크도 무시한 채 전화나 메시지도 확인하지 않았다. 하지만 예배당으로 걸어가는 길에 시드니가 율리아를 빠르게 따라잡아 두 사람은 말없이 나란히 걸었다. 쐐기풀과 등갈퀴나물 위로 나비들이 나풀나풀 날아다녔다.

"집에 간다며." 조금 있다가 율리아가 말했다.

"그랬지. 하지만 마음을 바꿨어. 돈을 주지 않으려는 수작이라는 걸 알아차렸거든." 시드니가 농담을 했다.

"이런… 제대로 속였다고 생각했는데." 율리아가 웃으며 대답했다. 가슴에 안도감이 파도처럼 밀려들었다.

율리아는 손가락 사이에 걸린 긴 줄기 끝의 씨방을 꺾고 계속 길을 걸었다.

"어제 사라졌더라." 시드니가 말했다.

"잠깐 탈출구가 필요했어." 율리아가 땅에 씨를 뿌리며 설명했다.

"그래."

"나도 잘 모르겠어. 화가 나고 부끄럽더라고… 전부 다." 율리아가 말했다. "왜 이러는지 정말 지겨워. 내가 성급하게 판단하는 때가 있다는 거 알아. 한 번 발동되면 나도 나를 못 말리겠어."

"괜찮아." 시드니가 말했다.

"괜찮기는. 당신도 괜히 나 때문에 망신만 당했잖아. 미안해."

"곧 사건을 해결할 열쇠를 발견할 거야."

"정말 그렇게 생각해?"

진흙탕 위에 다리로 놓은 두꺼운 널빤지가 두 사람의 무게를 이기지 못하고 작은 소리로 쩍 갈라졌다.

"국왕 방문 영상 관련해서 미처 얘기하지 못한 게 있어." 시드니가 말했다. "제일 처음에 나왔던 쉴베스테르의 아내 린네아 기억해?"

"기억하지. 정말 미인이던데."

"반지 봤어? 왼손에 다이아몬드 반지를 끼고 있었어. 시리가 지금

끼는 반지랑 똑같이 생긴 반지. 당신도 알아야 할 것 같아서."

"확실해?"

"그렇다고는 할 수 없지만 다이아몬드가 꽤 컸어." 시드니가 말했다. "최신 기법이 인기를 얻기 전에 나왔던 올드 유러피언 컷이야. 반짝임이 다르지. 그건… 뭐랄까… 윤기가 난다고 할까. 1930년쯤부터 유행이 지난 기법이고 세팅도 아르데코풍으로…"

"그만해, 시드니. 나도 알아들었어." 율리아가 말을 잘랐다. "같은 반지라고 생각한다는 말 아냐."

"내가 또 지루하게 했나?"

"아니." 율리아가 웃으며 대답했다.

"그랬으면서."

길옆의 메마른 강바닥 중앙에 작은 개울이 졸졸 흘렀다.

"그런데 반지에 대해 어쩜 그렇게 잘 알아?" 율리아가 물었다.

"전에 누군가에게 청혼한 적 있거든." 시드니가 대답하며 율리아의 손을 잡았다.

아직 부부였을 때 두 사람은 20세기 초 스톡홀름 로슬락스가탄에 지어진 근사한 건물의 제일 위층에 살았다. 거실의 아치형 창문 앞에서는 저 멀리 하가 파크의 나무들 꼭대기도 볼 수 있었다. 침실 쪽 복도 반대편으로 가면 경사진 천장에 지붕창이 달리고 노란 템페라 벽으로 둘러싸인 작은 방도 있었다.

예전처럼 손을 잡으며 걷고 있음에도 율리아는 이 순간을 온전히 즐길 수 없었다. 실패하리라는 예감이 너무나 강력했다. 눈물을 얼마나 참았는지 목구멍이 다 따가웠다. 다른 사람들에게 다가가며 율리아는 감정을 다스리고 무표정을 지었다.

지팡이에 날아간 조약돌 몇 개가 개울로 굴러떨어졌다. 반짝이는 초록색 잠자리가 강둑을 따라 요리조리 날았다.

시드니가 율리아의 손을 놓고 앞의 길 위로 축 늘어진 무성한 나뭇가지를 치웠다.

예배당이 가까워지며 모니카와 시리가 옥신각신 싸우는 소리가 들렸다.

"더 짧은 치마는 못 찾았나 보지?" 모니카가 공격했다.

"있긴 한데, 그러면 내가 팬티 같은 거 안 입었다는 사실을 아무도 모르잖아요."

두 여자가 시드니와 율리아를 발견하고 입을 다물었다. 시리는 웃어 보였지만 눈에 감정이 없었다. 검은색 주름치마에 짧은 재킷을 입고 있었다.

모니카는 화가 단단히 난 듯 뺨이 새빨갰다. 검은색 벨벳 코트를 입었고 머리카락은 말끔하게 빗어 넘겼다.

"경찰이 전화했어요." 모니카가 율리아에게 시선을 고정하고 말했다. "PG에게 조사 차 와달라고요."

"용의자로요?" 율리아가 물었다.

"아니, 그건 아닌 것 같아요."

율리아는 예배당 벽에 기대 서 있는 PG에게 다가갔다. 주름진 얼굴은 잿빛이었고 짙은 색 정장에 흰 넥타이를 매고 검은색 롱코트를 걸치고 있었다.

"어제 사진을 또 보냈다면서요." 율리아가 말을 걸었다.

PG가 충혈된 눈으로 올려다보았다. "네, 모니카가 그러더군요. 그런데 기억이 잘 안 나요."

"기억이 나는 건 뭐가 있어요?"

"어제요?"

PG가 마른세수를 했다. "하아." 그러고는 중얼거렸다. "변호사가 왔었고, 시리가 전 재산을 상속받았다고 말…."

"하지만 변호사를 본 건 오후 4시였잖아요. 그 후에 무슨 일이 있었던 거예요?"

"모르겠어요… 우리 같이 식사를 했던가요?"

"아뇨, 하지만 나중에 만나서 칵테일을 마셨죠. 낡은 축음기로 레코드판을 틀고 모니카와 춤을 췄잖아요."

PG가 멍한 표정으로 율리아를 응시했다.

"미안합니다. 아무 기억이 없어요…."

순간 회색 구름이 갈라지며 숲과 개울 위로 햇빛이 쏟아져 내렸다.

시드니와 율리아는 모트 가족이 예배당으로 줄지어 들어갈 때까지 기다렸다가 뒤를 따랐다. 촛불로 밝힌 내부로 들어서자 소박한 제단 앞에 놓인 관이 보였다. 한쪽 바닥에는 장식 리본에 "사랑했고 그리워할 가족"이라 적힌 흰 장미 화관이 놓여 있었다.

안드레는 벌써 앞줄에 착석했고 그 옆의 통로에 휠체어를 탄 비에른이 자리했다.

각자 자리에 앉는 동안 대화 소리와 발을 끄는 소리가 실내에 울려 퍼졌다.

잠시 후, 여자 목사가 성구실에서 나왔다. 빛나는 안경을 쓴 목사는 백발을 땋아 머리 아래쪽에 말아 올렸다.

율리아의 심장이 두근거리기 시작했다.

가족을 앗아간 참사와 용서할 수 없는 시드니의 배신이 또다시 금기의 공간에 갇혔다.

두 사건 모두 율리아에게는 감당할 수 없는 진실이었다.

율리아는 장례식이 진행되는 동안 무너지지 않으려 교회의 아치형 천장에서 찍었다고 상상한 가족 장례식 사진에 온 정신을 집중했다.

사진 상단에 십자가의 아래쪽, 그러니까 예수님의 피투성이 발가락이 보였다. 그 아래의 돌바닥에는 네 개의 하얀 관이 놓여 있었다.

원피스를 입은 한 소녀는 제일 앞줄에 앉아 흰색 줄이 달린 헤드폰으로 음악을 들었다.

목사가 전부 기립해달라고 했을 때야 율리아는 현실로 돌아왔다.

찬송가를 따라 부르는 사람은 없었다. 목사가 말을 마치자 PG가 천천히 관으로 걸어 나와 뚜껑을 쓰다듬었다.

"잘 가, 형." 그가 말했다.

예배당을 나오니 바람이 강해졌다. 커다란 소나무가 흔들리며 성난 바다가 근처에 있는 듯한 소리가 났다. 모니카는 아름다운 예식이었다며 목사에게 감사 인사를 하고 머리에 검은색 숄을 둘렀다.

"만하임에 간단히 뷔페를 준비했는데 같이 와서 드세요." 모니카가 말했다.

"마음은 감사하지만 순스발에 돌아가야 해서요. 불 끄고 정리만 하면 갈 겁니다." 대답한 목사가 모니카의 손을 한 번 꼭 쥐어주고 돌아섰다.

형의 휠체어를 끌고 바깥으로 나가는 안드레의 구불거리는 머리카락이 바람에 날려 얼굴을 가렸다. 비에른은 고개를 푹 숙인 채 앉아 있었다. 입꼬리는 아래로 처지고 눈은 퉁퉁 부었다. 안드레가 렌터카로 휠체어를 밀고 뒷좌석에 형을 태우려 들어 올렸다.

"잠깐, 도와줄게요." 모니카가 서둘러 가며 말했다.

비에른의 한쪽 발이 발판에 걸렸다. 안드레가 발을 빼려는데 휠체어 전체가 옆으로 쓰러질 것처럼 기울어졌다.

"추워 죽겠네. 나는 먼저 갈래." 시리가 말하고 돌아서서 집 방향으로 걸어가기 시작했다.

율리아는 시드니와 눈을 맞췄다. 시드니는 무슨 부탁을 하려는지 바로 이해했다.

"같이 갈까요?" 시드니가 물었다.

시리가 걸음을 멈추고 돌아보았다. 놀란 표정이었지만 이내 미소를 짓고 고개를 끄덕였다.

안드레는 비에른을 무사히 뒷좌석에 태우고 휠체어를 접어 트렁크에 실었다.

"나도 같이 타고 가요." 모니카가 차 문을 열고 조수석에 올라탔다.

"어련하시겠어." PG가 중얼거렸다.

출발한 차는 바싹 마른 나뭇가지를 우지끈 밟고 방향을 틀었다.

율리아는 PG와 단둘이 남았다. 바라는 바였다.

"창고 열쇠는 어디에 보관하세요?" 율리아가 그를 똑바로 바라보며 물었다.

"항상 가지고 다닙니다." PG가 코트 주머니를 두드리며 말했다.

"자세한 설명을 들을 수 있을까요?"

PG는 주머니에서 열쇠를 꺼낸 뒤, 우연히라도 율리아와 손이 닿지 않도록 열쇠와 연결된 붉은색 끈을 집어 열쇠를 들어 보였다.

"전통을 상징하는 물건이죠. 상속, 책임감의 상징이기도 하고…."

"멋지네요." 율리아가 손으로 열쇠의 무게를 느끼며 미소를 지었다.

흔들리는 나뭇가지 사이의 얼룩덜룩한 햇살에 열쇠를 대고 관찰해 보았다.

수십 년의 세월 탓에 곳곳이 미끈해진 금속은 칙칙하게 녹이 슬은 표면 위에서 은색 실처럼 반짝거렸다.

"증조할아버지는 두 아들에게 열쇠를 하나씩 주셨어요. 어떤 문도 열 수 있는 마스터 키였지만 맥주 창고마저 사라졌으니 이제는 아무것도 열 수 없네요."

"또 모르는 일이죠." 율리아가 속삭였다.

36

율리아는 PG에게 열쇠를 돌려주고 저택으로 함께 천천히 걸어 돌아왔다. 발밑에서 마른 솔잎과 솔방울이 으드득 밟혔다.

"안드레에게 다른 열쇠가 있다는 게 사실인가요?" 율리아가 물었다.

"엄밀히 말하면 비에른이 가지고 있어야 합니다. 장남으로서. 하지만 그렇게 될 턱이 있나요." PG가 말했다. "나도 베르테르가 만하임을 떠나고 열쇠를 대신 보관하고 있고요."

"안드레가 여자친구 금고에 뭘 보관하는지 아시나요?"

"전혀요."

"안드레가 회의에 뭘 가져왔어요? 봉투나, 서류…?"

"아니, 없었어요."

두 사람은 말없이 계속 걷기만 했다. 앞에 간 시리와 시드니는 발이 훨씬 빨라 이제 보이지도 않았다.

"베르테르가 만하임을 떠난 이유가 정확히 뭐예요? 왜 은둔 생활을 하게 된 건가요?" 율리아가 물었다.

"유년 시절이 나보다는 형에게 더 안 좋은 영향을 미쳤던 것 같아요. 나는 어려서 상황을 다 이해하지 못했으니까요."

"본인은 그 일로 망가지지 않았다는 뜻이에요?"

"스스로를 망가졌다고 생각하고 싶지는 않지만 틀린 말은 아닌 것 같네요. 모든 일은 흔적을 남기는 법이죠."

PG가 몸서리를 쳤다. 율리아는 그 모습을 보며 PG가 말하는 흔적이 영혼 깊이 남아 있음을 깨달았다.

"어머니가 스스로 생을 마감하셨다고요." 율리아가 말했다.

"네." PG가 땅을 보며 속삭였다.

"왜 하필 이때냐고 생각하겠지만 물어볼 수밖에 없었어요. 조사가 거의 끝나서 오늘 저녁 집으로 돌아갈 계획이거든요."

"아니, 세상에." PG가 걸음을 멈추고 말했다. "내가 범인이라고 말할 수 있는 겁니까? 그래요? 내가 친형을 죽인 거예요?"

"아직 말하기는 일러요."

"물론 완전한 보고서 형태로도 받아봤으면 합니다. 은밀하게요. 그래야 결론을 내 식대로 모니카에게 설명할 수 있으니까요… 집사람을 알거든요. 저 성격이면 불안증이 심해질 수도 있어요."

"비밀 유지 조항은 여전히 유효합니다. 다만… 몇 가지 남은 질문의 답을 찾으면 서재에서 처음부터 끝까지 설명할 계획이에요. 누가 참석할지는 직접 결정하시면 됩니다."

두 사람은 다시 걷기 시작했다.

"누가 참석해야 한다고 생각해요?" 잠시 후 PG가 물었다.

"전원이 모이는 게 제일 좋긴 하죠. 법적 절차가 진행되면 어느 시점에서든 진실을 알게 될 테니까요."

"그래요, 그러면 그렇게 하지요… 생각만 해도 긴장되지만요."

하늘에서 검은새 한 마리가 완벽한 호를 그리며 날았다.

"어머니는 왜 자살을 택하셨어요?" 율리아가 물었다.

PG는 작은 소리로 목을 가다듬고 입가에 손을 올렸다. 중요한 이야기를 하려 한다는 예감에 율리아는 입을 꾹 다물었다.

"어머니가 외도를 하셨어요. 스캔들로 번질 수도 있는 사건이었죠." PG가 말했다. "딱 한 번 실수였는데 비난이 그칠 기미가 보이지 않았어요. 의혹도… 그래서 소문을 끝낼 방법을 찾으신 거예요."

"사귄 상대가 누구였는데요?"

"사귀었다고도 할 수 없어요. 남편의 사촌과 한 침대에 있다가 들킨 거지. 아우구스투스 아저씨요."

"비에른, 안드레, 시리 아버지요?"

PG가 고개를 끄덕였다.

"어떻게 밝혀진 거예요? 아세요?"

두 사람은 다시 걸음을 멈췄다. 율리아는 지팡이에 몸을 기대고 PG를 관찰했다.

"네… 어머니가 돌아가시고 수년 후에 아버지에게 들었어요. 다른 임업인들과 무슨 식사 자리에 참석하러 2개월 만에 처음 집을 비우셨다고 해요. 돌아와 보니 밖에 사촌의 차가 서 있었답니다. 의심이 들어서 안으로 들어가 붉은 방에 있던 총을 집어 들고 샹들리에를 총으로 쏴버린 다음 위층으로 달려 올라가니 둘이 복도에 있었대요. 안방 문이 열려 있고 어머니는 반쯤 옷을 벗은 채로 머리는 산발이고… 사촌은 팔에 재킷을 걸치고 구두를 손에 들고 비틀거리며 나왔고요. 아버지는 그 자리에서 둘 다 쏴버렸을 거라고 하셨어요. 베르테르가 막아서지 않았더라면….”

PG의 목소리가 갈라졌고 두 사람은 다시 말없이 걷기 시작했다.

율리아는 댐 근처에 서 있는 시드니와 시리를 발견했다. 곧 따라잡을 수 있을 것 같았다.

“어머니가 소문을 종결하려 스스로 목숨을 끊었다고 생각한다는 거군요.” 율리아가 말했다.

“누구나 실수를 할 수 있어요… 나를 봐요. 하지만….”

그 말을 괜히 뱉었다는 듯 PG가 말을 흐렸다.

“무슨 말을 하려고 하셨어요?”

“기준이 다른 게 불공평하지만, 누군가에게는 절대 씻을 수 없는 실수도 있다고요. 우리 어머니의 실수는 가문의 이름에 먹칠을 하고 회사를 무너뜨릴 수도 있었어요.”

“어째 구시대적인 사고 방식처럼 들리는데요.”

“네, 하지만 어머니 선택이 옳았다고 생각해요. 가문의 명예가 걸린 일이라면 나도 똑같이 했을 테니까요. 아버지가 회사의 대주주이자 상무이사셨잖아요. 그런 위치에 있는 사람의 아내가… 뭐, 어떤 말들이 오갔을지는 상상이 되겠죠. 절대 있을 수 없는 일이었어요.”

“전부 기억하시나요?” 호기심이 생긴 율리아가 물었다. “어땠어요? 돌아가시기 전의 상황이?”

“별로요. 아버지가 이상하게 행동하셨고 한동안 우메오 친척 집에 가 있어야 했던 것 정도만 기억납니다. 모르겠어요. 그때 겨우 여덟 살이었거든요. 선명한 기억은 형과 돌아왔을 때 계속 어머니 울음소리만 들렸고 이틀 있다가 어머니가 돌아가셨다는 것뿐이죠. 이층 복도를 지나는데 어머니 목소리가 너무 무섭게 들렸어요. 작은 소리로 괴로워하는 게… 살면서 그런 소리는 처음이었어요.”

두 사람은 댐에 도착했다. 경찰 저지선은 사라졌지만 잠시 베르테르의 시신을 눕혀 놓았던 곳의 질척한 땅은 여전히 타이어 자국투성이였다. 과학수사팀이 떨어뜨리고 간 비닐 주머니 몇 개가 아직 물에 동동 떠 있었다.

시드니가 몸을 돌리고 율리아와 PG를 바라보았다.

"무슨 얘기 하고 있었어요?" 율리아가 물었다.

"베르테르가 떠났다니 정말 믿을 수 없다고요." 작은 소리로 말한 시리가 돌아서서 저택으로 걸어가기 시작했다.

"집에 도착하면 조촐하게 추도식을 할 겁니다." PG도 뒤를 따르며 말했다.

율리아는 두 모트가 10미터 거리를 두고 같은 길을 걸어가는 모습을 지켜보았다. 막내를 첫째가 따라가고 있었다.

"누군지 몰라도 범인은 베르테르 시신이 댐에서 수면 위로 떠오를 걸 알았어." 시드니가 말했다. "숲으로 끌고 가 파묻는 훨씬 간단한 방법이 있는데 말이야. 최소한 호수에 던지기 전에 무거운 걸 묶던가."

37

거실에서 열린 추도식은 베르테르의 좋았던 기억을 이야기하는 추도사로 시작되었다. 당연히 분량이 많이 나올 수 없었다. 유리잔을 두드리고 자리에서 일어난 PG도 그렇게 말했다.

"하지만 형이 이글루를 만들어주었던 때는 기억납니다." PG가 말을 이었다. "정말 아름다웠어요. 얇은 얼음판으로 창문까지 달았죠. 우리는 그 안을 담요로 채우고 핫초코를 마시며 땡땡의 모험 만화를 읽었어요··· 무슨 생각하는지 압니다. 베르테르답지 않죠. 하지만 어머니가 돌아가시기 전까지는 형도 다정한 시절이 있었어요."

PG의 추도사가 끝난 후에는 샴페인을 마시고 뷔페를 먹기 시작했다. 거대한 얼음에 놓인 굴, 프로방스 소고기, 감자샐러드, 초콜릿케이크, 치즈와 포도가 놓여 있었다. 분위기는 금세 경쾌해졌다. 기괴할 정도로.

넥타이를 느슨하게 푼 PG가 대형 샴페인을 들고 돌아다니며 잔을 채웠다. 비에른은 느긋한 표정이었고, 안드레는 짧게 자란 콧수염에 흰 가루의 흔적을 달고 들어와 무슨 말엔가 미친 사람처럼 웃어댔다. 검은 머리를 다시 단정하게 빗어 넘겼지만 재킷을 벗고 소매를 말아 올렸다.

모니카가 대형 샴페인을 한 병 더 꺼내자 와인 버킷에서 얼음이 달그락거렸다. 모니카는 잠시 물기가 떨어지게 두었다가 포일을 벗겼다. 코르크가 큰소리를 내며 터지고 시리가 꺅 소리를 질렀다. 비에른이 손뼉을 쳤다.

아멜리에가 쟁반을 들고 들어와 다 먹은 접시를 치우려 했지만 모니카가 막아 세우고 샴페인 잔을 손에 쥐여주었다.

비에른이 잔을 내려놓고 문을 향해 천천히 휠체어를 움직였다.

시드니는 휴대폰을 꺼내 힐끗 보고는 율리아와 눈을 맞추고 고개를 끄덕였다.

포크를 내려놓은 율리아가 지팡이를 들고 비에른의 뒤를 쫓았다.

비에른이 화장실을 쓸 동안 문과 몇 미터 떨어진 곳에서 대기했다. 잠시 후 변기 물 내리는 소리와 수도꼭지를 트는 소리가 들리고 비에른이 다시 나타났다.

"조심해요. 시트에 오줌이 튀었을지도 모르니까." 비에른이 말했다.

"할 얘기가 있어요."

"왜, 또 경찰에 신고하게?"

"내가 잘못 짚었어요. 그 일은 사과할게요. 진심이에요."

비에른이 한숨을 내쉬고 휠체어 팔걸이를 손가락으로 두드렸다.

"됐습니다… 그쪽이 내 사기를 알아챘으니 나도 할 말 없지."

지금이 기회였다. 협박에 대해, 베르테르가 양도한 지분에 대해 물어야 했다. 하지만 율리아는 그의 허를 찌르기로 했다.

"어머니 세실리아가 굉장히 우울해하는 시기가 있었다고요. 언제 시작됐는지 아세요?"

비에른의 얼굴에 진심으로 놀란 빛이 스쳤다.

"네, 대략…."

"시리는 어머니가 자기를 낳고 산후우울증을 앓았다고 생각하더군요."

"나는 생각이 달라요." 비에른이 조용히 말했다.

"다르다고요? 그럼 뭐라고 생각해요?"

비에른은 이 대화가 불편한 듯했다. 시니컬한 웃음이 싹 사라졌고 그저 이 자리를 피하고 싶은 기색이 역력했다.

"그게 중요합니까?"

"아버지가 사촌의 아내와 외도를 한 게 우울증의 원인이었을까요?"

"아마도요…."

"그 사실을 알았어요?"

"가족을 갈가리 찢어놓았죠. 두 사람의 관계가. 환장할 정도로 많이 싸웠고 아버지는 술을 마시기 시작했고… 아무 잘못도 안 했다고 어머니에게 소리를 질렀어요."

"그 점에 관해 어떻게 생각해요?"

"언젠가 베르테르 어머니를 창녀라고 놀린 적 있어요. 두들겨 맞는 줄 알았죠. 물론 실제로도 맞았지만, 한 대로 끝났어요. 다 거짓말이라고 하더군요. 자기는 그날 밤 어둠이 무서워 아버지를 불렀을 뿐이라고요. 쉴베스테르 어르신은 밤늦게야 집에 왔고 PG와 린네아는 자고 있었고… 베르테르는 우리 아버지와 카드를 치고 있다가 총성을 들었다고 했어요. 쉴베스테르 어르신이 인사불성으로 취해서 천장을 날려버렸다고….”

“그러니까 두 사람이 아무 관계도 아니었다고 생각한다는 거죠?”

“지금 와서 무슨 의미가 있나요?”

거실로 휠체어를 타고 가는 비에른을 바라보며 율리아는 바닥을 밟은 발이 가벼워지고 이내 모든 감각이 사라지는 느낌을 받았다.

총을 맞고 깨져 천장에서 비처럼 쏟아지는 유리 조각들이 마음의 눈으로 보였다. 보헤미아 크리스털이 조각 마루를 때리고 산산이 부서지는 동안, 율리아는 비틀거리며 서재에서 나와 거실의 그랜드 피아노를 지나 현관 입구로 갔다.

온몸의 무게와 다리의 통증을 다시 느끼며 깊은숨을 들이마셨다. 마지막으로 계단을 향해 달려간 후, 사람들이 모여 있는 곳으로 돌아왔다.

스피커에서는 장고 라인하르트의 리드미컬한 재즈 기타 연주가 흘러나오고 있었다. 비에른이 냅킨을 갈기갈기 찢어 아멜리에 위로 던지자 휴지가 파티용 색종이 조각처럼 우수수 쏟아졌다.

PG와 모니카는 바 옆에 서 있었다. 모니카가 담배에 불을 붙여 한 모금 빨고 가볍게 기침을 했다. PG는 손을 뻗어 모니카의 엉덩이를 만지고 미소를 지으며 무언가 속삭였다.

안드레는 시리와 대화하며 불빛에 유리잔을 비쳐 보았다. 빳빳한 셔츠의 등에 반달 모양으로 땀자국이 나 있었다. 시리는 빨간 립스틱의 뚜껑을 거울삼아 입술을 새로 칠했다.

율리아는 시드니에게 다가가 샴페인 잔을 건네받으며 고맙다고 인사했다.

“저녁 식사 기대하고 있을게.” 율리아가 속삭였다.

"당연하지." 시드니가 대답했다.

율리아는 잔을 입가로 가져가 신중하게 술을 한 모금 마시고는 디저트 접시에서 스푼 하나를 들고 잔을 치며 사람들의 시선을 모았다.

"여기 봐주세요, 여러분." 율리아가 말했다. "이 집에서 여러분과 보낸 며칠은 아주 유익하고 흥미로운 시간이었습니다. 시드니와 제가 수사를 완료해 결과를 들려드릴까 하는데요. 우리 다 같이 붉은 방으로 가는 게 어떨까요."

38

누군가 음악을 바꿔 틀었지만 놀라울 정도로 유쾌한 분위기가 계속되는 가운데 각자 술병과 접시, 유리잔을 들고 붉은 방으로 향했다. 율리아는 지금 상황이 얼마나 심각한지 실감할 여유가 아직 없나 보다고 생각했다. 모트 일가는 조금 황당할 뿐이라고 생각하는 듯했다.

그들은 시드니와 아멜리에가 일렬로 놓은 의자에 속닥거리고 키득키득 웃으며 앉았다.

"나도 앉아요?" 시드니가 앉으라고 손짓하자 아멜리에가 놀라서 물었다.

"아, 당연하지!" PG가 외치며 아멜리에에게도 술을 한가득 따라주었다.

시리는 무릎에 접시를 내려놓고 율리아와 웃음기 어린 눈빛을 주고받았다.

모니카는 침착한 태도로 평정을 유지하며 의자에 앉아 미소를 머금고 치마의 주름을 폈다.

낮에서 저녁으로 넘어가는 시간이라 화려한 창문 밖의 숲이 진녹색의 모자이크로 덮이는 듯했다.

장손들의 초상화가 여기 모인 사람들을 내려다보았다. 율리아가 방을 가로질러 앞에 서자 대화가 끊기고 사람들의 표정도 진지해졌다.

"저희는 이곳에 도착한 순간부터 퍼즐 조각을 맞추고 있었습니다." 율리아가 말했다. "처음 생각했던 것보다 훨씬 복잡했지만 이제는 모든 퍼즐을 완성한 것 같아요."

율리아는 한 사람, 한 사람의 얼굴을 둘러보고는 다시 말을 시작했다.

"일요일 오후 3시, 베르테르 모트는 댐 인근의 맥주 창고에서 살해되었습니다."

"사인은 머리를 겨냥한 강한 일격이었습니다. 저희는 자루가 짧은 망치의 일종이라고 생각하고 있습니다. 클럽 해머라고도 하죠." 시드니가 말했다.

PG가 의자에서 불편한 듯 자세를 바꿨고 안드레는 비에른 쪽으로 몸을 기울이고 형의 귀에 뭐라 속삭였다.

"베르테르 모트를 죽인 범인은 이 자리에 있습니다." 율리아가 말했다.

"너무 비현실적이야." 모니카가 괴로운 목소리로 중얼거렸다.

율리아는 모든 사람의 시선이 다시 집중될 때까지 기다렸다가 헛기침을 하고 말을 이었다.

"이제는 이 질문을 해야 할 때가 온 것 같군요. 불쾌한 부분을 깨끗이 드러낸 진실을 듣고 싶으신가요? 아니면 잔인해도 명쾌하고 완전한 진실을 알고 싶은가요." 율리아가 말했다.

"다 듣지 못하면 무슨 의미가 있지?" 비에른이 물었다.

"그러니까 완전한 진실을 원한다는 말이죠?" 율리아가 재차 물었다.

"그래요, 그래. 당연하지." PG가 중얼거렸다.

즉각 긴장된 침묵이 내려앉았다. 이제는 누구의 얼굴에서도 미소를 찾아볼 수 없었다. 어떤 폭로가 나올지 모두들 두려워하는 눈치였다.

시리는 휘둥그레진 눈으로 율리아를 올려다보았고, 모니카는 결혼반지를 만지작거렸다. 그림자에 가려 얼굴이 보이지 않는 아멜리에는 움직이지 않는 석상 같았다.

"모두 동의하시나요?" 율리아가 물었다.

"네." 안드레가 따분하다는 목소리로 대답했다.

"좋아요. 그럼 비에른부터 시작하겠습니다. 비에른은 살인이 일어날 당시 알리바이가 없는 데다 어린 시절부터 베르테르를 증오해 왔어요."

"베르테르를 증오하지 않는 사람은 없어요." 비에른이 쉰 목소리로 말했다.

"사실이에요. 하지만 당신은 성인이 되어 베르테르 때문에 큰 외상을 입었잖아요. 그리고 증오는 사라지지 않고 계속되었죠. 듣자 하니 베르테르가 법정 싸움이 불러올 스캔들을 피하기 위해 당신에게 회사의 10퍼센트를 양도한 후에도요."

"모르겠습니다. 협상한 건 내가 아니라 안드레라서." 비에른이 동생을 돌아보며 말했다.

"10퍼센트는 상당한 금액이에요. 그런데 저는 비에른이 조금 수치

스러워 한다는 느낌을 받았습니다. 입막음용으로 돈을 받았다는 사실을요."

"그런 것 따위 신경 안 씁니다." 비에른이 말했다.

"처음에 한 명씩 대화했을 때, 베르테르가 주주총회에 참석할 계획이라는 걸 안다고 말한 사람은 비에른뿐이었어요." 율리아가 말을 이었다. "또 베르테르가 맞아 죽었다는 사실도 정확히 추측했고요."

사람들이 수군거리기 시작했다.

"저는 비에른이 베르테르와 만날 약속을 한 걸까 상상해봤어요. 또 모르죠. 술에 취해 이제야말로 복수를 하고 싶었을지 누가 아나요. 그러다 베르테르가 역에서 곧장 택시를 타고 맥주 창고로 왔다는 사실이 드러났습니다. 그곳에 도착하자마자 죽임을 당했다는 것도… 시드니가 한 말처럼 '둔기 외상'으로요."

"베르테르를 죽이는 데 사용한 망치는 아마도 비에른의 도구였을 가능성이 크고, 이후 화재로 인해 파괴되었습니다." 시드니가 말했다.

아멜리에가 술잔을 내려놓았다. PG는 입을 문질렀다.

율리아는 잠시 말을 멈추고 물을 한 모금 마셨다. 저녁이 되며 층층이 쌓인 구름 뒤로 태양이 사라졌고 어둠이 간접적으로 찾아오는 바람에 그림자가 천의 주름처럼 짙은 색으로 변했다.

"이 시나리오에는 왠지 말이 안 되는 부분들이 있었어요. 비에른이 마음만 먹으면 지금도 걸을 수 있다는 사실을 발견하기 전까지는요. 굉장히 고통스럽게 움직여야 하지만… 틀림없이 비에른은 휠체어에서 일어나 복도의 서랍장에서 PG의 휴대폰을 꺼낼 수 있습니다." 율리아가 말을 이었다.

"이거 완전히 사기꾼 아냐." PG가 황당하다는 웃음을 지으며 말했다.

“뭐라고요?” 모니카가 물었다.

“기다려요.” 율리아가 진화에 나섰다. “저는 범인을 찾았다고 확신했어요. 경찰에 신고까지 했죠. 하지만 퍼즐에서 가장 중요한 조각을 놓쳤더라고요. 창고 열쇠요. 맥주 창고는 잠겨 있었고, 비에른은 열쇠에 접근할 수 없었어요. 사과할게요, 비에른.”

“웃기는 여자로군.” 안드레가 중얼거렸다.

“그냥 엉망진창인 빙산의 일각이네.” 비에른이 말했다.

“그리고 비에른이 외상을 입고 현재 휠체어를 사용한다는 사실 때문에 베르테르가 10퍼센트를 양도했다는 것도 잘못 추론했어요. 하지만 그 문제는 잠시 보류해두죠.”

“저 여자 지금 뭐라는 거야?” 안드레가 평소와 같은 미소를 지으며 다른 사람들을 둘러보고 물었다.

“시작하기에 앞서 제 실수를 인정하고 싶었을 뿐입니다. 비에른은 수단과 동기가 있고 알리바이가 없었지만 베르테르는 죽이지 않았어요. 그래서 페르 귄터 모트로 넘어가게 됩니다. 애초에 이 일을 조사해달라고 우리에게 의뢰한 사람이죠. 그가 범인일까요?”

PG가 양손을 들고 과장스럽게 어깨를 으쓱해 보였다.

“분명 많은 정황 증거가 PG를 가리키고 있어요.” 율리아가 말을 이었다. “사진이 PG의 휴대폰에 있었고, 본인은 휴대폰을 서랍장에 두었다고 주장하지만 확인해줄 사람은 없으니까요. 살인이 일어날 당시의 알리바이도 없고, 사진이 찍히고 몇 분 뒤에 맥주 창고 쪽 길에서 올라오는 모습도 목격되었어요. 과음을 하고 필름이 끊긴 전력도 있습니다. 낯 뜨거운 상황에서 사진을 찍는 버릇도 있고요. 또한 형제 간의 관계도 복잡하죠. 형에게 자주 놀림을 받았고요. 또 베르테르의 유언장 내용을 변호사 말고는 아무도 몰랐다는 사실도 잊으면 안 됩니다. PG는 베르테르가 사망할 경우 자신이 베르테르의 재산을 상속받는다고 생각했을 거예요. 이건 강력한 살인 동기가 되죠."

"인정합니다." PG가 마치 혼잣말처럼 말했다.

"PG는 진실을 알고 싶다고 스톡홀름에 있는 제 사무실을 찾아와서 주주총회 날의 기억이 거의 없다고 주장했어요. 아침부터 술을 마시기 시작했고 점심 전에 항불안제 50밀리그램을 먹었으니까요. 진정제로 쓰이는 그 약은 알코올과 섞이면 진정 효과가 더 강력해지죠. 저녁 이후에는 완전히 의식이 사라졌어요. 그날 조각조각 흩어진 기억에 관해서는 이야기했지만요. 이런 유형의 기억상실증이 원래 그래요. 아무리 그래도 오후 3시에 일어났던 살인에 관해 정말 아무것도 기억하지 못한다는 건 이상하죠."

"맞아." 모니카가 중얼거렸다.

"하지만 자수하기 전 자신이 범인인지 아닌지 사건의 진상을 알고 싶다는 그 마음은 제게 진심으로 느껴졌습니다."

"내가 했는지 아닌지 아직도 모르겠어요." 그렇게 말하는 PG의 눈에 눈물이 고였다.

"베르테르가 회의에 참석할 계획이었다는 걸 안다는 사람은 비에른뿐이지만, 사실 PG도 회의에 참석해 만하임 매각에 찬성표를 던지겠다는 형의 메일을 받았습니다. PG에게는 청천벽력과도 같은 소식이었겠죠."

"몰랐어요." PG가 얼굴을 찌푸리며 말했다.

"네. 왜냐하면 그 메일은 스팸 메일함에 있었거든요. 어쨌든 PG는 맥주 창고 열쇠를 가지고 있었고, 얼마든지 베르테르와 만나기로 약속하고 창고에서 그를 죽일 수도 있었습니다. 하지만 하지 않았어요."

PG가 율리아와 시드니를 올려다보았다.

"정말입니까?"

"형님을 죽인 범인은 당신이 아니에요."

안도감으로 PG의 얼굴이 달아올랐다.

"아, 다행이다."

39

율리아의 시선이 모든 사람들을 훑다가 의자에 앉아 등을 웅크린 아멜리에에게서 멈췄다. 아멜리에는 언제나처럼 밋밋한 검은 원피스와 흰 앞치마 차림이었다. 화장기 없는 얼굴은 창백했고 코끝이 빨갰다.

"아멜리에… 당신은 주주총회 중에 안드레의 열쇠를 훔칠 기회가 있었어요." 율리아가 다시금 힘찬 목소리로 출발했다.

"나는 안 했어요." 아멜리에가 말을 더듬었다.

"아멜리에는 사진이 찍혔을 시점에 알리바이가 있어요. 하지만 살인이 일어난 시점의 알리바이는 없죠." 율리아가 말을 이었다.

"그래서요…?" PG가 우물쭈물 말했다.

"여러분도 아시겠지만 아멜리에는 베르테르가 방문할 때면 휴가를 요청합니다. 6년 전 주방에서 무슨 일이 있었는지 정식으로 언급되지는 않았지만 심각한 성추행 범죄였을 거예요. 강간 미수였을지도 모르죠. 베르테르의 접근에 아멜리에는 칼로 스스로를 방어하다 베르테르에게 큰 상처를 입혔어요. 고의든 아니든 간에요. 그 일로 베르테르는 복부에 열여섯 바늘을 꿰매야 했습니다."

"한 번도 물어본 적은 없었어요." 모니카가 조용히 말했다. "하지만 다들 비슷한 일이겠거니 생각했죠."

"한 번도 물어보지 않았다는 게 이상하지 않나요? 아멜리에의 고용인으로서? 같은 여자로서?" 율리아가 말을 이었다. "아멜리에는 지난 30년 동안 당신 인생의 일부였어요. 사실상 매일 보고 사는 사람이잖아요."

"미안해, 아멜리에." 모니카가 말했다.

"얼마든지 이렇게 상상할 수 있어요. 아멜리에는 베르테르가 회의에 참석하러 온다는 사실을 알게 됩니다. 아마도 비에른을 통해서요. 대체 인력을 찾기에는 시간이 너무 촉박했기 때문에 맥주 창고에서 베르테르와 만나 허심탄회하게 이야기를 하기로 해요. 아니면 주방에서 시작했던 일을 끝내려는 목적이었을 수도 있고요."

방 안의 긴장이 고조되었다. 시리가 실수로 포크를 바닥에 떨어뜨린 소리에 모두 움찔할 만큼.

"죄송해요." 시리가 속삭이며 포크를 줍기 위해 허리를 굽혔다

"하지만 아니에요. 아멜리에는 베르테르를 죽이지 않았어요." 율리아가 말했다.

아멜리에가 고개를 들고 미소를 지었다.

"아멜리에는 이곳에서 자기가 맡은 일을 열심히 할 뿐이었어요. 결코 쉽지 않은 근무 환경에서 난관을 헤쳐 나가면서요. 아멜리에는 그 어떤 범죄에도 연루되지 않았습니다. 안드레와는 다르게요."

"뭐야, 이제는 내가 했다고?" 안드레가 짜증스러운 미소를 지으며

따졌다.

"프리다는 충직한 여자친구지만 문제의 일요일 자정 전에 안드레가 자기 집으로 왔다는 사실을 확인해주지 못했어요. 하지만…."

"내가 착각을 했다 칩시다. 범죄는 아니잖아요."

"하지만 안드레는…."

"진짜 범죄가 뭔지는 아나? 다른 사람 차를 깨부수는 거."

"안드레는 집에 창고 열쇠 하나를 보관하고 있고, 베르테르가 회의에 참석할 예정이었다는 사실도 알았을 가능성이 커요. 전날 비에른을 만났으니까."

"아니, 진짜로, 그만 포기하시지?" 안드레가 무시하듯 손을 휘저으며 말했다.

이마가 땀으로 번들거렸다.

"우리는 10퍼센트가 비에른의 부상에 대한 보상금이라고 생각했지만, 그 수작 자체는 베르테르의 지분과는 아무 관련이 없었어요. 네, 단순한 보험 사기였거든요. 베르테르가 지분을 양도한 건 안드레에게 협박을 당했기 때문이에요. 안드레가 회의 전에 베르테르와 협상을 하려고 만났다가 뭐가 잘못됐나 의심한 적도 있었죠."

율리아가 안드레를 향해 몇 걸음 다가가 지팡이를 들어 끝으로 그의 가슴을 눌렀다.

"내가 뭐 고백하기를 기다리나?" 안드레가 지팡이를 찰싹 쳐내며 침착하게 물었다.

"조금 이따가요." 율리아가 대꾸했다. "하지만 그 전에, 과거의 몇 가지 사안을 바로잡으려고 해요. 여러분도 알다시피, 모트 가족에는 두 개의 가계가 있습니다. 여러분 모두 이 제국을 건설한 만하임 모트를 증조부로 두고 계시죠. PG의 조부인 레오폴드는 만하임의 장자로

서 전 재산을 상속받았어요. 그분의 아들로는 PG의 부친인 쉴베스테르가 있었는데, 쉴베스테르와 아내 린네아 사이에는 두 아들, 페르 귄터와 베르테르가 있었고요."

"그걸 모르는 사람이 어디 있다고." 안드레가 한숨을 쉬었다.

"비에른, 안드레, 시리. 세 사람의 조부는 강가의 집 두 채 말고는 아무것도 받지 못했어요. 아들 하나, 딸 둘을 두었고요. 아들이자 세 사람의 아버지인 아우구스투스는 그 집들을 물려받았지만 그 외에는 빈털터리나 마찬가지였죠. PG의 아버지가 전체 회사의 30퍼센트를 양도하기 전까지는요. 이 비밀스러운 거래의 의미는…."

"해봐요, 어디. 지저분한 과거를 한번 끄집어내 봅시다." 안드레가 말했다. "다들 와서 보라고…."

율리아가 지팡이로 식탁을 내리치는 소리에 안드레가 입을 다물었다.

"그 사건의 내막은 이렇습니다." 율리아가 이번에는 목소리를 더 높여 말을 이었다. "아우구스투스는 PG의 어머니와 내연 관계였어요. 스캔들이 될 수 있는 일이었죠. 저는 30퍼센트를 양도한 것이 협박의 결과라고…."

"부전자전이군." 모니카가 중얼거렸다.

"하지만 쉴베스테르가 단순히 스캔들을 피하려고 사촌 아우구스투스에게 재산의 30퍼센트를 줬을까요?" 율리아가 의문을 제기했다.

"가문의 명예가 제일 중요하니까요." PG가 말했다.

"네, 그렇죠. 하지만 그것과는 조금 다르게…."

"내 어머니는 의혹과 뒷말을 막으려고 스스로 목숨을 끊으셨어요." PG가 말했다.

"쉴베스테르는 아내와 사촌의 불륜을 현장에서 잡고 아내가 낳은 딸이 자신의 딸이 아니라는 확신을 가졌던 거예요."

"이게 무슨 말도 안 되는 소리입니까? 딸이라니?" PG가 물었다.

"사촌 쪽과 달리 당신 아버지 쪽은 아들의 탄생만을 반겼죠." 율리아가 설명했다.

"네, 맞습니다."

"시리는 항상 견진성사 반지를 끼고 있어요. 베르테르가 가족을 대표해 선물한 거요. 시리 어머니의 반지라고 했던 말은 틀리지 않았어요." 율리아가 말했다.

"무슨 말인지 모르겠어요." PG가 한숨을 쉬었다.

"우리가 본 옛날 영상에서 그 반지는 당신 어머니의 손에 있었어요, PG. 국왕 방문 때 린네아가 저 반지를 끼고 있었다고요."

"하지만 아까…."

"잠깐만요, PG… 당신과 베르테르는 어머니가 임신했을 때 어른들의 지시로 우메오에 가 있다가 시리가 태어난 후에야 돌아왔어요. 복도에서 들었던 울음소리의 주인공은 어머니가 아니었어요. 아기였죠. 아직 집에서 내보내지 않은 시리요. 쉴베스테르는 딸을 입양하는 대가로 사촌에게 회사 지분 30퍼센트를 넘겼어요. 어머니는 딸을 빼앗기고 상실감을 견딜 수 없어 일주일 후 스스로 목숨을 끊은 거예요."

"아니, 이런…."

"입양은 아우구스투스의 결혼 생활도 망쳐놓았어요. 왜냐하면 그의 아내도 딸이 남편의 친자라고 믿었거든요. 그래서 어린 시리에게 단 한 번도 사랑을 주지 않았죠."

시리의 턱이 파르르 떨리기 시작했고 얼굴은 잿빛으로 변했다. 손가락의 둥근 다이아몬드가 샹들리에의 불빛을 포착하듯 반짝였다.

"이해해요."

"더 비극적인 사실은 린네아와 당신의 아버지 사이에 사실은 성적인 관계가 없었다는 거죠. 쉴베스테르가 서재의 샹들리에를 총으로 쏜 이후 타이밍을 한번 계산해 봤어요. 거기서 계단 아래까지는 최소 60걸음이 나와요. 술을 마신 남자가, 그것도 인사불성으로 취해 있었다면… 글쎄요. 총소리를 들었을 때 두 사람이 낯 뜨거운 자세로 있었다면 더 빠르게 움직였을 거예요. 다르게 행동했겠죠. 옷을 입거나 창밖으로 기어나가거나."

"다 추측이지." 안드레가 한숨을 쉬었다.

"PG와 린네아가 잠이 든 상태였고 자신은 어둠이 무서워 아버지를 불렀다고 주장한 베르테르의 말도 그 사실을 증명합니다. 아래층에서 총성을 들었을 때 베르테르와 아우구스투스는 카드를 치고 있었어요."

"하지만 그전에는요?" 모니카가 물었다. "어쨌거나 두 사람이 불륜을 저지르고 있었을 수 있지 않아요?"

"가능하죠, 물론. 하지만 우리가 말하는 날은, 그러니까 쉴베스테르가 다른 임업인들과의 저녁 만찬에 참석한 그날은 2개월 만에 처음으로 집을 비운 날이었어요."

"무슨 말인지 알겠는데, 그래도…."

"시리는 당신과 부모가 같은 여동생이에요, PG. 베르테르에게도요."

"아무리 생각해도 믿을 수가 없는데." PG가 말하며 자기 잔에 위스키를 또 따랐다.

"말도 안 돼." 모니카도 동조했다.

"확실히 하기 위해 PG와 시리의 모발 샘플을 국립과학연구소에 보냈고….”

“이게 무슨…?”

“지금쯤 시드니가 결과를 받았을 것 같지만, 먼저 제 생각을 얘기하고 싶었어요.” 율리아가 말을 이으며 시드니를 돌아보았다. “연구소에서 뭐래?”

“내가 확인해?”

“응.”

시드니가 휴대폰을 꺼내고 얼굴을 찌푸리며 무언가를 읽더니 고개를 들고 모두를 쳐다보았다.

“확인해줬네요. 100퍼센트 일치한답니다. 시리는 PG 당신의 여동생이에요.”

40

바 카트 옆에 있던 PG가 술을 쏟았다. 시리는 믿을 수 없다는 표정으로 율리아와 시드니를 올려다보았다. 모니카도 의심스럽다는 듯 고개를 절레절레 저었다.

"여기서 다시 안드레로 돌아옵니다." 율리아가 말했다. "안드레, 당신은 이 얘기를 듣고도 놀라지 않네요."

"나보고 뭘 어쩌라는 거지?"

"사실 베르테르에게 안드레의 협박이 통했던 진짜 이유는 비에른의 부상과 아무 관련이 없습니다." 율리아가 말을 이었다.

"그건 아니…."

"안드레는 베르테르를 협박해 돈을 뜯어냈어요." 율리아가 말을 잘랐다. "그게 어떻게 가능했냐. 안드레가 린네아의 유서를 발견했기 때문입니다."

"유서라니?" PG가 물었다. "유서 같은 건 없었어!"

"아니, 있었어요. 제가 이 사실을 알게 된 것도 안드레와 처음 대화하던 중이었고요. 그때 안드레는 린네아가 이 가족 안에서 어머니로만 존재해야 하는 여성의 역할에 적응하지 못해 힘들어했다고 했어요. 굉장히 확신에 차서 말을 했는데, 대체 어떻게 알았을까 궁금해지더라고요. 다른 사람들에게서는 그런 말을 듣지 못했는데요. 더구나 린네아가 사망했을 당시 안드레는 겨우 세 살이었고요."

"알지도 못하면서 설치는군." 안드레가 속삭였다.

"두 번째 연결 고리는 베르테르의 유언장이 낭독되기 전에 들은 문장이었습니다. '언젠가 내 영혼을 훔친 편지를 읽은 적 있다.'"

"형이 편지를 발견한 겁니까?" PG가 물었다.

"맞아요. 하지만 알 수 없는 경로로 안드레의 수중에 들어갔죠. 안드레는 일요일 오후 프리다 집 금고에서 유서를 꺼내왔어요. 회의가 끝나고 베르테르에게 줄 계획이었거든요. 만하임 매각을 찬성하는 쪽에 투표했다면요."

"웃기고 있네." 안드레가 말했다.

"이로써 안드레는 살인범이 아니라는 게 증명됐지만, 같은 근거로 공갈죄가 성립됩니다." 율리아가 말했다. "안드레는 린네아의 유서를 읽고 시리가 자기 여동생이 아닌 베르테르와 PG의 여동생이라는 사실을 알았어요. 하지만 베르테르, PG 형제와 똑같이 재산을 나눠 받을 자격이 있다는 걸 시리 본인에게는 말해주지 않았죠. 그랬다가는 시리가 원래 받아야 했을 재산을 추가로 분배해달라 요구할 테니까요. 피도 눈물도 없는 안드레는 이 정보와 또 다른 정보를 이용해 자기 몫을 쥐어 짜냈습니다. 일이 잘못될 경우 형을 방패로 내세우기로 하고요."

"내가 왜 여기 앉아서 헛소리를 듣고 있나 몰라." 안드레가 말하며 일어났다.

“가만히 있어.” PG가 바 카트에 유리잔을 쾅 내려놓으며 으름장을 놓았다.

“네, 가만히 있는 게 좋을 거예요.” 율리아가 말했다.

“분부대로 하죠.” 안드레가 빈정대며 다시 자리에 앉았다.

“편지에 뭐라고 쓰여 있었지?” PG가 안드레에게 물었다.

“지금 꼭 이래야겠어요?”

“우리도 같이 들어요.” 율리아가 말했다.

안드레는 한숨을 쉬고 바닥에서 가방을 집어 들었다. 플라스틱 폴더에서 봉투를 꺼내 열고 편지지를 펼쳤다.

“뭐, 옆으로 돌릴까요?” 안드레가 물었다.

“그냥 읽어요.” 율리아가 말했다.

“정말로?”

“그래.” PG가 말했다.

안드레의 얼굴에 고통스러운 빛이 떠올랐다. 입술도 거의 하얗게 질렸다.

“알았어요.” 안드레가 말하고 안경을 썼다. “쉴베스테르. 내가 아무 가치 없는 사람이라는 사실, 내 인생과 행복은 중요하지 않고 나는 그저 당신의 후계자들을 품는 도구에 지나지 않았다는 사실을 이제 받아들이게 되었어요. 하지만 내 의무를 끝냈는데도 이토록 깊은 좌절감을 느껴야 하는 이유는 이해하지 못하겠어요. 이 집의 남자들은 아들을 낳기 위해 생식 능력을 통제하죠. 그 아들들도 생식 능력을 통제해 권력을 유지할 테고요. 내 인생은 끝이에요. 당신이 내 딸을 다른 집에 줘버렸으니까. 내게 남은 게 뭐죠? 베르테르가 영혼을 빼앗기는 모습, 첫째라는 거푸집에 억지로 몸을 구기고 들어가 이 잔인하고 냉혹하고 파괴적인 제국의 일부가 되는 모습을 나는 차마 지켜볼 수 없어요. 이 아이는 머지않아 쉴베스테르 당신처럼 될 거예요. 나는 이 세상 그 누구보다 당신을 증오해요. 린네아."

안드레가 안경을 벗고 편지로 안경을 감쌌다.

"자, 이제 여러분도 제가 해독해야 했던 비밀의 근원을 이해하셨겠죠." 율리아가 잠시 기다렸다가 말했다. "배경 정보가 다 나왔어요. 하지만 베르테르는 정말 어떻게 된 걸까요? 나는 모니카에게 묻고 싶어요. 왜냐하면 PG의 휴대폰에서 메일을 발견하고 읽지 않음으로 표시한 후 스팸 메일함으로 이동한 게 당신이니까요. 맥주 창고에서 베르테르를 만나기로 약속한 사람도 바로 당신이었고요."

"나는 대화를 하고 싶었을 뿐이에요." 모니카가 속삭였다.

"이 사람은 알리바이가 있어요." PG가 말했다.

"네, 그 부분은 이따가 설명할게요. 모니카는 베르테르를 죽이지 않고 그와 대화를 할 계획이었어요. 남편이 나서서 의논할 리 없다는 사실을 알고 메일을 대신 숨기기로 한 거죠. 모니카는 이곳 만하임의 상류층 생활을 누리기 위해 모든 것을 희생했고…."

"그런 투로 깎아내릴 필요는 없잖습니까." PG가 말했다.

"그럴 의도는 없었어요. 하지만 무슨 뜻인지는 잠시 후에 설명해 드리죠. 모니카는 주주총회 전 베르테르를 만나기로 약속했어요. 매각에 찬성표를 던지지 않도록 설득하고 싶었기 때문입니다. PG의 코트 주머니에서 창고 열쇠를 슬쩍했는데, 제가 이 사실을 아는 이유는 배를 타다 돌아왔을 때 모니카의 손에 녹이 묻어 있었다는 아멜리에의 말 때문이에요."

"노걸이에 녹이 슬어 있었어요." 모니카가 눈을 내리깔고 말했다.

"하지만 맥주 창고에서 베르테르를 기다린 사람은 모니카 당신이 맞아요. 안타깝게도 만남은 계획대로 되지 않았죠. 몇 분 후 베르테르는 바닥에 피를 흘리고 쓰러졌고 오래 지나지 않아 사망했으니까요."

모니카가 입을 굳게 다물고 얼굴을 찡그리자 이마에 깊은 주름이 파였다.

"사고였다는 말입니까?" PG가 물었다.

"두 분의 혼전 계약서에 따르면 이혼이나 사별의 경우 모니카는 한 푼도 상속받지 못해요." 율리아가 다시 모든 사람을 돌아보며 말했다. "하지만 지난번 변호사가 왔을 때 PG가 말했죠. 후계자가 없을 경우 재산의 분할을 막기 위한 모트 가문의 예방책에 따라 모니카가 재산을 상속받을 예정이라고… 그렇다면 어딘가에 유언장이 있다는 뜻이겠네요."

"우리 금고에 있어요." PG가 말했다.

"만약 유언장을 공증했으면…."

"했어요."

"그렇다면 혼전 계약서보다 우선권을 가지죠." 율리아가 말했다. "그 말은 이혼했을 경우 한 푼도 못 받는다 해도 PG가 사망할 경우에는 모니카가 전 재산을 받게 된다는 뜻이에요."

"하지만 죽은 건 내가 아닌데요." PG가 말했다.

"타당한 말씀이지만 엄밀히 말하면 아닐 수도 있어요. 두렵게도요." 율리아가 몸서리를 치며 말했다.

"그게 무슨 뜻입니까?" PG가 불편한 미소를 지었다.

"스톡홀름에서 처음 만났을 때, 저는 PG 당신이 살인자로 밝혀진다면 스스로 목숨을 끊을 계획이라는 인상을 받았어요. 사진을 보여줬을 때 아내가 충격을 받았다고도 했고요."

"그런데요…?"

"조사 결과 당신이 살인을 했으면 삶을 이어갈 수 없다는 걸 아내도 안다고도 말씀하셨어요. 자신이 범인이라는 결론이 나올 경우 벌을 받겠다고 했죠."

"네."

"당신이 조울증 환자라는 거 알아요. 우울감이 심하고 자살 사고를 하는 시기가 있다는 것도요."

"약을 먹습니다."

"이후에 대화했을 때 이런 말도 했죠. 가문의 명예를 지키기 위해서라면 어머니처럼 자결할 뜻이 있다고요."

"당연하죠."

"PG는 순스발에 있는 창녀를 비정기적으로 자주 찾아갑니다." 율리아가 다른 이들을 돌아보며 말했다.

"아니, 거기까지는 됐어요."

"모니카는 이 사실을 알아요. 당신이 사진을 보내니까요. 로시타 나바로라는 여자와 약을 하고 섹스를 하는… 하지만 그런 날은 드물어요. 대개 로시타가 제공하는 서비스는 힘들어할 때마다 PG를 위로해주는 겁니다."

"비밀 유지 조항이 있지 않았나요." PG가 지적했다.

"성 매수와 코카인, 메스암페타민 사용은 모두 불법입니다. 완전하고 절대적인 진실을 알고 싶다면서요." 율리아는 굴하지 않았다.

"그래요." PG가 한숨을 쉬며 말했다.

41

운명 그 자체가 붉은 방에 들어와 있는 기분이었다. 각자의 인생이 복잡하게 뒤얽힌 이 가족을 한 명씩 쳐다보는 것만 같았다. 시리는 놀라서 눈을 크게 뜨고 미동도 없이 앉아 있었다. 모니카는 불안한 표정이었다. 안드레는 시뻘게진 얼굴로 땀을 뻘뻘 흘렸다. 비에른은 혼자 미소를 지었고, PG는 급격히 노화를 맞은 사람처럼 보였다.

"하지만 마약을 하고 성을 구매하는 이런 범죄들은 제가 설명하려는 내용과 무관합니다." 잠시 뜸을 들였다가 율리아가 설명을 계속했다. "핵심은 당신이 얼마나 나약한지 모니카가 알았다는 거예요. 자기 형을 죽였다는 사실을 깨달으면 스스로 목숨을 끊을 것을 알았죠. 당장 체포당할 때는 아니어도, 재판을 받거나 구속됐을 때 또 깊은 우울감에 빠지면 언제든지 그럴 가능성이 있어요."

"세상에." 비에른이 속삭였다.

율리아의 말들을 듣는 동안 PG의 얼굴은 냉혹하게 굳어갔다.

"나를 정말로 증오하나 보군." PG가 모니카를 돌아보며 말했다.

"당신이 사진을 찍고, 망신을 당하고… 그 모든 짓을 하는 동안 나는 언제나 당신 옆에 있었어. 내가 뭘 할 수 있었겠어?" 모니카가 중얼거렸다. "나는 망가졌어, 정말로… 당신이 베르테르보다 더 나빠."

"그 말은 논란의 여지가 있어요." 율리아가 말했다.

"맞아요." 시리가 입을 열었다.

PG가 눈을 비비고 바 카트 옆에 있는 의자에 털썩 주저앉았다.

"모니카는 베르테르가 사망하면 PG가 그의 전 재산을 상속받을 예정이고, 이후 PG가 사망하면 재산이 본인에게 온다고 믿었어요." 율리아가 말을 이으며 모니카를 손으로 가리켰다. "조금 전 PG가 한 말처럼 확고한 알리바이를 가진 사람은 당신뿐이었어요. 그게 무너지기 전까지는요. 모니카, 당신은 악의적이고 잔인한 행동을 했지만 베르테르를 죽이지는 않았어요. 맥주 창고에서 만나자고 했죠. 늘 두려워하던 상대를요."

"잔인하고 폭력적인 인간이니까요." 모니카가 중얼거렸다.

"무슨 생각을 했던 거예요?"

"단둘이 있으면 안 된다고 생각했어요."

"그래서 시리에게 부탁했어요?"

"네."

"하지만 시리에 관한 두 가지 중요한 사실을 몰랐죠." 율리아가 말했다. "안드레가 협박에 사용한 정보 두 개요. 첫 번째는 베르테르와 시리가 친남매라는 것이고, 두 번째는 두 사람이 오래전부터 성관계를 맺고 있었다는 거였어요."

비에른이 방금 누군가에게 얼굴을 맞은 것처럼 몸을 휘청였다.

"순스발에서 시드니와 택시를 타고 돌아오던 때부터 그 생각이 묘하게 머리 한구석을 떠나지 않았어요. 전소된 맥주 창고를 지나는데 기사가 이런 말을 했거든요. '모든 제국은 언젠가 죽어 망하는 법이지요… 대개 첫 번째 징후는 칼리굴라나 클레오파트라라는 이름으로 나타나고.'"

모니카와 PG가 시리를 돌아보았다. 시리는 허리를 똑바로 세우고 앉아 있었지만 얼굴에서 피가 다 빠져나간 듯 창백했다.

"베르테르와 시리의 특별한 관계에 대한 이야기가 많더군요." 율리아가 말을 이었다. "베르테르가 시리의 생일을 기억하는 유일한 가족이라는 것처럼요. 모니카가 시리를 헤프다고 묘사하며 가방에 사후피임약을 넣고 다닌다고 말한 순간 뭔가 딱 맞아떨어졌어요. 당연히 자기 오빠의 아이를 갖고 싶지 않았겠죠."

"점점 더 가관이네." 안드레가 위스키를 들이켜며 말했다.

"시리가 배의 흉터를 근거로 시신이 베르테르인 걸 확인해준 사실도 있어요. 앞에서도 나왔지만 6년 전에 생긴 흉터죠. 다른 사람은 아무도 알아보지 못했는데요. 그래서 이런 의문이 들었죠. 시리는 셔츠를 벗은 베르테르를 언제 볼 수 있었을까. 자… 이 문제를 설명할 방법은 그 밖에도 많겠지만, 저는 두 사람의 관계가 살인의 이유라고 확신합니다."

"이해가 안 돼요." PG가 말하며 시리를 돌아보았다.

"사건의 진상을 해결할 열쇠를 발견한 건 어제였어요. 시리가 피아노로 쇼팽을 연주한 후에요." 율리아가 이야기를 계속했다. "문가에서 눈 깜짝할 사이에 있었던 일이에요. 모니카가 시리의 뺨에 손을 올리더군요. 물론 친한 사이는 아니에요. 오랜 세월 불화가 쌓인 것은 사실이지만 적은 아니라는 얘기죠. 모욕적인 언행과 따귀는 연극이었던 겁니다. 서로에게 확실한 알리바이를 주려는 의도로요."

"사실이 아니라면 적에게 알리바이를 주지 않죠." 모니카가 말했다.

"영리하네요."

방 안에 침묵이 내려앉았다.

"시리, 베르테르를 죽인 범인은 당신이에요." 율리아가 조용히 말했다.

"아니, 나는…."

모든 사람의 시선이 핏기 없고 겁에 질린 시리의 얼굴로 향했다. 시리는 무슨 말인가 하려고 소리 없이 입만 뻥긋대고 있었다.

"어떻게 된 일인지 설명해주지 않을래요?"

"뭐라고요?" 시리가 속삭이며 고개를 들었다.

"내가 대신 할까요?" 율리아가 물었다.

"사고였어요…."

"그래요?"

예고도 없이 시리의 뺨으로 눈물이 쏟아져 나오더니 입술과 턱까지 흘러내렸다.

"한마디도 하지 마. 변호사 부를 테니까." 안드레가 휴대폰을 꺼내며 말했다.

"고맙지만… 이제는 됐어. 다 말할 거야." 시리가 말하고 숨을 깊이 들이마셨다. "주주총회 날, 모니카가 맥주 창고로 같이 가달라고 부탁했어요. 대화를 하고 싶은데 베르테르가 무섭다고요."

시리는 침을 꿀꺽 삼키고 아직 손에 들고 있는 유리잔을 가만히 바라보았다. 잔을 내려놓고 얼굴에 흐른 눈물을 닦았다.

"작업대 옆 책상 뒤에 숨어 있었는데 대화를 시작하자마자 통제 불능이 되는 소리가 들렸어요." 시리가 말을 이었다. "지금 생각하면 모니카가 안드레와 한패로 협박했다고 생각했던 것 같아요. 막 화를 내면서 싸구려 창녀라고, 기생충이라고 소리를 질렀어요. '네 돈이나 잘 챙겨. 나머지는 한 푼도 못 받을 거니까. 아무것도 모르면서. 내 동생인 거 아는데 사랑한다고. 나를 변태라고 해도….'"

시리가 말을 흐리고 다시 눈을 내리깔았다.

"거기서 이야기는 끝났죠." 율리아가 말했다.

시리가 몇 번인가 더 입을 열었다 다물었다. 코에서 콧물 방울이 터졌다.

"친오빠인 줄 몰랐어요." 시리가 가냘픈 목소리로 말했다. "하지만 그쪽에서는 처음부터 알고…."

"맞아요."

"그때 모든 걸 깨달았어요. 내가 그루밍을 당해 왔다는 걸 알았죠. 다른 사람도 아니고 친오빠에게… 애초에 피할 수 없었다는 것도… 내 곁에는 아무도 없었으니까요. 엄마는 나를 미워했고…."

시리의 목소리가 갈라지고 입에서 흐느낌이 터져 나왔다. 겨우 울음을 가라앉힌 시리는 미안하다고 속삭이며 뺨의 눈물을 닦았고 몇 번 침을 삼킨 후에야 말을 이었다.

"유산을 네 번 했어요. 그때 이후로는 매번 사후피임약을 먹으라고 요구하기 시작했고…."

시리가 또 말을 멈추고 한 손으로 입을 틀어막았다.

모니카가 일어나 방을 가로지르더니 시리의 어깨를 감싸 안고 등을 쓸어주며 달랬다.

시리는 다시 평정을 찾은 듯 코를 푼 다음 반짝거리는 검은 눈으로 모두를 올려다보았다. 여윈 어깨 위로 금발이 흘러내렸고 뺨은 붉게 달아올라 있었다.

"내가 자기 동생이라는 말을 들었을 때 뭔가 끊어지는 기분이었어요." 시리가 말을 이었다. "그냥 바닥에 있는 상자에서 망치를 들고 걸어가서 있는 힘껏 때렸죠."

시리의 손이 파르르 떨렸다. 턱 근육도 긴장으로 움찔거렸다.

"그렇게 당신과 모니카만 남았어요." 율리아가 나직이 말했다.

"패닉 상태가 돼서 비명을 멈출 수가 없었어요. 차마 쳐다볼 수도 없었어요. 일어나서 우리 둘 다 죽일 거라고 생각해서요." 시리가 설명했다. "그래서 모니카가 손을 묶고 머리에 자루를 씌웠고… 정신이 하나도 없었어요…."

"하지만 결국에는 두 사람 모두 흥분을 가라앉혔죠."

"모니카가 해결하겠다고 했어요. 우리는 맥주 창고에서 나와 커피와 빵을 들고 문을 잠그고 호수로 갔어요."

"모니카가 뭐라고 했어요? 두 사람 위험한 동맹을 맺은 거죠?" 율리아가 물었다.

"PG에 대해 말했어요. 자기에게 어떤 모욕을 줬는지, 혼전 계약서에 어떤 내용이 있는지. 그리고 나를 보호해 주겠다고 했어요. PG가 죄를 뒤집어쓰게 도와준다면…."

"네."

시리가 아직 바 카트 옆에 앉아 있는 PG를 돌아보았다.

"미안해요." 시리가 말했다. "나는 그게 다예요. 자살하기를 바라고 있을 줄은 몰랐어요."

PG는 멀건 눈으로 시리를 마주 보았다. 고통으로 굳은 얼굴에 짙은 주름살이 붓칠한 것처럼 깊이 파였다.

"두 사람은 이렇게 하기로 했어요. 시리가 자정 직전에 PG의 휴대폰을 꺼내오기로요. 시신을 찍고 휴대폰을 제자리에 가져다 놓은 다음, 서로 말싸움으로 감정의 골이 깊어진 척 연기를 하기로 했죠." 율리아가 말했다. "모니카는 PG가 술과 약을 먹게 부추기고 맥주 창고로 유인했어요. 또 붉은 방에 포트와인을 쏟고 아멜리에에게 도와달라 요청했어요. 자기 알리바이를 확보하면서 PG가 밤중에 돌아다녔다는 사실을 확인해줄 목격자를 하나 더 만들기 위해서요. PG가 맥주 창고에서 온몸에 피를 묻혀 오기를 바랐지만, 그렇게 되지 않더라도 휴대폰 사진이 있으니 평소 자기 잘못을 기록하는 습관으로 치부하면 되는 거였어요."

"네." 시리가 속삭였다.

"PG는 그날 밤 맥주 창고에 가지 않았고 경찰을 부르지도 않았어요. 하지만 다음 날 아침, 사진을 발견하자마자 스톡홀름으로 차를 몰고 와서 우리를 고용했죠. 그 바람에 모니카는 초조해졌어요. 그래서 시체를 호수로 끌고 간 거예요. 물살에 휩쓸려 댐으로 갔다가 며칠 후면 발견될 것을 알고요."

"우리는 범인이 시신이 발견되기를 원해서 한 행동이라 판단했습니다." 시드니가 말했다.

"대부분의 살인자는 시체를 숨기고 어떻게든 자기 손에 묻은 피를 씻으려고 하죠. 하지만 모니카의 계획이 성공하려면 반드시 경찰 조사가 필요했어요." 율리아가 설명했다. "베르테르의 시신은 꼭 발견되어야 했고, 모니카는 자신과 시리가 이 일에 연루되었다는 증거도 파괴해야 했습니다. 처음에는 우리가 도착해서 압박감을 느낀 범인이 일부러 불을 질렀다고 생각했는데, 지금 생각하면 처음으로 기회가 생긴 게 그날 밤이었던 것 같아요."

"맞아요." 모니카가 고개도 들지 않고 속삭였다.

"모두가 베르테르를 싫어했죠. 베르테르 본인도요." 율리아가 지팡이를 짚으며 말했다. "언젠가 내 영혼을 훔친 편지를 읽은 적 있다. 여러분에게 쓴 편지에서 베르테르가 한 말은… 사실이었을 거예요. 어머니가 사망했을 때 베르테르는 겨우 열다섯 살이었죠. 베르테르의 어머니는 유서에서 베르테르가 아버지처럼 되고 있다고, 주변 사람들을 억압하는 아들을 볼 수 없다고 했어요. 베르테르는 청소년기를 보내며 자기가 아버지 자리를 물려받을 것을 알고 앞으로 정확히 어떻게 될지도 깨달았어요. 가족 내에서 자신이 맡게 될 역할을요. 그 결과 폭군이 되어 어린 동생들을 괴롭히고 여동생을 착취하고…."

"오늘날의 우리를 만든 거죠." PG가 말했다.

"베르테르는 10퍼센트 지분을 양도하고 편지와 교환하는 대가로 만하임을 매각할 생각이었어요." 율리아가 설명했다. "시작은 탐욕이었지만, 알고 보면 여동생에게서 진실을 보호하기 위해서였죠. 유언장으로 나머지 25퍼센트를 남김으로써 시리는 정당한 자격으로 상속받았을 경우보다 더 많은 지분을 차지하게 됩니다."

"하지만 이제는 아니에요. 상속법 15조 1항이 있으니까요." 시드니가 말했다. "물론 법정에서 결정이 나겠지만, 살인은 일반적인 상속 순서를 무시하는 강력한 요인이거든요."

"베르테르는 보상할 목적으로 시리에게 전 재산을 남겼지만 무슨 운명의 장난인지 시리의 손에 목숨을 잃었어요." 율리아가 말했다. "사람이 한 짓을 돈으로 무마할 수 없다는 교훈을 다시금 깨닫게 되네요."

"안 돼." 시리가 속삭였다.

적나라하게 드러난 진실과 비밀의 충격이 서서히 퍼지며 만하임의 웅장한 실내에 정적이 흘렀다.

보통 이럴 때 사람들은 천사가 방에 들어왔다고들 한다. 하지만 지금 이 사람들의 머리를 때린 것은 율리아의 빈틈 없는 논리였다.

"감탄이 절로 나오는데." 비에른이 천천히 박수를 치며 말했다.

"아니, 정말로. 당신 어디서 온 겁니까?" 안드레가 물었다.

"스타르크 탐정 사무소요." 율리아가 지팡이로 바닥을 세 번 두드리며 대답했다.

"이제부터는 경찰과 검찰이 맡아서 조사할 겁니다." 시드니가 말했다.

PG가 헛기침을 했다. "진실을 찾아달라고 내가 부탁하기는 했지만, 그럴 가치가 있었는지는 진심으로 모르겠군요."

"우리가 사건의 진상을 밝혀내지 않았으면 당신은 거짓말 때문에 목숨을 끊었을 텐데요… 어머니처럼." 율리아가 말했다.

시리가 한참 만에 고개를 들었다. 눈빛이 이제는 놀라울 정도로 강인해져 있었다.

"베르테르는 잘 죽였다고 생각해요." 시리가 나직이 말했다. "두 번 기회가 와도 주저하지 않고 그렇게 했을 거예요."

8월 24일, 율리아와 시드니는 스톡홀름 도심에 있는 레스토랑 엑스테드트의 테이블 하나에 앉아 있었다. 은은하게 조명을 밝힌 가게는 소란스러웠고 오픈 키친의 장작불 불빛이 수면 위로 튀는 광선처럼 손님들의 얼굴에 넘실거렸다.

율리아는 그날 저녁 탐정 사무소에서 시범 근무를 해보는 게 어떻겠냐고 시드니에게 제안할 계획이었다. 하지만 대화하다 기회가 보이면 긴장감이 솟구치고 피가 귀까지 쏠렸다.

훈제 홍합과 넙치, 샘파이어로 구성된 애피타이저를 다 먹고 직원이 접시를 치워가자마자 두 사람은 건배를 하며 만하임 사건에 관한 대화를 이어갔다.

검사가 예비 조사를 시작하며 모니카와 시리를 법정 구속했다. PG는 성매수를 자백했고, 안드레와 비에른은 협박과 보험 사기 혐의로 조사를 받게 되었다.

웨이트리스가 테이블에 시뻘걸 정도로 뜨거운 무쇠 접시를 내려놓자 대화는 끊겼다. 웨이트리스는 한 사람씩 버터에 지진 엘크 가슴

살과 링곤베리를 넣은 작은 타코를 앞에 놓아주었다.

식사를 하며 율리아는 진지해진 태도로 비에른을 지목한 실수를 이야기했다.

"경찰들이 장난으로 응급 신호 전화를 했다고 어린애처럼 나를 혼내더라." 율리아가 한숨을 쉬었다.

"너무 자책하지 마." 시드니가 입에 묻은 버터 기름을 닦으며 말했다.

"가끔은 내가 너무 바보 같아서…."

"잘했어. 사건을 해결했잖아."

율리아는 시드니의 눈을 지그시 바라보며 그의 손을 잡고 싶은 마음을 간신히 억눌렀다.

"당신이 도와준 덕분이지." 율리아가 말했다.

"진심이야. 정말 대단했어… 서재에서 했던 연설 말이야."

"당신이 있었기 때문에 마지막에 논리적으로 생각할 수 있었어. 그만큼 당신 힘이 대단한 거야. 몇 가지 퍼즐이 맞아떨어졌다고 분위기에 휩쓸린 나를 붙잡아줬지. 역시 나는 그렇게 도와줄 사람이 필요한가 봐."

"뭐, 도움이 됐다니 기쁘네."

율리아는 눈을 내리깔고 비정상적으로 빠르게 뛰는 심장을 애써 가라앉혔다. 그런데도 손의 떨림이 멎지 않아서 감히 와인잔을 입에 가져갈 수 없었다.

"정말이야." 율리아가 말하고 침을 꿀꺽 삼켰다. "그런데 말이야… 있잖아…."

"슬퍼하지 마." 시드니가 조용히 말했다.

율리아는 눈물이 차오르는 눈을 깜박거리고 용기 내어 그와 눈을 마주 보았다.

"혹시 말이야… 언제 나랑 또 저녁 먹을 생각 있어? 가끔만. 그 이상은 말고…."

"좋지." 시드니가 대답하며 거친 손으로 율리아의 손을 잡았다.

그의 손길이 온몸으로 퍼지며 심장이 두근거리고 뺨이 후끈 달아올랐다.

"싫으면 거절해도 되는데…."

"안 싫어."

"아, 한 가지 더… 내가 더 전문적인 도움이 필요하면 그때는?"

"그때 가 봐서…."

그때 율리아의 가방에서 휴대폰 알림음이 울렸다. 율리아는 미안하다고 작게 사과하고 휴대폰을 꺼내 메시지를 읽었다. 얼굴에 스멀스멀 번지는 미소를 막을 수가 없었다.

"비앙카 살로라고 알아? 배우?" 율리아가 물었다.

"당연하지. 지난봄에 〈한여름 밤의 꿈〉에 퍽으로 나온 거 봤어. 왜?"

"스타르크 탐정 사무소에 의뢰하고 싶대."

"이유도 얘기했어?"

"죽은 약혼자가 자기를 스토킹한다고."

옮긴이의 글

이 책의 주인공 율리아 스타르크는 평범하지 않은 인물이다. 어린 시절 경험한 사고로 한쪽 얼굴에 큰 흉터가 남았고 한쪽 다리도 쓰지 못해 지팡이를 짚고 다닌다. 그뿐만 아니라 다른 사람과 몸이 닿으면 공황 장애가 일어날 정도로 극심한 트라우마에 시달리고 있다. 비극적인 과거는 신체적으로나 정신적으로나 율리아의 존재 자체를 뒤흔들어 놓았다.

하지만 과거의 사고는 사립 탐정 율리아 스타르크에게 더없이 특별한 능력을 선물했다. 사람이 죽음을 직면할 때 시간이 정지된 듯 주변 세계가 슬로우모션으로 움직인다고들 하지 않던가. 율리아는 수사를 진행하다 결정적인 순간이 닥치면 그때의 느낌을 다시 경험한다. 자신을 제외한 세상이 얼어붙고 감각은 극도로 예민해지며 아주 사소한 부분까지 눈과 머리에 입력되는 것이다.

그뿐만이 아니다. 사고 트라우마로 다른 사람과 관계를 맺기가 어려워졌지만, 오히려 적당한 거리를 유지하며 신중하게 상황을 판단하고 타인의 행동과 의도를 예민하게 알아차릴 수 있게 되었다. 율리아는 자신의 이런 능력을 활용해 다른 사람은 미처 포착하지 못하는 것들을 보고 듣고 하나씩 퍼즐을 맞춰가며 사건을 해결한다.

이처럼 율리아 스타르크가 남다른 능력으로 미스터리의 열쇠를 푸는 시리즈 중 1권인 이 책은 작가 알렉스 안도릴의 첫 작품이다. 하지만 신인 작가의 데뷔작이라고는 할 수 없다. 알렉산드라 코엘료 안도릴과 알렉산데르 안도릴은 알렉스 안도릴 이전에 라르스 케플레르라는 필명으로 활발하게 활동한 부부 작가이기 때문이다. 라르스 케플레르의 요나 린나 수사관 시리즈는 스웨덴에서 가장 많이 팔린 범죄 소설 중 하나로 꼽히고 그중 《샌드맨》, 《스토커》는 번역 출간되어 우리나라 독자들을 만난 바 있다.

어둡고 강렬한 느낌이었던 기존 시리즈와는 달리 새로운 장르에 도전하고 싶었다는 저자들은 율리아 스타르크라는 여성 탐정을 중심에 놓고 단서를 조금씩 발견하며 퍼즐을 맞추는 미스터리를 선보인다. 어느 날 율리아의 탐정 사무소를 찾아온 의뢰인은 휴대폰에 저장된 사진 한 장을 보여 준다. 양손이 묶여 머리에 피 묻은 자루를 뒤집어쓴 남자의 섬뜩한 사진. 어떤 이의 짓궂은 장난일까? 아니면 정말로 사람이 죽은 것일까? 만약 살인이라면 범인은 누구일까? 술과 약에 취해 전날의 기억이 사라진 의뢰인?

율리아는 외딴 숲속의 저택이라는 제한된 공간에서 저마다 살인 동기가 있는 용의자 여섯 명을 관찰하고 그들과 대화하며 그 안에 숨어 있는 범인을 찾는다. 그러면서 수십 년간 묻혀 있던 한 가문의 비밀과 그로 인해 망가지고 복잡하게 꼬인 후손들의 관계를 풀고 살인의 진상을 차례차례 밝혀 나간다.

뛰어난 직감과 논리력으로 무장했지만 율리아가 완벽한 탐정은 아니기에 그 과정이 순탄치만은 않다. 과감하고 저돌적으로 움직이다 성급한 결론을 내리고 자신의 감정을 주체하지 못하는 실수도 저지른다. 하지만 결국에는 간절히 찾아 헤매던 사건의 열쇠를 발견하고, 고전 추리 미스터리를 현대적으로 재해석하고자 했다는 저자들의 말처럼 애거서 크리스티의 명탐정 푸아로 스타일로 관련 인물을 전부 모아 놓고 범인을 지목하는 마지막 장면에서는 독자들에게 카타르시스를 선사한다.

이렇게 의뢰인 PG 모트의 휴대폰에 저장된 사진의 의문은 말끔히 풀리지만 율리아 스타르크의 모험은 아직 끝나지 않았다. 에필로그에서 예고되었듯 이제는 죽은 약혼자가 자신을 스토킹한다는 다음 의뢰인의 미스터리를 해결해야 하기 때문이다. 1권에서 풀리지 않은 율리아의 과거, 전 남편 시드니와의 관계도 독자들에게는 수수께끼로 남아 있다. 이제 우리가 할 일은 다음 권을 기대하며 율리아가 또 하나의 열쇠를 찾는 모습을 지켜보는 것이리라.

2024년 3월

유혜인

율리아 스타르크 시리즈 ❶

아이가 없는 집

초판 1쇄 발행 2024년 06월 12일
초판 9쇄 발행 2024년 12월 20일

지은이 알렉스 안도릴
옮긴이 유혜인
펴낸이 김상현

총괄 유재선 **기획편집** 전수현 김승민 주혜란 **디자인** 이현진
마케팅 김지우 김예은 송유경 김은주 남소현 성정은
경영지원 이관행 김범희 김준하 안지선

펴낸곳 (주)필름
등록번호 제2019-000002호 **등록일자** 2019년 01월 08일
주소 서울시 영등포구 영등포로 150, 생각공장 당산 A1409
전화 070-4141-8210 **팩스** 070-7614-8226
이메일 book@feelmgroup.com

필름출판사 '우리의 이야기는 영화다'

우리는 작가의 문체와 색을 온전하게 담아낼 수 있는 방법을 고민하며 책을 펴내고 있습니다.
스쳐가는 일상을 기록하는 당신의 시선 그리고 시선 속 삶의 풍경을 책에 상영하고 싶습니다.

홈페이지 feelmgroup.com **인스타그램** instagram.com/feelmbook

ISBN 979-11-93262-18-4(03850)